李家秀秀

陳長慶 著

蒼天對待每一個子民都一樣，只有死的宣判，沒有所謂的豁免。人生中的許意外，往往又比明天來得早，讓我不得重新思考生命的價值和生存的意義。

代序

「姑換嫂」換出來的一樹苦楝花

——陳長慶《李家秀秀》讀後

謝輝煌

《李家秀秀》是陳長慶的一個長篇新作，創作動機，與他青年時期服務過的金門防衛司令部，遽然改名金門指揮部有關。尤其是與他蹲過的「政五組」這個「番號」，已經從金門島除名沒籍有關。因為，這種時代的大變動，就像一顆隕石般墜入了他的心湖，當然會激起層層朵朵的漣漪和浪花。如前十八軍十一師出身的廖明哲將軍，在他的回憶錄《了了人生》中說的：「民國四十四年大整編時，十一師三十三團的番號從國軍中除名，從國民革命軍的團隊中沒籍，我有如亡家之痛！」又說：「民國四十一年整編，十一師在宜蘭改編為十七師，三十三團被解體，我如喪家之犬……。」以此來對照陳長慶在本書〈後記〉中的「我曾經服務過的金防部已縮編為金指部。政戰部除了政三、政四外，其他已合併成『政綜組』……整個環境的變遷，用物換星移，人事已非來形容或無不妥之處。」也該有「人同此心，心同此理」的感受了。

其次，由於陳長慶曾在政五組承辦過「軍樂園」的業務，遭受過有色眼光的掃射。另外，軍樂園裡還有幾十位金門籍的男性員工，園外也有十來位替侍應生洗衣、帶孩子的婦人（第十四章），也受到了流言蜚語的中傷。但是，那些員工和村婦只能默默承受，原因是他們沒有發言臺和發聲的工具。為此，陳長慶豈能「寧默而生」？這可從〈後記〉中的陳訴：「當年承辦是項業務與在裡面謀生的鄉親，往往都會受到部分島民的誤解和歧視。」和第十四章中的詰問與申辯中看出他的意向。

再其次，金門自民國三十八年進駐大軍之後，未婚的男女比例有天淵之別的懸殊。民間的「有女之家」，在「水漲船高」和「奇貨可居」的金濤銀浪中，出現了「八兩黃金，八千塊錢（當時九十個營長的月薪），八百斤豬肉」的「三八婚制」，和民間因「三八婚制」而衍生的「姑換嫂」這一個特殊景觀。由於前者已逼得窮人家娶不起媳婦，在窮通達變之下，就想出了「以女換媳」（即姑換嫂）、「親上加親」的兩全其美的嫁娶方式。但是，弊隨利至，在媒妁的花言巧語和父母的嚴命難違之下，有些苦命的女孩就成了「所嫁非人」的犧牲品。雖然，「三八婚制」和「姑換嫂」已走入歷史，但卻也是這個大時代的一朵苦楝花，且只金門才有，陳長慶有紀錄歷史的使命感，豈能放過？

以上種種，可說是陳長慶要寫作這個小說的背景因素，只是，他採取了以「姑換嫂」這齣戲來打頭陣，再以否極泰來的李秀秀為主軸線，自自然然地來串演其他的插曲。不過，「姑換嫂」的前奏曲，則是一場血淚交迸的暴風雨。

原來，貧農李來福和春桃夫婦，一心想替因傷退役在家休養的兒子文祥完成終身大事，經徵得從小受李家照顧的孤女阿麗的同意，好事將成之際，不意被同村專愛挑撥離間的潑婦「大肚粉仔」從中攪局。某天，當她正在向阿麗說文祥的壞話，並游說阿麗嫁給自己的兒子時，被春桃撞個正著。於是，兩個婦人便由動口而動手。鬥氣到高潮時，大肚粉仔潑了春桃一身大便。春桃氣不過被那種爛女人欺侮，竟喝下農藥，一命嗚呼，揭開了「姑換嫂」的序幕。

料理完春桃的喪事，來福想替死去的春桃出口氣，急著要替兒子找房媳婦。可是，阿麗這邊已被大肚粉仔破壞，沒指望了，只好去找媒婆，但高額的「三八」聘禮使他難如登天。媒婆阿狗嬸就替他出了個「姑換嫂」的主意，即以十三歲的秀秀嫁給一個三十歲的陳姓男子，換娶陳家的妹妹阿鳳為文祥的妻子。秀秀雖有千個不願，但在父親的嚴命下，只好如欄裡的那條豬，含淚待宰而已。

可喜，秀秀在危機中出現了轉機。哥哥因舊病復發而過世，陳家怕夜長夢多，就想趕緊把秀秀娶過去。秀秀以「哥哥已經死了，陳家阿鳳也沒有進我們李家門，這個婚約已不算數！」向媒婆做出於情於理於法都說得過去的抗辯，但因來福盲目於根深蒂固的「誠信」

二字，仍逼秀秀就範。秀秀一氣之下，拿起一瓶農藥，哭著要去見媽媽和哥哥，幸被來福及時奪下藥瓶，撿回了一條小命。

媒婆阿狗嬸目睹了秀秀如此激烈抗議的一幕，而陳家也知道秀秀這個小媳婦將來不好對付，於是就懸崖勒馬，解除了和秀秀的婚約。

秀秀長大了。她被城裡那位夏天賣冰果，冬天賣蚵仔麵線的表姐美娟請去幫忙，因而和金防部政五組一位服義務役的「正港小開」，大專兵王維揚對上了眼。同時，表姐妹倆也因王維揚而認識了政五組經管官兵福利（含軍樂園）業務的金門籍雇員陳先生。由於陳、王二人平日相處得來，情同手足。陳先生一見現狀，就毛遂自薦地願做他們的媒人。一面猛敲邊鼓，一面又明的、暗的幫忙。例如：幫王維揚替美娟、秀秀買免稅福利品沙拉油、衛生紙、洗衣粉、肥皂等，安排王維揚和自己一同乘吉普車出去送公文或會稿，讓王維揚有「假公濟私」之便，去和秀秀增進感情。尤其是當王維揚的父親王高鴻，以台北市進出口公會秋節前線勞軍團團員的身份，到金門勞軍，並專程到秀秀家向李來福提親一事，陳先生在主任的指示下，居間穿針引線，使雙方都很風光地訂下了這門親事。而後，又在王家的委託下代為下聘、替秀秀參謀出境申請、及接送秀秀至碼頭並安排船位、和叮嚀秀秀到高雄下船後的狀況處置等，可說是厥功甚偉。

以上就是這齣「姑換嫂」主軸戲及戲後遺響的大概。但環繞在這齣主軸戲及其遺響的周圍，還有四支重要的插曲，更是陳長慶急欲一吐為快的心聲。

一、軍樂園衝擊了金門的民風：金門是個擁有一千六百多年華夏歷史和文化的島嶼，島民的祖先多是西晉、南宋、晚明等時期避亂的義民。唐朝設有「牧馬監」。北宋的朱熹任同安縣主簿時，曾「采風島上，以禮導民」，因而設立「燕南書院」。此後，「家絃戶誦，優游正義，涵泳聖經，風俗丕變」（見《金門縣志卷五》）。所以，金門民風的醇厚是其來有自的。

但是，民國卅八年的那次大動那，使金門成了一個擁有幾萬大軍的大營房。兩年後，國防部為紓解官兵「性需求」的壓力，藉以防範軍人和民女感情糾紛的發生，便在金城「朱子祠」附近，開設了一個試驗性的「軍中樂園」（簡稱軍樂園，後改名特約茶室）。由於「成效良好」，便在大小金門設立了十個軍樂園（台灣各地也同時設立）。這一發展，對久居在一個絕無娼妓的聖島的居民來說，有如在他們的神桌上撒了一泡尿般的無法容忍。而更讓婦女們心痛的，是軍樂園裡基層管理的害群之馬，開了一扇讓她們的丈夫或兒子混進去嫖妓的方便之門。然因懍於「軍管」的威嚴，誰敢反對？

雖然，島上的寡婦和丈夫「離家去南洋」的嫂子，都深諳「單棲」之苦，卻體諒不到軍人的「單棲」之苦。雖然，軍樂園也創造了幾十個就業機會（見第十三章），和周邊的一些商機，然因她們不是直接的受惠者，永遠無法理解別人的辛酸（尤其是那些侍應生的辛酸）。她們只知道娼館和軍樂園都是骯髒地方，故當秀秀的姨媽得知秀秀的男朋友是台灣兵時，立即有「台灣是個笑貧不笑娼的花花世界」的反應。而當秀秀告知她：美娟有個經常到軍樂園去檢查業務的男朋友時，她不是說：「年紀輕輕的不學好，什麼事不好做，偏要去管軍樂園那種髒地方的事。」便是說：「尤其聽說他經常出入軍樂園那個骯髒地方，我就一肚子火！」同時，又側面數落美娟：「現在好了，交一個經常進出軍樂園的朋友，這種事一旦傳出去，會讓人家笑死的！」「我不贊成美娟和這種人交往」，「我會堅決地反對到底！」（均見第十二章）

媽媽如此，美娟何獨不然？當她從王維揚口中得知陳先生「到軍樂園去檢查業務」時，也不屑地說：「陳先生也真是的，年紀輕輕的又還沒討老婆，怎麼會去管那個髒地方的事。」「要是我是他的女朋友，絕對不容許他到那種髒地方去。」「每次看到軍樂園那些女人……真教人想吐。」（均見第九章）

不僅如此，在第十一和十三章裡，美娟還從側面和正面，希望陳先生辭職下來做小生意，「總比去管軍樂園那種骯髒地方強」。而當陳先生否決了她要求陳先生「辭職」的意見時，她嘲諷地說：「你捨不得離開康樂隊和軍樂園那些臭女人是嗎？這就難怪了！」又高聲而傲慢地罵出：「算我瞎了眼！」「賤骨頭，我瞧不起你！」

以上雖只是美娟和她媽媽兩人，對軍樂園及與軍樂園有關的工作人員的一種歧視，但也可看作是代表了部分島民的一些感想與看法。只是，由陳先生一人來代表接受那些冷嘲熱諷與歧視和辱罵而已。

7／「姑換嫂」換出來的一樹苦楝花
——陳長慶《李家秀秀》讀後

二、金門青年娶不到老婆：陳長慶在第一章裡就借李來福的口說：「現在金門男多女少，三十幾歲還討不到老婆的青年人一大堆……。」據金門作家林馬騰在《金門的烽火煙塵·「三八制」與兵婆》一文中說：「那時候（民國四十年前後）的青年男子，至今都已年逾七十，有的還是孤家寡人，孑然一身……此乃時代所造成的悲劇。」

該文曾詳細探討了那時金門「男多女少」的原因。要而言之，不外是：

甲：民國四十年前後，金門駐軍三餐不缺，而農家百姓則三餐不繼。當時，有些與丈夫失聯的青壯僑眷或農家寡婦，在公婆們「守得住就守，守不住就另找生路」的默許下，為了一張「長期飯票」，改嫁了軍人。

乙：有些閨女，從小苦怕了，餓怕了，在「做兵婆比做農婦強」的意識主導下，就「兩情相悅」地嫁給丘八作「兵婆」了。

此外，金門經歷了「古寧頭」、「大膽島」、兩次血戰，及「九三」、「八二三」、「六一七」三次震驚中外的炮戰，和而後的「單打」日子。「這種躲炮彈的日子，大家都過怕了。」（見第十三章）因此，「嫁軍人吃饅頭去」（見林文）的女孩也大有人在。待部隊輪調，她們就隨軍入臺，脫離苦海了。

還有，民國五、六十年間，也有金門小妞被一些花言巧語愛吹牛的「台灣兵」拐騙上當。金門人對此恨之入骨，把那些不學好的「台灣兵」罵成「台灣豬」。（見第十章）

以上種種，造成了金門可婚女性「淨出超」的現象。但是，金門可婚的女性有限，誠如林文所說：「多一個女孩嫁給軍人，金門男人就少掉一個機會。」所以，早期的軍方曾一度祭出「軍人不滿二十八歲不得結婚」的規定（按：這是陸軍的，海空軍有別，見「戡亂時期陸海空軍軍人婚姻條例」初訂本），且放出「和金門小姐結婚，要留金服務十年」的風聲（按：應是有大官玩笑地講過，否則，無風不起浪），以為抑制。但成家心切的官兵，及為情為愛，或為生活，或為躲炮彈而甘願走天涯的女性，刀子也擋不住，秀秀就是個代表。美娟也說：「老北貢比台灣兵有感情。」（見第十四章）連那曾罵過「台灣是一個笑貧不笑娼的花花世界」的美娟的媽媽都說：「要是美娟也能交一個台灣朋友，那不知有多好。將來還可以到台灣探親找她們呢！到時候可以坐火車看風景，或到動物園看大象、看獅子、看老虎、看老猴、吃香蕉、吃鳳梨吃蓬萊米！……我已經夢想很久了。」（見第十二章）在這一大堆話裡，多少是有點去「逃命」的味道。

另一方面，雖說金門的青壯女性都納入了民防組織，管制遷出。但也「上有政策，下有對策」，有辦法的，還是有辦法離開金門，秀秀不就是「假應聘，真結婚」的走了嗎？

由於金門的女性不斷的「肥水流入外人田」，致使不少金門男人娶不到老婆。也就因為這緣故，而造出了今天「外籍新娘」這個新名詞。

三、緬懷太武山谷那隻大搖籃：陳長慶之有今天的成就，可說是太武山谷那隻大搖籃搖出來的。而那隻推動搖籃的手，就是當年溫文儒雅的政戰主任廖祖述將軍。廖將軍是個好長官、好長輩，而他的風範，更是陳長慶人格塑造的模本。況且，陳長慶在太武山谷一蹲十多年，成了歷經四任司令官的「四朝元老」。如此的「白頭宮女」，能不對太武山谷有關他生命成長的部分，永繫依戀與懷念之情？更河況，他在那個職務上曾剛正不阿地整頓過軍樂園的內規，打擊過不法。那些美麗的往事，自然是老年時回憶的源泉了。

另外，再從心理反應來說，若是他服務過的政五組還在，他對太武山谷的戀戀之情就有踏實的感覺。如今，「物換星移，人事已非」（見前），那份戀戀之情就因頓失依憑而變得像隻漂鳥了。此情此景，正如前文所引廖明哲將軍的「亡家之痛」、「喪家之犬」，能不令陳長慶「黯然銷魂」？

事事物物的走入歷史，無可奈何，也必須接受。然而，《浮生六記》的作者沈復說：「……天之厚我，可謂至矣。東坡云：『事如春夢了無痕』，苟不記之筆墨，未免有辜彼蒼之厚。」何況，往事可「留與他年說夢痕」。至此，便可理解陳長慶在〈後記〉中說的：「《李家秀秀》後半部的部分背景，很自然地又進入到孕育我成長的地方（即太武山谷）。」的用意了。

事實上，在小說的「前半部」就已觸及到太武山谷的「事」了。在第六章裡的，阿麗的丈夫「殺狗林」，「利用與某軍樂園管理員的親戚關係，走後門偷偷地去裡面嫖妓」，「政五組承辦軍樂園業務的那位年輕人，夥同政三組監察官，帶著二位武裝憲兵來了」，「那位年輕人」像包公般的審問「殺狗林」、「3號侍應生」和「管理員」，最後，一個個繩之以法等情節，就是陳長慶在政五組時辦過的案子之一。而「後半部」第十四章裡，美娟在擎天廳的晚會會場上所見：「陳先生手提公事包，時坐時站，時走時回，時而被長官傳喚交代新任務，時而聆聽長官的囑咐和指示，時而和長官交頭接耳談論公務」等，也是陳長慶供職政五組時經常有的鏡頭。他之所以要把這些「往事」寫進去，也是半是懷念，半是藉回憶來哀悼一段美好青春的過去。所謂「最美麗，是回憶」，正是此時情懷。

四、傲骨嶙峋，捍衛人格尊嚴：在前文「軍樂園衝擊了金門的民風」一節裡，我們看到了美娟和她媽媽對陳先生的數落、歧視和辱罵。這裡再摘兩條「新」的如下，一併來瞧瞧陳長慶的回應。

（一）在第十二章中，秀秀試圖在姨媽面前替陳先生說點好話，故向姨媽說：「人家陳先生看過很多書，文筆不錯，而且還經常在報上發表文章呢！」姨媽回答說：「我最瞧不起那些正事不做，每天在那裡舞文弄墨的年輕人！那些狗屁文章又能值幾文錢？這種人絕對不會有前途！將來誰嫁他誰倒楣！」

（二）在第十四章裡，秀秀對美娟說：「聽人家說，文人的自尊心都是較強烈的，也較有骨氣。」美娟不屑地說：「文人，文人有個屁用？他們絞盡腦汁寫那幾篇狗屁文章能值幾文錢？還不如我們賣幾碗蚵仔麵線，煎幾碟蚵仔煎。這種不務正業的假文人，又算什麼東西！」

關於秀秀的阿姨對陳先生（文人）的嘲諷，陳長慶只借來福的口當面做了一次回應：「人的價值有時候是不能用金錢來衡量的……陳先生有那份力求上進的心，我們應當給他鼓勵才對啊！俗語不是說，爭氣不爭財嗎？」至於美娟對陳先生（文人）的挖苦，陳長慶則是借陳先生的口，趁美娟問王維揚「你家那一面牆壁適合掛（戰地榮歸）錦旗」的事，做了一次暗諷她見識膚淺的回應：「王維揚家掛的全是中外名畫，有張大千和黃君璧的，有楊三郎和廖繼春的，有梵谷和達文西的，有塞尚和莫內的。如果真送他一面錦旗的話，帶回家當抹布用也會嫌它不夠柔軟，不能吸水。」這個回應雖然是出現在第十三章，但因美娟的觀念和她媽媽一樣，等於是「話先說在前面」。可惜美娟沒有那份悟力和修為，被人嘲諷了還不知道。

另外，美娟和她媽媽對陳先生「管軍樂園」這個職業的侮蔑以及近乎人身攻擊的謾罵，陳長慶在第十三、十四及十五章裡，間接直接地做了一連串的回應。如第十三章中的「只要謹守本分，不與邪惡同流合污，不向惡勢力低頭，不偷不搶不貪污舞弊，以勞力換取而來的任何工作都是神聖的，也必須受到應有的尊重，任何人都不能以有色的眼光來看待它、藐視它。」「那不僅是我的工作，也是我的職責。坦白的告訴妳，我所作所為都經得起社會的公評和檢驗，人格和操守更不容許任何人的懷疑！」「請妳放尊重點，不要說得那麼難聽（指「臭女人」三字）！也不要牽扯到別人，更不要侮辱到我的人格！」當美娟丟出「賤骨頭，我瞧不起你」這句話後，陳長慶讓陳先生「臉色鐵青，表情冷淡」地「忍下這個屈辱，逕自往太武山谷那條筆直的馬路走去」，作為一次「無聲勝有聲」的抗議。

其他，如在第十四章裡，讓美娟碰了多次軟釘子。在第十五章裡，更教陳先生大聲說「我寧願沒有美娟這個朋友，不能沒有自己的格調。」等，都表現了一個鐵錚錚的漢子，傲骨嶙峋地捍衛人格尊嚴的風範。另有李來福和秀秀替陳先生的辯白，因限於篇幅，就不贅述了。

任何文學作品，都是在表達作者的生活意識（見李辰冬《文學與生活‧論意識與表現》）。其中，有小我意識，有大我意識。在《李家秀秀》這部作品裡，作為主軸餘響的「金門小姐嫁台灣兵」這齣戲，是大我的，而且是陳長慶創作路數的一個轉變。因為，他一向的堅持是「不離鄉土」。而在這個小說裡，他不但是以鼓掌的愉悅心情來看待秀秀遠嫁台灣這件喜事，且以「君子有成人之美」的精神從中大力協助。這種觀念上的轉變，固然是因為王維揚這個「台灣兵」「斯斯文文，中規中矩」（第八章），既不「吹牛說大話，口出三字經」，而且「謙虛有禮」（第十章），不是以往「金門人人欲誅之的（誘騙金門女孩的）『台灣豬』（第十四章）。但大環境的改變，如金門已是「孤島不孤」的開放性地區：近的有「離（外）島聯盟」、「兩門對開」（小三通）；遠的有金門與台灣，金門與東南亞金僑等的往來互動。另外，「外來新娘」及軍方撤軍，大大改善了島上「男多女少」的現象。凡此種種，都使得堅持「留在島上」及強調「島內聯姻」的傳統意識，已到了必須改弦更張的時候。因此，這齣「台金姻緣」（第十一章）的喜劇，就頗具時代意義了。或說，故事的背景是「過去式」，與當下的環境扯不上關係。但若沒有當下大環境的改變，「台金聯姻」的意識應無由產生。

不過，這齣戲只是一個載體，所謂「台金姻緣」，不過是大環境意識所形成的一個「引子」，真正要表達的，還是前述的四個插曲。

在前述四個插曲中，前三個可說都是陳長慶「不容青史盡成灰」（于右任詩）的意識下的產品。以「太武山谷」為例，雖說是他個人的經歷，但那個活了近一甲子的「金門防衛司令部」，在金門的近代史上，無疑地佔有重要的一席之地。然而，軍管時期的「太武山谷」，有如以往台北士林官邸那麼森嚴而神秘。別說一般民眾進不去，即使是駐軍官兵，沒有司令部頒發的公務用通行證，也不能進入。幸虧有個「金門原住民」陳長慶，在太武山谷「底」十餘年，太武山谷中的一些花花絮絮，他不寫，必然會遭到湮滅的命運。誠如他在〈後記〉裡說的：「我不得不憑尚未退化的記憶，把爾時經歷過的種種事蹟，儘快地記錄下來，好為我們的子子孫孫，留下一些值得紀念的篇章。」這是他的史識使然，也是他「捨我其誰」的使命感所使然。

在「捍衛人格尊嚴」這支插曲裡，陳長慶對美娟和她媽媽輕視文人的那種無知無識所作的批判，還算是深得「溫柔敦厚」之旨。但當美娟和她媽媽對他「管軍樂園的事」有所輕蔑、嘲諷時，他就發出了獅吼般的駁斥與抗辯了。（見前）但他何以會那樣搬出「八吋巨炮」來反擊？恐怕只有「不得已」三字可作答案。原因是，說「什麼事不好做」，容易。但問「有什麼好事可以讓他去做？」答起這道題來可能就有點困難了。如果把小說中的「陳先生」（陳長慶的化身）換成張三或李四，在那個年頭，因戰爭、家貧、又拿不到公費名額，無法繼續就讀，只有回家做穡一條路。又因那時全島都是「軍事重地」，上山下海都要受到很多限制，而且還要擔任民防任務，能做出什麼穡來呢？在此既無學歷，又無一技之長的山窮水盡時，「有什麼好事可以讓他去做呢？」幸而靠朋友幫忙，在金防部福利站謀到一個小差事，又更幸運地遇到貴人，把他調到政五組，經管包括「軍樂園」在內的官兵福利業務。面對那份比「嗟來食」要強的「天上掉下來的禮物」，能不兢兢業業，規規矩矩，幹出一點成績來以報「知遇之恩」？事實上，他在那個工作崗位上，贏得了四位司令官，五位主任，九位組長的信任（見《金門特約茶室》一書發表後的專題報導）。如果他辦不好事，且不能守正清廉，只怕太武山谷早已變成他的「地獄谷」了。再說，金門那些軍樂園的「董事長」和「總經理」還是司令官和主任呢。難道那些方面大員也是「什麼事不好做，偏要去做那種骯髒事」？答案絕對是否定的。誠如陳先生對美娟說的：「那不僅是我的工作，也是我的職責。」軍人也是人，他們把生命交給了國家，國家就有責任照顧他們的生活（包括性生活）。而當年的北貢兵，年輕而舉目無親，身處戰地又不准結婚，除非把他們「閹」了，否則，他們就有性的需求。這個「性的需求」，國家不能不管。猶記得，第一線的士兵向國防部長俞大維報告說：「再苦都不怕，只希望每天有幾支香菸抽。」（大意）俞部長回到台北後不久，第一、二線的官兵，每月就有一、兩條不等的免費「雙喜牌」香菸，一時傳為佳話。軍樂園的成立，事異而理同。然而，總統下了條子，也要人去辦理，才能解決問題。似此，我們能罵那些奉命辦「正」事的人是「不學好」和「賤骨頭」嗎？這種毫無同情心又不明事理的人身攻擊，對一個（群）奉公守法，勤於工作，忠於職責的人來說，豈止是很不公平而已。陳長慶之所以要在小說中，鐵錚錚的替「陳先生」以及在軍樂園擔任管理、服務的同仁發不平之鳴，除有「士可殺，不可辱」的「骨氣」外，還有彰顯職業無貴賤的意義在。

前文引過李辰冬先生對文學的看法，李氏在那篇論述中，曾引了吳承恩的〈二郎搜山圖歌〉，來說明吳承恩何以要創造出「孫悟空」這個人物來。他說，吳承恩在那首詩中有「野夫有懷多感激，無事臨風三嘆息。胸中磨損斬邪刀，欲起平之恨無力」的強烈生活意識。因為「作者自恨無力，祇有在想像裡創造一位齊天大聖來為人間報（抱）打不平。」是以，當陳長慶安排陳先生「逕自往太武山谷那條筆直的馬路走去」的那個「千山我獨行」的俠士身影出現眼前時，也就可作如是觀了。

整個來說，陳長慶的小說容易讓讀者「升堂入室」。原因是：一為在人、時、地的安排上，頗似西洋戲劇裡曾風行過的「三一律」。由於人物不多，時間不長，地點不廣，適合一般人智力上的管理幅度，讀者容易掌握全局。二為在情節的處理上，採取了前後「不即不離」的手法。這種手法，可加深讀者對小說情節的「殘留印象」，產生「似曾相識」和「舊地重遊」一般的閱讀效果。《李家秀秀》依然具有上述特色。較有討論空間的，是「尾聲」，即秀秀和王維揚的結婚場景，和洞房花燭夜的繾綣等情節，頗有「捨之不嫌少」的情形。因為，王維揚家中的經濟實力及社會地位，已在第十四章裡，藉王維揚的父親王高鴻隨勞軍團到金門勞軍時，就有了充分的交代。所以，如果故事寫到第十五章末尾的「（她將）在王維揚的攙扶下，一起步上紅燭高照的紅絨地毯，邁向幸福人生的新旅程……。」便戛然而止，更能留下「餘音裊裊」的想像空間。而在情節的補足上，讀者也可從「寫在前面」的「離鄉二十餘年了，李家秀秀第一次陪同夫婿王維揚（股票上市公司老闆）回到這個島嶼……為剛逝世的父親拈上一炷清香」的描繪上，獲得滿意的結果。

原載二〇〇七年四月十三～十四日《浯江副刊》

李家秀秀

目次

寫在前面

離鄉二十餘年了，李家秀秀第一次陪同夫婿王維揚回到這個島嶼。

縱使他們已是一家股票上市公司，以及一家年營業額高達數千萬元貿易公司的負責人，但他們並沒有驚動任何親友，也沒有央求嫁給老北貢當官太太的表姊美娟來接機，甚至事先也沒有和老朋友陳先生連繫。當飛機降落在尚義機場、步入航空站後，儘管天空烏雲密佈，傾盆的大雨隨時會落在這塊乾旱的土地上，然他們並沒有頓足停留等這場雨停了再走的打算，一心一意只想回到闊別許久的老家，為剛逝世的父親拈上一炷清香，擇日後再披麻帶孝送他上山頭。唯一感到遺憾和歉疚的是一對遠在國外求學的子女，不能隨著他們回來送外公一程。

計程車司機問明目的地後，就快速地疾駛在雙旁木麻黃扶疏的柏油路上，豆大的雨點打在擋風玻璃發出滴答滴答的響聲，車窗外的視線有些模糊，而他們心裡卻相當清楚，這是一場突如其來的西北雨，也是生命中的淒風苦雨，彷彿是哀悼他們父親而流下的悲傷淚。

車過東門圓環，經過熟悉的莒光樓，經過無數的記憶和回憶，家就在不遠處。然而，當臨近村郊時，不知何故，秀秀突然要求司機在路旁下車。王維揚不解地看看她，並沒有問明原委，只管撐著傘，提著簡單的行囊，隨著她緩緩地走到一個雜草叢生的山坡下。這個乏人開墾的小山頭，對秀秀來說並不陌生，也沒有太大的改變，除了週遭幾株高大挺拔的木麻黄和苦楝樹外，浮現在她腦海裡的，或許就是坡下這片讓她終生難忘的傷心地……。

第一章

三十餘年前一個淒風苦雨的夜晚，這裡曾經以竹桿和帆布，搭建一個臨時的帳蓬，並用二張長板凳、三塊舖板，舖成一張「水床」，供一個服用農藥自盡的婦人暫時地歇息，而後等待淨身、更衣，吉時再移入「大厝」。這個婦人，正是秀秀的母親——春桃……。

春桃和來福憑著媒妁之言締結連理已近三十年了，和多數莊稼漢一樣，受的教育雖不多，卻懂得增產報國的箇中竅門，相繼地生下二男三女。大女兒和小兒子的年紀，足足相差二十幾歲，類似這種情形，在貧窮落後的農村，確實是見怪不怪。甚至有母與女、婆與媳相繼地懷孕，侄與叔、甥與舅年紀相當的情事。

李家是由李莊遷徙來到這個小村落的，雖然靠著先人遺留下來的幾畝旱田維生，但夫妻恩愛、勤奮節儉，更秉持著詩禮傳家的祖訓，一家大小其樂融融，過著幸福美滿、苦中有樂的農家生活。

長女秀蓮十六歲就嫁人了。

大兒子文祥小學畢業後原本在家協助農耕，但禁不起北貢副村長的遊說和施壓，終於報名參加陸軍第三士官學校的入學考試。然而，考試的那天，除了在試卷寫上自己的姓名外，無論任何一個科目，遇有是非題，全部圈「○」，選擇題則清一色地寫「2」，填充和問答題也是隨便填填寫寫、胡謅一番。惟有口試，他卻相當的認真，絲毫不敢馬虎和大意，因為問的都是一些較敏感的時政問題，倘若敢在主考官面前胡言亂語、答非所問，搞不好還會被扣上「思想有問題」的紅帽子，屆時勢必是讓他吃不完兜著走。由此可見，他是一個頭腦清晰又識時務的年輕人。

在百分之九十九點九的高錄取率下，文祥輕易地考上第三士校士官班，正式走入從軍報國的神聖行列。幾年後雖然由下士晉升到上士，也從剛分發到部隊時的副班長晉任為排副。而卻不幸，在一次任務中出了狀況，胸部被倒塌的工事壓傷，內臟出血、傷勢嚴重，即使送醫後撿回寶貴的生命，卻不得不退伍離開軍中、回家療養。在春桃和來福細心的照顧下，復元的情況尚稱良好，不僅行動自如，也可以協助父母親做一些輕便的家事或農事，讓二老寬心不少。

冬至過後，春桃眼見豬欄裡的二頭「菜豬」長得肥肥壯壯的，每隻少說也有二百多斤，但她並沒有急於出售換取金錢來改善家中生活的意思，而是以一個賢妻良母的姿態，關心地對老伴說：

「文祥的身體復元了不少，豬欄裡的豬也養大了，要是能為他找門親事、娶個媳婦，不知有多好。」

「說來也是，文祥今年都已經二十好幾了，可是現在金門男多女少，三十幾歲還討不到老婆的青年人一大堆，像我們這種農家，想替孩子娶個媳婦談何容易啊！」來福內心有無限的感慨。

「你的想法沒錯，即使找到了對象，我們也付不起高額聘金。」春桃搖搖頭，感嘆地說。

「不只是如此，」來福苦澀地笑笑，「最重要的還是要能適應我們農家生活。要是像海叔仔的兒子阿才，花了一大筆聘金，娶來一個十五歲的小女孩做媳婦，既不懂事又好吃懶做，成天在村子裡晃來晃去。除了和村裡的孩童戲耍外，也和駐軍那些阿兵哥嘻嘻哈哈的，真是出盡了洋相，讓人看了許多笑話。像這種媳婦，寧可不要。」

「要是能娶到像阿麗那麼勤奮又乖巧的女孩，那就太好了。」春桃喃喃地說。

「阿麗實在太可憐了，阿生嫂早逝，阿生哥又狠心地丟下他們姐弟三人跟著上天國。一個十七歲的少女，既要下田工作，又要照顧二個幼小的弟妹，真是情何以堪啊！」來福憐憫地說。

「如果能把阿麗娶過來做我們家的媳婦，將來彼此間有個照應，對那些可憐的孩子也是有幫助的。」春桃誠摯地說。

「我倒沒有想過這一點，」一絲無名的喜悅掠過來福的嘴角，「憑我和阿生哥以及她舅舅平日的交情，加上妳平時對他們的照顧，這種事並非不可能。」

「找個時間探探阿麗的口氣，」春桃滿意地笑笑，「這門親事要是真能訂下來，那就太好了。雖然她的年紀不大，但從她那圓滾滾的臀部看來，將來生兒育女是不會有什麼困難的。」

「年紀小不是問題啦，我們家阿蓮不是十六歲嫁人、十七歲就做了母親嗎？」來福得意地看看春桃，「我倒有點擔心文祥的身體，雖然回家療養了好幾個月，但還是經常看到他撫胸猛咳，偶而地還會咳出血絲，痛苦的模樣教人不忍啊！」

「都是那個酒鬼副村長害的，他口口聲聲說當兵才有前途，現在好啦，拖了一身病痛回來，幾乎只剩下半條命了，還有什麼前途可言！」春桃氣憤難消地說。

「唉，」來福微嘆了一口氣，「只要身體好起來就好，反正這輩子注定是勞碌的做穡命，休想能成什麼大器。」

「你沒說錯，生在這塊土地上，就必須認命。」春桃淡淡地，「只要辛勤耕作、勤勞節儉，雖然不能大富大貴，求個溫飽是不會有問題的。」

「話雖不錯，有時我卻另有想法。文祥雖然書讀不多，但頭腦靈巧，當兵那段時間又練就一手好字，將來如果有機會，還是讓他到外面工作，做個公務員或什麼的。說真的，一家大小七口全擠在這間破落的古厝，守住那幾畝旱田，也不是一個妥善的辦法。」

「想到外面謀取一份工作談何容易啊，那是要有大官介紹的。」春桃兩手一攤，激動地說：「我們所認識的大官，可能就是那個每天喝得醉茫茫的北貢副村長了。憑他那副開口死老百姓，閉口死老百姓的嘴臉，我看他自身都難保了，又能替我們的孩子找到一份什麼樣的工作？」

「或許，這就是我們窮苦人家的宿命吧！」來福無奈地搖搖頭，「想太多無濟於事，還是種我們的田、幹我們的活較實際。」

夫妻倆相視地笑笑，笑出滿面深深的溝渠，讓歲月烙下的印記，格外地分明、更加地清晰。

來福牽著牛、荷著犁，春桃挑著兩個大籮筐，一邊放的是鐮刀和茶水，以及幾塊騙囝仔的番仔餅，一邊坐的則是剛學會走路的小兒子阿弟。把孩子帶上山，讓他在田埂上或田畦旁自行玩耍是農家常有的事。一方面可以就近照顧，另一方面孩子餓了餵母乳也較方便。真應了「窮則變、變則通」的俗語話。

他們邊走邊聊，聊了許多生活上的瑣事和趣事，每天如此快快樂樂地過日子，非但不覺得累，反而更能顯現出歡樂的農家氣息。

過了一個小山頭，春桃把肩上的扁擔換了肩，低聲地說：

「來福，我看從今天起，你就在尾間仔搭一個床舖，自個兒睡去，別再假好心要和我們母子同擠一張床了。」

「為什麼？」來福不解地笑笑。

「孩子已經夠多了，我害怕會再懷孕。」春桃看看他，不好意思地說。

「妳忘了多子多孫多福氣這句話啦？」來福愜意地笑笑。

「我怕人家笑。」春桃有點害羞。

「笑什麼？有什麼好笑的？」來福不在意地說。

「媽媽和女兒搶著生，你不覺得奇怪又好笑嗎？」

「她生她的，妳生妳的，有什麼好奇怪的、有什麼好笑的！」

「年紀那麼大了，萬一又大肚子，實在有夠難為情的！」

「阿弟還沒斷奶，不會有事啦！」來福安慰她說。

「看你成天到晚為這個家辛苦勞累，原以為你一上床就會疲憊得呼呼大睡，想不到你在這方面還是那麼的旺盛。」春桃轉頭看了他一眼，而後不好意思地笑笑，「我實在輸你。」

「春桃，別忘了，這是我們共同的福氣，也表示我的身體很粗勇、還沒老！」來福得意地笑笑，「妳不認為嗎？」

春桃白了他一眼，不好意思地低下頭說：

「今天怎麼會跟你談這種事，真是見笑死了！」

「我們同在一張床上睡了幾十年了，孩子也生了五個啦，還有什麼話不能說的呢？」來福一點也不在意地，「夫妻間如果還講見笑的話，那孩子怎麼會一個一個來、一個一個生。」

「好了，不要說了，這裡不比在家裡，萬一讓人家聽到會被笑死的。」春桃有所顧慮地說。

「妳儘管放心，在這片寬廣的田地裡，各人忙各人的、各人幹各人的活，不會有人吃飽沒事，跟在我們背後來偷聽我們談話啦！」來福開導她說。

「其實也沒什麼啦，我們現在談的只不過是一般夫妻常談的事。」春桃突然笑著說：「你不知道，大肚粉仔那個女人，當眾開起黃腔來，還真是臉不紅、氣不喘呢！」

「她那懂得什麼叫羞恥，」來福不屑地說：「有一次，她竟然在一大堆男人面前說：『我粉仔這世人驚長毋驚大』，讓眾人笑得人仰馬翻！」

「這又算什麼，有一次她出了一個謎題，要我們這些女人來猜，」春桃未說完先笑，「她說：『蹲下去一條溝，站起來伸舌頭』，猜老查某的器官。這個謎題一出口，簡直讓人笑破了肚皮，也當場被人罵慘了，但她還是一副無所謂的樣子，看了真教人噁心啊！」

「像大肚粉仔那麼袂見笑的女人，可能是我們金門僅有的一個。不僅黃腔色調，還喜歡挑撥離間，以後少和這種人打交道。」來福囑咐著說。

「她的為人大家都曉得，每天沒事時就在村子裡晃來晃去，東家長、西家短說個沒完。討厭她、想避開她的人都惟恐不及了，誰還會主動去找她。」春桃據實說。

夫妻倆來到一塊蕃薯田，來福牽著牛在田埂上吃草，春桃把孩子抱到蕃薯畦旁，任由他自行玩耍，而後自個兒用鐮刀割下蕃薯藤較嫩的尾端，回家切碎後和著米糠好餵豬。

不多久，孩子玩累了、似乎也餓了，不停地糾纏著春桃，幾塊番仔餅已解不了他的饞。春桃索性抱起他，坐在田埂的草地上，剛解開鈕扣，孩子就迫不及待地俯下身，吮吸著她鬆弛而下垂的乳房。

春桃低下頭，摸摸孩子童稚可愛的小臉，撫撫他細柔光澤的髮絲，而後移動一下坐姿，托起自己下垂的乳房，讓孩子大口小口地吮吸著。她清楚，生活在這個貧窮的農家，三餐吃的是少有油水的五穀雜糧，那有足夠的奶水供給孩子們吮吸。然而，當她看到孩子吮吸時的可愛模樣，一陣喜悅的滿足感直上心頭。儘管長年廝守在這個貧窮的農家，但為了孩子、為了老伴，她願意把畢生的青春，無怨無悔地奉獻給這個貧窮的家庭。

孩子微閉著雙眼，盡情地享受從母親乳房裡分泌出來的人間美味，時而伸出小手，在春桃的另一個乳房撫摸著、揉捏著。而春桃的乳房，已沒有少女時期的紅暈和飽滿，被五個孩子吮吸過後早已鬆弛下垂、奶頭亦已呈深褐色，而她卻沒有任何的怨尤，一心一意只冀望著孩子能快快地長成。

春桃抬頭看了一眼在鄰近犁田的來福，他的腳步依然穩健，雖然生活的重擔壓彎了他的腰，但精神依舊飽滿，男人的雄風也能適時地在眠床上展現。唯一令她擔憂的是次數太過於頻繁，萬一讓她再度懷孕、再次大肚子，受到村人的譏諷和嘲笑勢必難免，屆時不知要怎麼辦才好。

蒙受天公祖的保佑、註生娘娘的恩賜，春桃前前後後、連連續續，生了二男三女，已是五個孩子的母親。而大女兒也不落人後，亦已是二個孩子的媽。萬一巧合和女兒同時懷孕，母女同時大肚子，那實在有夠難為情的。雖然採取古老的避孕方法，把孩子的斷奶時間延後，但這個辦法似乎也不是萬全之計，孩子仍在襁褓吃奶中又懷孕的女人比比皆是。儘管慶幸自己的丈夫尚未衰老，三不五時還能滿足自己生理上的需要，但一想起興奮過後會大肚子，確實也讓她暗自傷神。

春桃有時候雖然想拒絕來福的要求，但總是禁不起他的挑逗和懇求，當然，也基於自己生理上的需要，不得不半推半就、盡量配合，好來滿足彼此間的性需求。久久的纏綿後，當來福的全身感到興奮熾熱的那一刻，儲存在精囊裡的那些微溫的液體，就會像那決堤的河水一樣，快速而自然地射入她的體內。當數以萬計的精蟲在她子宮裡游移時，或許，才是她激情滿足過後的隱憂，更是她內心感到矛盾的開始。既想得到性滿足，又害怕大肚子，這似乎也是部分中年農家婦女常有的憂慮。

第二章

那天中午，秀秀放學回家後，遵照母親早上的囑咐，煮了一大鍋芋頭稀飯，當春桃從山上回家時，顧不了自己的肚子餓得嘰哩咕嚕響，就趕緊端上一小鍋送給阿麗。雖然份量不多，但讓她們姐弟三人換換口味，每人吃一碗是不成問題的。

「來福嬸，經常吃您的東西，教我不知如何感謝您才好。」阿麗接過鍋子，感激地說。

「傻孩子，我們李家和妳們黃家是多年的好鄰居，來福和妳爸更是無話不說的好兄弟，理應相互照顧，這點小事別把它放在心上。」春桃客氣地說。

「自從我爸過世後，田裡粗重的工作，幾乎都是來福叔利用時間來幫我的忙的，家裡的瑣事和生活上的細節您也經常來關照，對我們姐弟更如同是您的親子女。來福嬸，我真不知道要如何來報答您才好……。」阿麗哽咽地說不下去。

「好孩子，快別這麼說、快別這麼說。」春桃輕輕地拍拍她的肩，「相互幫忙、相互照顧，是應該的、是應該的！」

「您每天家裡田裡兩頭忙，還要為我們姐弟操心，我實在是過意不去啊！」阿麗的眼眶有些微紅。

「沒什麼、沒什麼，不要想太多、不要想太多。」春桃再一次地拍拍她的肩，安慰她說，而後情不自禁地打量了她好一會。

在春桃眼裡，阿麗比一般同齡少女成熟多了，從她高聳的胸部、渾圓的臀部來看，就知道發育已完全，體形比起當年大女兒秀蓮出嫁時還豐滿。如果真能嫁給文祥，成為他們家的媳婦，那不知有多好，相信自己也會善待她們姐弟的，任憑生活的重擔壓垮了她的肩頭也甘心。然而，她並不能貿然地來探詢她的意願，必須顧慮到一個農家少女的自尊。

「田裡如果忙不過來的話，隨時告訴我，我會叫文祥來幫忙。」春桃轉換了話題，關心地說。

「謝謝您，來福嬸，文祥哥還在調養中，怎麼好意思要他來幫忙。」阿麗客氣地說。

「年輕有本錢，復元得很快，一般輕便的農事對他來說不會有問題的啦！」春桃雖然信心十足地說，卻與實際上有很大的出入，因為文祥的身體仍然很虛弱。

阿麗睜著一對明晶晶的大眼，對著她笑笑。

「文祥自小就很聽話，長大後也是規規矩矩的，這些妳很清楚，相信他會樂意來幫助妳的。」春桃說。

「來福嬸，坦白說，田裡的雜事實在太多了，有時自己一個人忙得團團轉的，半天也理不出一點頭緒。如果文祥哥真願意幫我忙的話，那是再好不過了。」阿麗興奮地說。

「這點妳放心啦！」春桃說後，竟拉起她的手，「我曾經和妳來福叔談過，妳的年紀也不小了，如果有妥當的人選，不如早一點嫁人算了。一方面田裡的工作有人幫忙，另一方面彼此也有個照應，對妳和弟弟都有好處。」

「來福嬸，我年紀還小啦……」阿麗羞答答地低下頭。

「妳今年已經十七歲啦，怎麼能說小？」春桃笑著說：「妳看，我們家秀蓮十六歲就嫁人，現在已是二個孩子的媽啦，夫妻倆恩恩愛愛的，有誰會比他們還幸福的？」

「各人的命運不同，秀蓮姐有您和來福叔的關心，才能找到幸福的歸宿。而我是一個無父無母的孩子，要找一個妥當又可靠的男人談何容易啊！」阿麗自卑地說出心中話。

「那妳就嫁給我們家文祥好了。」春桃眼見良機不可失，竟脫口而說。

阿麗紅著小臉，不好意思地笑笑，而後低下頭。

「文祥雖然大妳好幾歲，不是妳兒時的玩伴，但我們是多年的好鄰居，彼此之間就如同一家人似的，相信妳對他也有充分的瞭解。」春桃趁機誇讚著，「我們家文祥自小就聰穎聽話，當兵那段時間非但沒有學壞，反而練就了一手好字，學問可說普通啦！最了不起的是他沒有和其他年輕人一樣，染上抽煙、酗酒、賭博的壞習慣，絕對是一個規規矩矩的青年人。我敢向妳保證，嫁給他一定幸福可靠，我們全家大小也不會虧待妳的！」

「來福嬸，我知道文祥哥是一個老實可靠的男人。」阿麗抬起頭，面對著春桃，認真地說：「可是我還有二個弟弟要照顧，不能放著他們不管自個兒嫁人去了，如果讓地下的父母親知道了，絕對不會饒恕我的。況且，我現在只有十七歲還小，如果急著嫁人的話，也會讓人家說閒話的。」

「我知道妳是一個非常懂事的好孩子，老實講，十七歲在我們鄉下來說，已經不算小了。從妳豐滿的體態，也可以看出妳已完完全全轉大人了，長得又那麼的標緻，看在我們這些老年人眼裡，早已是大姑娘一個了，怎麼能說小！」春桃慈祥地看看她，又分析著說：「一旦妳和文祥結婚，相信我們全家大小，都會以同等之心來關愛妳弟弟的。我的孩子有飯吃，妳的弟弟絕對不會挨餓；我的孩子有書讀，妳的弟弟絕對不會成為文盲，這些我都可以向妳保證。」

阿麗低著頭，沉默著。

而沉默或許就是默認吧，一陣無名的喜悅，掠過春桃的嘴角。於是，她又趕緊接著說：「這件事就由阿嬸來替妳做主，好不好？」

阿麗不好意思地笑笑。

春桃更是看在眼裡，喜在心裡⋯⋯。

「這件事還得問問我舅舅和舅媽，」阿麗害羞地說：「沒有經過他們同意，誰也做不了主。」

「妳舅舅和來福不僅是多年的朋友，他們兩人也是妳爸爸生前無話不說的好兄弟，他這一關絕對不會有問題的，妳儘管放心好了！」春桃信心滿滿地說。

阿麗興奮地笑了，笑得非常的燦爛、非常的愜意，像盛開在三月裡的杜鵑花，嬌艷、芬芳……。

來福嬸走後，阿麗情不自禁地回到房裡，興奮地對著鏡子，時而眨眨眼、皺皺鼻、理理髮絲，而後一遍遍不停地猛照著。繼而地摸摸臉頰、鬆鬆緊繃的胸衣，讓平時裹緊的胸部恢復自然高挺的狀態；復又伸手摸摸自己既圓又翹的臀部，隨後像鳥兒雀躍般地轉了一大圈。當她再次出現在鏡中時，對自己的身材和外表，感到相當的滿意。來福嬸沒說錯，她確實是長大了，可以嫁人了……。

因此，她幻想著自己身穿白色的禮服，頭披白色的紗巾，足登白色的高跟鞋；臉上擦著香粉和胭紅，唇上塗著紅紅的唇膏，身上灑著撲鼻的香水，如此的妝扮，絕對是全村最漂亮的新娘子。而阿祥哥的形貌看來也蠻帥氣的，雖然臉色蒼白了一點，但他當過兵，在軍中歷練過一段很長的時間，無論穿著或談吐，並不像一般農村青年那麼土氣，一旦和他結成連理，似乎也蠻登對的。於是，阿麗的心裡感到前所未有的喜悅和歡欣，也因過度的興奮，那晚，她失眠了……。

春桃回家後，趕緊把這則喜訊告訴來福。

「如果真能娶到像阿麗這種媳婦，那是我們李家的福氣啊！」來福興奮地說。

「這個女孩很懂事，自己不好意思一口答應，說要讓舅舅和舅媽替她做主。」春桃得意地說。

「她舅舅那裡，我改天親自說去。」來福信心滿滿地說：「憑我們哥倆的交情，不會有什麼問題啦！」

「有些事情，實在是出乎我們預料之外。」春桃搖搖頭，興奮地笑笑，「做夢也想不到這件事會進行得那麼順利，真是菩薩保佑、菩薩保佑啊！」

「這件事雖然值得我們高興，但文祥的身體卻也教人擔憂啊！」來福憂慮地說。

「我認為文祥的身體倒不是一件什麼大不了的問題。」春桃不在乎地說，而後沉思了一下，「如果結婚後陰陽調配得宜，再適時地幫他進進補，說不定身體從此就好起來，馬上就可以讓我們抱孫子啦！」

「但願能如我們所願。」一絲喜悅的微笑，掠過來福多皺的臉龐。

那晚，儘管桌上那盞微弱的土油燈仔已吹熄，屋內已是漆黑的一片，有早睡早起習慣的鄉下人，此時都已進入夢鄉了。然而，夫妻倆卻翻來覆去總是睡不著，只有同睡一張床的孩子，睡得很香很甜。

「春桃，」來福微微地翻了一下身，低聲地問：「還沒睡著啊？」

「一想起阿麗就要做我們家媳婦啦，簡直快讓我高興死了，那睡得著啊！」春桃低聲而興奮地回應著。

「既然睡不著，我們溫存溫存好不好？」來福輕輕地拉拉她的手，以煽情的動作加暗語低聲地說。

「年紀那麼大了，成天到晚又忙得要死，怎麼老是想那種事。」春桃捏捏他的手低聲地說，卻也難掩內心的喜悅，「將來別母親、媳婦、女兒一家三個女人都大肚子，那就笑死人啦！」

「其實妳並不老，只不過是我們的女兒早嫁而已。」來福說著說著，竟一把把她摟住，並快速而熟練地伸手脫下她的褻衣。春桃非但沒有拒絕，心頭反而掠過一陣暗喜，任由來福擺佈和挑逗，盡情地配合他的動作，好滿足彼此間的性需求。

來福熟練地一翻身，只聽老舊的眠床發出咕吱咯吱地微響，笨重的身軀已重重地壓在春桃的身上。

「夭壽，輕一點，別吵醒了孩子。」春桃輕輕地搥了他一下背部，一絲歡心滿足的微笑，從心靈深處油然而生。

「放心啦，孩子已經睡熟了。」來福把臉貼近她的耳旁，柔聲地說：「來吧，春桃，我們溫存溫存！」

「老了不認老，還是那麼興頭。」春桃輕輕地擰了他一下臉頰，「我實在搞不過你！」

「年輕時，大家都說阮某春桃有一副粉紅仔粉紅、人見人愛的桃花臉，而桃花臉的女人最興頭，要我千萬要節制，別累死在床上成為風流鬼。幸好，我也有一副男人最感驕傲的狗公腰，才應付得了妳這個桃花精。認真說來，我們還真是天生的絕配呢！」

「羞、羞、羞，」春桃輕輕地在他臉上劃了好幾下，「都做阿公了，還好意思說這種事！」

「年輕時，妳實在很好看，是水查某一個。」來福誇讚著說。

「現在老啦，就不好看了，是嗎？」春桃反問他說。

「不，那是兩種不一樣的味道。」

「怎麼說呢？」

「年輕時，妳的身上有一份淡淡的女人香；老年時，則有一股濃濃的老婆香。」來福說著說著，情不自禁地摸摸她的臉，「春桃，我不能沒有妳，我感到愈老愈需要妳！妳知道嗎？」

「來福，我們的心情沒有兩樣。」春桃極端感性地說：「時間過得實在太快了，一眨眼的工夫，三十年的光陰就從我們這張老舊的眠床上溜走了。人生不知道還有多少個三十年？我們都應該珍惜現在所擁有的啊！」

「春桃，不錯，孩子雖然是我們的希望，但人到了年老時，則必須有老伴，才不會感到孤單，活著才有意義！我會珍惜我們相處的每一個時光，直到回歸塵土。」來福再一次地撫撫她的臉，無限感慨地說。

「來福，你的話沒有錯……。」春桃感動得說不下去。

於是，兩人抱得更緊了，無論來福的身軀有多麼地笨重，春桃依然甘願承受。雖然不懂得激情時的深吻，也沒有事前的調情，即使是伸手不見五指的深夜，但來福還是迅速地尋找到春桃那片尚未枯萎的草原。剎那間，暴露在體外的某一個器官，已快速地陷入一個湧滿春泉的古井裡。在雙方激情的晃動中，只聽老舊的眠床有咕吱咯吱的微響，床上的人亦有微弱的氣喘聲。然而，它值得玩味的意趣，果真是滿足彼此間生理上的需求？還是想讓春桃老蚌生珠？抑或是夫妻間濃情蜜意的延伸？或許，只有赤裸著下半身，纏綣纏綿在一起的來福和春桃心裡最清楚。縱然他們已在這張老舊的眠床上歷經過無數的戰爭，但他們卻相當珍惜每一次激戰後的歡樂時光，而不在乎誰是這場戰役的勝利者。

興奮的夜晚過得特別快，不一會，狗吠了，雞啼了，天也亮了，農人又展開忙碌的一天。挑糞施肥的，牽牛荷犁的，除草耕地的，播種採收的，餵養家畜、家禽的……，讓這個臨海的小農村，滿佈著無限的生機和希望，讓這塊土地的子民，過著幸福美滿的生活。

阿麗準備嫁給文祥的事，也很快地在這個小小的村落傳開了。

有些人認為來福一家忠厚、善良又勤儉，自從阿生過逝後，對阿麗姐弟的照顧，不亞於自己的親骨肉。文祥也是一個循規蹈矩的青年人，雖然當兵時受了嚴重的內傷尚未痊癒，但經過一段時間的療養，似乎已慢慢地在復元中。如果阿麗嫁給他，往後只要夫妻倆辛勤耕耘、勤儉持家，必定不愁吃、不愁穿，是一個可以託付終身的男人，甚至可以就近照顧二個弟弟。這門親事如能順利談成，對無父無母的阿麗來說，絕對是值得祝福的！對二十餘歲的文祥而言，何嘗不是美事一樁。尤其是處身在這個男多女少的社會，想締結一門親事談何容易，如果不是近水樓台，說不定還要等個三五年才能完成終身大事，屆時勢必是父老子幼。

但是，村落雖小，是非卻特別多。雖然多數人持以高度的肯定，而反對和破壞的聲浪亦隨之而來。有些人暗中說，有些人則當著阿麗的面明講，尤其是人稱大肚粉仔的中年婦人更是激烈。

幾乎所有的村人都知道，大肚粉仔是這個村落少有的潑婦。村裡老一輩的人也清楚地記得，當初她是懷著北貢兵的孩子、挺著大肚子嫁到這個村莊的。她除了有一副潑婦相外，又愛挑撥是非、講粗話，經常動不動就和村人爭吵，因此，村人就毫不客氣地在她「粉仔」的名字上加上「大肚」二個難聽的字。於是，大肚粉仔的名字老少皆知，她的醜事也遠近馳名，其惡形惡狀更是無人不曉。儘管經常受到村人的奚落，但大肚粉仔似乎早已習慣成自然，依然我行我素，一副無所謂的樣子。

當她知道阿麗有意嫁給文祥時，一份無名妒忌油然而生，因為她和北貢兵私生的兒子，今年已經三十幾歲了，到現在還討不到老婆，二十幾歲的文祥憑什麼娶十七歲的阿麗為妻？因此，她的心裡憤懣難忍，非想辦法破壞或阻撓不可。

有一天，阿麗正在院子裡切野菜準備餵豬，只見大肚粉仔大搖大擺來到她的身旁，開門見山就說：

「阿麗仔，聽說妳要嫁給文祥那個破病子？」

阿麗抬頭看了她一眼，並沒有回應她，甚至也不想理會她。

「像妳這麼漂亮的姑娘，不愁找不到好婆家，千萬要睜大眼睛看清楚。妳是知道的，文祥當兵時，受了很重的內傷，每天要死不活的，只剩下半條命了，就好像是癆病鬼一樣。這種連軍隊都不要的破病人，妳怎麼能嫁給他。不要妄想將來依靠他過一生，說不定還會拖累妳一輩子。阿麗仔，妳是知道的，我是一個心直口快的人，完全沒有惡意，也不是想從中破壞妳，而是提醒妳。別甜頭還未嚐到，就先成了小寡婦，那是不值得的啊！」

阿麗站了起來，雖然感到大肚粉仔的話有點刺耳，但仔細地想想，並非完全沒有道理。從外表看來，文祥哥的身體確實還很虛弱，而且經常的咳著，不知受了什麼嚴重的內傷？不知還要等到什麼時候才能完全康復？萬一真如大肚粉仔所說的會拖累她一輩子，她該如何才好？一個無父無母的孤女，難道還要再承受心靈與肉體的雙重苦難？無數的疑問不停地在她內心裡盤纏著，霎時，讓她陷入一陣痛苦又矛盾的思維裡。

「阿麗，我不會騙妳、也不會害妳，凡事要三思啊，別到時後悔就來不及了。」大肚粉仔再三地提醒和強調，「像妳這麼年輕標緻的女孩，將來找個有錢有勢、身強力壯的夫婿還有什麼問題，不要被來福和春桃一家人給騙了！如果要嫁給文祥那個破病子，還不如嫁給我們家戇才，至少他沒有病，身體粗勇得很，將來想生幾個孩子就生幾個，保證會讓妳爽歪歪，也會讓妳過一個無憂無慮的好日子！阿麗，妳仔細地考慮考慮看看，想通了再告訴我！」大肚粉仔說完，縮頭縮腦、左顧右盼地看看四週，並沒有發現任何人在偷聽她的談話後，想打從較少人出入的側門走，而恰巧，和怒氣沖沖的春桃撞個正著。

「大肚粉仔，妳實在真夭壽！」春桃憤怒地指著她說。

「我夭壽什麼？我夭壽什麼？」大肚粉仔雙手插腰，反問她，而後高聲地說：「妳才夭壽呢！」

「妳對阿麗說的每一句話，我都聽得清清楚楚。」春桃毫不客氣地指著她說：「妳怎麼可以這樣？妳怎麼可以這樣？妳的心肝怎麼會那麼壞！怎麼會那麼惡毒！是不是存心想破壞這門婚事？」

「老娘是實話實說，」大肚粉仔絲毫不為她留情面，高聲地說：「妳春桃也不去照照鏡子，文祥也不去秤秤自己有幾斤重，別以為人家孤女好欺，想誘騙人家黃花閨女來當媳婦、來做為妳那個破病子的老婆。妳春桃摸摸自己的良心看看，怎麼對得起阿麗的爸爸、死去的阿生！」

「妳大肚粉仔不要血口噴人！」春桃上前一步，逼近她，「妳今天非要給我說清楚，我怎麼誘騙她？我怎麼誘騙她？」

「不是妳誘騙她，難道一個純情乖巧的女孩子，會那麼袂見笑、主動地要去嫁給妳那個連軍隊都不要的破病子！」大肚粉仔高聲地指著她說。

「大肚粉仔，妳實在真可惡、真惡毒，專門挑撥人家的是非。」春桃高聲地咒罵她說：「妳會死、妳會死，妳會死袂出世！」

「要死，妳自已去死，沒人會阻擋妳啦！」大肚粉仔說後，得意地轉身就走。

春桃氣憤又傷心地站在原地，心想純樸的農村怎麼會有這種惡毒的肖查某，不僅沒有幫她美言幾句，還存心來破壞，萬一這門親事真的被她搞砸了，她是不甘心的。

「來福嬸，您不要難過，」阿麗走到她身旁，安慰她說：「大肚粉仔的為人，全村子的人都知道，不要和她計較啦！」

「阿麗，妳千萬不要聽大肚粉仔那個長舌婦在這裡胡言亂語。」春桃咬牙切齒地，「這個惡毒可惡、專門破壞人家好事的肖查某，我春桃絕對不會饒恕她的！」

阿麗沒有再安慰她，亦未表示任何意見，是否會受到大肚粉仔的影響，而拒絕這門婚事，春桃感到有些憂心。畢竟，她只是一個十七歲的農村少女，所受的教育有限，獨自判斷的能力或許會稍嫌不足，有些事是不能怪她的。

當然，春桃也做了一番檢討，文祥的身體，實在有待加強，倘若因結婚而累垮身子，真的讓阿麗成了小寡婦，勢將淪為村人譏笑的話柄，那是她不願見到的。但繼而一想，這種事絕不可能發生，因為她始終相信，文祥還年輕，而年輕就是最大的本錢，一點病痛又算得了什麼呢？他的身體不久就能復元，不久就會強壯起來的，大肚粉仔那個烏鴉嘴，豈能信以為真。但無論如何，一定要找時間和大肚粉仔那個臭查某理論理論，順便算算總帳，別以為她善良好欺！

儘管阿麗的舅舅和舅媽都贊成這樁婚事，但經過大肚粉仔刻意地挑撥後，阿麗似乎沒起初那麼興奮，甚至也沒有什麼意願。大肚粉仔所說過的每一句話，幾乎字字切中她的要害，句句讓她記憶猶新，而且還夜以繼日，不停地在她腦海裡盤旋著。於是她有了新的想法，如果要嫁人的話，也要挑一個身強力壯又粗勇的好青年，文祥那副癆病腔子的疲弱模樣，教她如何能把終生幸福委託於他。要是真如大肚粉仔所說的，甜頭還未嚐到，就先成了小寡婦，那這輩子的幸福不就像那來得快，去得也快的雲煙嗎？

經過好幾天的深思熟慮，阿麗也因此而不顧來福和春桃一家善待她的恩情，刻意地和他們保持一段距離，彼此間的互動也沒有像以往那麼熱絡，甚至還不停地在疏遠中。這些事看在春桃眼裡，也恨在她的心裡，一切都是大肚粉仔那個臭查某害的，這個夭壽袂好的老狐狸、老妖精，把一樁即將到手的姻緣，活生生地破壞掉。她一定會得到報應、一定會受到老天爺懲罰的！

有一天傍晚，春桃挽著一籃青菜剛走出菜園，正巧遇上肩挑水肥的大肚粉仔，雖然彼此間談不上有什麼深仇大恨，卻也分外地眼紅。

春桃不屑地瞪了大肚粉仔一眼。

「呸，」大肚粉仔朝地上吐了一抹口水，高聲地罵了一聲，「臭查某！」

「大家都是臭的，只有被北貢兵搞大肚子的查某最香。」春桃理直氣壯地挖苦她說。

「只要我的丈夫、我的兒女不嫌棄就好，干妳什麼事！」大肚粉仔冷笑一聲，毫無羞恥心地說：「坦白告訴妳啦，北貢兵的膦鳥大支擱有力，爽是我自己在爽，妳春桃只有羨慕的份，要不然的話，妳又能把我怎麼樣？」

「袂見笑！袂見笑！」春桃用手指在臉上劃了好幾下，又脫口說：「天下只有妳大肚粉仔不知羞恥，也最不要臉！」

大肚粉仔聽到如此的言詞，臉一沉，快速地把肩挑的水肥放下，擋住春桃的去路，尖聲地責問她說：

「妳罵誰不要臉？妳罵誰不要臉？」

「罵妳又怎麼樣、又怎麼樣！」春桃聲音高亢，不甘示弱地說。

「妳好膽再罵一句讓我聽聽看！」大肚粉仔取下掛在扁擔尾端，用來潑灑水肥的杓子，激動地怒指她說：「妳膽敢再罵一句，我不用水肥潑妳跟妳同姓！」

「不要臉！不要臉！世界上只有妳大肚粉仔最不要臉！有種妳潑潑看！潑潑看！」春桃無懼於她，高聲地說，諒她也不敢潑。

然而，大肚粉仔已失去理性，快速地舀了一杓子水肥，猛力地潑灑在春桃的身上。春桃再怎麼想也想不到大肚粉仔真的把水肥潑來，一股受辱的無名火直上心頭。

「妳這個夭壽袂好的臭查某，竟敢用水肥潑我！」春桃放下籃子，揪著大肚粉仔的衣服，口中不停地咒罵著：「夭壽袂好的臭查某，緊去死！緊去死！」

「要死妳自己去死！」失去理性的大肚粉仔，竟揪住她的頭髮，而後使出力氣，一把把春桃推倒在地上，高聲激憤地重複著說：「要死妳自己去死！要死妳自己去死！」

居於弱勢的春桃，身心和自尊已受到嚴重的侮辱和傷害，雙眼佈滿血絲，難以忍受此時此刻身心所受的創傷。她快速地站起來，無暇顧及滿身的髒臭，直往回家的路狂奔，口中歇斯底里地尖叫著：

「我就死給妳看！我就死給妳看！我就死給妳看！我就死給妳看！」

受辱而一時想不開的春桃，回到家二話不說，走到放置農具雜物的尾間仔，順手拿起一瓶剛買回來不久的農藥巴拉松，打開瓶蓋一口氣飲下半瓶。當家人發現她痛苦掙扎的聲音時，滿身髒臭的春桃，已呈現昏迷的狀態，雖然立即送醫，但為時已晚、終告不治，讓一家大小陷入悲傷痛苦的深淵裡。

儘管大肚粉仔是整個事件的罪魁禍首，遭受村人的譴責和撻伐在所難免，受到檢警單位的調查亦不可避免。然而兩人只不過是相互爭吵、大肚粉仔亦只是用水肥潑她而已，並非以武力或任何方式置她於死地，除了必須擔負道義之責外，似乎構成不了殺人之罪。即使認定她有罪把她繩之以法，但人死則不能復生，來福除了失去相互扶持、相偎依的老伴外，可憐的孩子也將沒有了娘。

那晚，當春桃的屍體準備運回家時，卻受到習俗人死在外不能入村的禁忌，不得不在村郊外的一個陡坡下，搭建一個臨時停屍的處所，擇日再出殯。

這個突如其來的驟變，的確讓來福不知所措。他雙眼微紅，滿面盡是痛苦的愁容，一語不發地蹲在帳蓬旁沉思。他相信天理昭彰，大肚粉仔這個臭查某一定會得到報應和受到懲罰的，只是時辰未到而已。然而，從今以後，他已沒有一個可以相互偎依的老伴，成為一個孤單的老人勢必難免，必須長年忍受農耕過後心靈上的空虛和寂寞，直到回歸塵土，始免於承受這個不能用勞力換取而來的心靈苦痛。來福想著想著，難掩內心的悲傷和難過，淚水不停地湧出眼眶，滴落在面前這塊傷心的土地上……。

孩子們在大姊秀蓮的帶領下，跪在母親的水床前，含淚地為她燒些紙錢。然而，不滿三歲尚未斷奶的小兒子阿弟，卻不知道母親已長眠不醒，獨自在母親歇息的水床旁玩耍。或許是玩倦了，肚子也餓了，竟趁著大人不注意時，掀起覆蓋在母親頭上的被單，搖晃著母親的屍體，牙牙地說：

「阿娘，我要食奶奶、我要食奶奶。」

二姐秀秀見狀，趕緊衝過去，把被單重新覆蓋在母親的頭上，而後含著淚水快速地把他抱離。在此陪伴或幫忙的村人，莫不為這個可憐的孩子，流下一滴滴悲傷憐憫的眼淚，來福一家大小，更是嚎啕大哭、傷心欲絕……。

次日，當機器三輪車運來一具黑色的棺木時，文祥抱著弟弟跪地恭迎母親的大厝，秀蓮和秀秀則忙著為母親淨身、更衣。姊妹倆協同堂嬸，為母親穿了五層衣服，最上面的一層是一件棗紅色外套，配的是一條黑色長褲，這套較具體面的衣服，已經陪她度過好幾個農曆年了，也參加過不少至親好友的喜宴和廟會，而今讓她穿上天堂，或許不會感到太寒酸吧！

秀秀又為母親擦了一點香粉，在她的髮上抹了少許的「地仔油」，當她平躺在那具黑色的大厝時，儘管週遭塞滿著金銀紙錢，即使把她打扮得既風光又體面，然而，她那對含恨的雙眼卻始終不願闔上。春桃不願闔眼的理由是什麼？她想看的又是什麼？難道是想親眼目睹大肚粉仔遭受上天的懲罰？還是想多看這個美麗又多采多姿的人間一眼？抑或是放心不下這群沒有母親的可憐兒，以及和她相親相愛、相互扶持近三十年的老伴？或許，這些人才是她心中唯一的牽掛，才是她不願闔眼、不想離開這個世界的主要因素！

春桃出殯的那一天，雖然不見大肚粉仔前來拈香致意，但在村莊長老的施壓下，硬要她的大兒子戇才跪在春桃的靈前叩首。然而，就在戇才下跪叩首的同時，一片烏雲快速地掠過天際，大雨在驟然間傾盆而下，強風掀起頂上的帆布發出淒厲的響聲，聲聲激動著所有人的心扉。而這陣突如其來的強風驟雨是基於什麼？意味著什麼？在這個科技昌盛的年代，迷信雖不足取，卻也讓人想不透、猜不著。送殯的人只有搖頭感嘆，沒人敢疑神疑鬼、做無謂的臆測……。

第三章

料理完春桃的後事，李家仍然生活在痛苦哀傷的氛圍中。來福肩挑的重擔更重了。文祥遭受喪母之痛，原本虛弱的身體更加虛弱了。十三歲的次女秀秀必須輟學取代母職，除了煮飯、洗衣、餵養豬隻雞鴨外，又必須照顧幼小的弟妹。春桃的去世，幾乎打亂了一家大小的生活方式，家人除了含著悲傷的淚水坦然面對外，其他又能奈何？

自從春桃死後，阿麗更未曾踏進李家一步，和李家大小也彷彿成了陌路人。她與文祥的婚事受到大肚粉仔的破壞已是不爭的事實，來福看在眼裡也痛在心裡，但他並沒有怪罪阿麗的現實，畢竟她只是一個十七歲大的女孩子，思想尚未完全成熟定性，受到別人影響在所難免。因此，來福並沒有怪她，唯一要怪的，或許就是大肚粉仔那個可惡又不要臉的臭女人！

經常在夜深人靜時，來福總會躲在一個黑暗的角落裡，一面抽煙、一面獨自沉思默想：世上並非只有阿麗一個女孩，既然無緣成為他們家的媳婦就任由她去吧！何不央請媒人另想辦法，為文祥再找一個伴侶，好替死去的春桃出口氣。

儘管來福的想法不錯，受託的媒人也傳來不少佳音，但唯一的條件是要索取高額聘金，以來福的經濟能力，再怎麼湊也湊不出那筆為數不少的聘金。然而，老天卻也對他特別的眷顧，媒婆阿狗嬸竟然為他想出了一個「姑換嫂」的主意，一則可以親上加親，二則雙方都不必為聘金或一些世俗的瑣事煩惱。

可是，他的大女兒秀蓮早已出閣，二女兒秀秀只有十三歲，那有本錢和條件跟人家談這門姑換嫂的婚事。

「來福啊，你放心，陳家答應先把阿鳳嫁過來，過二年等你們家秀秀長大一點再讓他們娶回去。像這種爽直的親戚，你要到那裡去找呀！」阿狗嬸開導他說。

「秀秀實在還小，」來福搖搖頭，屈指一算，「她今年實歲才十三，過二年也不過十五，看她那副瘦巴巴的模樣，再過三年也不會『轉大人』，到時怎麼能出嫁？怎麼能為人媳、做人妻？」

「不是我說你，」阿狗嬸指著他，「你實在太老實啦！先把陳家阿鳳娶過來再說，到時秀秀如果真還沒有轉大人，婚期可以再往後延啊！難道他們會那麼狠心，要一個三十歲的大男人，來折磨一個發育尚未完全的小女孩。坦白說，也只有這門親事才適合你們家，換成別家女孩，你付得起那筆高額的聘金嗎？」

來福想想，阿狗嬸的話並非沒有道理，這門親事如果錯過，以後要到那裡去找。文祥已經二十幾歲啦，受傷的身體並沒有完全復元，如果藉此來為他沖沖喜，說不定病情就會好起來，也可以讓大肚粉仔那個惡毒的臭查某知道，沒有阿麗，文祥照樣娶媳婦，好膽再來破壞看看。

然而，想起秀秀這個可憐的孩子，內心的確有說不出來的悲傷。小小的年紀，必須擔負起整個家庭的俗務和瑣事，從早忙到晚，幾乎沒有自己的時間。要不是接受親友的建議，把六歲的三女兒送給人家當養女，倘若硬要她一個人照顧二個幼小的弟妹，勢必會更加地辛苦。

有時看她揹著三歲的弟弟洗衣煮飯或餵豬，內心的疼痛實在難以言喻。秀秀雖然勤奮乖巧，但個性倔強、思想早熟，只要認為是對的，絕對會堅持到底，不輕易地和人家妥協和溝通。如果真要和陳家姑換嫂，她是否會同意？尤其陳家的兒子，據說已三十歲了，而且還有點俗稱的「戇直」，和秀秀的年齡足足相差十七歲。如此的婚姻，將來會幸福嗎？來福不僅不敢想，甚至，自己也不知道要用什麼方式，來和一個十三歲的女兒談論這件事，這是他感到憂心也難以啟齒的地方。但為了文祥，他必須姑且一試。

「秀秀，」來福低聲地，「阿狗嬸要替妳阿兄做媒人了。」

「真的，」秀秀興奮地問：「是什麼地方的女孩？」

「是鄰村陳家的女兒，叫阿鳳。」

「那太好了，等新嫂嫂過門後，我們家就多了一個好幫手。阿兄有了新嫂子的照顧，相信身體很快就會好起來的。我也可以重回學校讀書了。」秀秀接著問：「阿爸，阿兄什麼時候訂婚？」

「要看妳。」來福神情凝重地說。

「看我？」秀秀不解地問：「阿兄訂婚，看我做什麼？」

「陳家雖然願意把阿鳳嫁給文祥，但也附帶一個條件……。」來福還未說完。

「什麼條件？」秀秀搶著問。

「要妳嫁給阿鳳的哥哥桂寶。」來福據實說。

「阿爸，他們沒有搞錯吧，」秀秀疑惑地說：「我今年才十三歲呢！」

「他們同意先把阿鳳嫁過來，等二年後妳長大一點再嫁過去。」來福為她解釋著說。

「我是不同意這種做法的。」秀秀直率地回應著說。

「為了妳死去的母親，為了妳的哥哥，為了不讓大肚粉仔那個臭女人看衰，秀秀，妳就犧牲點吧！」來福以懇求的語氣，低聲地說。

「阿爸，您不要忘了，我只是一個十三歲的女孩。為了這個家，無論多麼地辛苦，我也願意為它犧牲奉獻，但如果要用我這個十三歲的女孩，去為哥哥換回嫂嫂，阿爸，我是不會接受的。」

「我能體會出妳的心情，但迫於現實，不這樣做也不行。」來福依然低聲低調地說。

「為什麼不行？」秀秀不解地問。

「妳哥哥到四十歲也討不到老婆！」來福的口氣有些強硬。

「難道非要用我去換，哥哥才討得到老婆？」秀秀激動地反問他。

「這是不得已的事！」來福無奈地，卻也有些激動。

「為什麼？」秀秀又一次地問。

「換成別家女孩，我們付不出高額聘金。」來福實說。

「就因為這樣，所以要用我這個小姑去換大嫂？」秀秀不屑地問。

「這種例子在金門很多！」來福有點激動。

「用一個十三歲的女兒去換媳婦，阿爸，這或許是金門的第一個吧？絕對沒有前例！」秀秀氣憤地說。

來福沒有和她繼續談下去的勇氣，想不到秀秀小小的年紀會用這種口氣來回答他。如果不是為了文祥的幸福，他實在不忍心用這種方式來遊說一個失去母愛的孩子，這件事似乎也不是一下子就可以和她取得共識的。來福無奈地搖搖頭，深深地嘆了一口氣，改天再說吧，他心裡如此地想著。

阿狗嬸為了媒人錢，幾乎三兩天就來打聽消息，只要秀秀一答應，馬上就可以擇日訂婚。甚至也提出警告，倘若拖太久而讓別人捷足先登的話，屆時，可不能怪罪於她。

來福雖然同情女兒，但似乎更關心兒子的婚事，這個家庭的確需要一個女人來理家，文祥也需要一個枕邊人來照顧。因此，他不想浪費時間和女兒繼續溝通或徵求她的同意，必須擅自做主，先把這門親事訂下再說。真到了那個時候，秀秀不從也得從。無論如何，一定要先把媳婦娶回家才放心，以免夜長夢多。至於陳家預訂什麼時候把秀秀娶回去，一年、二年，三年、五年？或等到她轉大人，成為一個亭亭玉立的大小姐，再娶回去生兒育女？老實說，他已顧不了那麼多了……。

二十好幾的文祥，身體雖然尚未完全復元，但生理上和一般青年並無兩樣。他夢想有一個妻室已經很久了，對阿麗也頗有好感，原本以為近水樓台可以先得月，順利地娶阿麗為妻，無奈好事被大肚粉仔那個臭查某破壞掉了，又害他母親喝農藥自殺。儘管這個血海深仇不能現世報，但相信老天爺會懲罰這個專門搬弄是非、挑撥離間的長舌婦的！

文祥經常地想，如果不必以「小姑」去換「大嫂」那是再好不過了，而現實的環境讓他沒有選擇的餘地。他深知十三歲的妹妹還小，雖然思想早熟，懂的事不少，但生長在這個貧窮落後的農家，營養不良讓她發育遲緩，看來還是小蘿蔔頭一個，要她去嫁給一個三十歲的男人，無論從任何一個基點來說，似乎有些不人道，難怪妹妹反對的聲浪會那麼的激烈。

倘若年齡相當，雙方都是正常的男女，坦白說，姑換嫂並沒有什麼不好，除了親上加親外，又可以省卻許多不必要的俗事或必須跟隨的陋規陋習。誠然，他不敢逼迫妹妹答應，但卻冀望她的同情。

秀秀每天一大早就必須起床，先挑滿一水缸水，然後煮飯、餵豬、餵養雞鴨、洗衣、照顧弟弟，有時還要上山幫忙，其工作的分量和忙碌的程度，不亞於一位經驗老到的家庭主婦。一旦她真的嫁到陳家，剛過門的嫂嫂，則不一定能承受她這份工作量。

為了婚事，她已好幾天沒和父親講過話了。認真說來，老年喪偶的父親雖然值得同情，有時候卻也讓她百思不解。自從母親死後，她為這個家的犧牲奉獻難道還不夠？父親竟然接受阿狗嬸的建議，要她去嫁給一個三十幾歲的老男人，好為哥哥換回新嫂嫂。試想，一個從未謀面又大她十七歲的男人，不知長得怎麼樣，是一個正常的男人？還是身心有缺陷？她一點也不清楚，往後是否能給她幸福，卻是一個未知數。其他的事姑且不去想它，但如果以年齡來推算，當她三十歲正值青春時，他已是一個四十七歲的老頭子了。這種婚姻若能幸福，那是騙鬼！

經常地在晚上，當做完家事、弟弟睡熟後，秀秀會點燃一盞微弱的土油燈仔，把以前老師教過的功課重新拿出來溫習。有時也會利用空檔，揹著弟弟到學校，俯首在教室的窗沿聽老師講課，希望不久的將來能重回學校讀書。然而，那只不過是她的夢想而已，這輩子似乎已不可能，也可以說與學校已經絕了緣！而學無止境，想吸取更多的知識，必須靠自己平時的努力，不斷地自修學習來充實自己，將來才能在這個社會上立足。秀秀小小的心靈，竟有如此的想法。但願皇天不負苦心人。

有一天，秀秀煮好飯後，切了一臉盆高麗菜端進廚房，當她正準備點燃柴火炒菜時，文祥突然走了進來。

「秀秀，妳燒柴火，我來幫妳炒菜。」文祥拿起鍋鏟，看看她說。

正當秀秀把柴火放進灶裡準備點燃時，文祥又說：

「秀秀，阿狗嬸來了。」

「喔。」她知道阿狗嬸的來意是什麼，只淡淡地應著。

柴火在灶裡燃燒著，反射出來的火光正好映照在秀秀的臉上，當她不經意地抬起頭時，卻發現文祥正以一對懇求的目光凝視著她。這道光芒，似乎不是兄妹間相互關照衍生出來的光亮，而是另有他求的眼神。秀秀故做鎮靜，並沒有懾服於它，一味地望著灶裡的火光出神。

人，或許都是自私的，爸爸為了娶媳婦，哥哥為了討老婆，竟不顧父女兄妹之情，要一個十三歲的女孩來承受終生的心靈苦痛。而就在剎那間，母親的身影竟不約而來地浮現在她眼前，一滴傷心的淚水悽然落下。要是她老人家還健在的話，絕對會替她做主的，勢必也不會同意這種交換式的婚姻。倘若必須遷就現實，也要等她長大成人，經過她的同意，才能和人談論婚嫁。不該拿她這個十三歲的女孩，去和人家交換，這是她難以忍受也不能接受的主因。

當文祥那道懇求的目光再次和她交會時，她依然不為所動，右手抓起大把的柴火猛往灶裡塞，在未完全燃燒時，頓時冒出一陣嗆鼻的濃煙，燻得她眼淚直流。她用手輕揉了一下，卻揉出二串悲傷的眼淚，以及二管清澈的鼻水。

「秀秀，妳哭了？」文祥關心地問。

「沒有，那是被煙燻的。」秀秀冷漠地說。

「阿狗嬸正在和爸爸商量我們和陳家訂婚的日期。」文祥仍舊以一對懇求的眼光看著她，「秀秀，妳就點頭答應，不要再堅持了好不好？」

「如果我今年十八歲的話，我會聽爸爸的安排、聽哥哥的建議。偏偏我只是一個十三歲的小女孩。」秀秀依舊有所堅持。

「妳應該替哥哥想想？」文祥低調地說。

「你可曾替妹妹想過？」秀秀不屑地反問他。

「陳家大哥雖然年紀大一點，但聽說很老實，將來一定會給妳幸福的。」文祥依然低聲低調地開導她說。

「教十三歲的妹妹去嫁給一個三十歲的老男人，然後為哥哥換來一個年輕貌美的新嫂嫂。這種婚姻，不知是你幸福？還是我幸福？」秀秀反駁著說。

文祥霎時無言以對。

那天，當阿狗嬸再次進入李家時，來福獨斷獨行、擅作主張，已顧及不了秀秀的反對，更沒有商量的餘地。這門婚事似乎已到了非訂不可的地步，希望能趕在春桃逝世的百日內，讓文祥把媳婦娶進門。對方也應允，待秀秀長大點再嫁入陳家門。這實在是一個兩全其美的好辦法，彼此間都應該珍惜以及無異議地接受。

姑換嫂或許是沾了親上加親的緣故，在一般繁瑣的訂婚禮儀上，無形中，就自然而然地簡化了不少。雙方都不必為既有的禮俗費神，也無須為巨額的聘金傷腦，看在來福眼裡，是非常滿意這門親事的。而對文祥和秀秀來說，卻處在二個不同的極端，兄妹間各有不一樣的心情、不同的想法。

文祥在他二十餘年的人生歲月裡，莫過於此時最興奮。雖然他尚未與陳家小姐見過面，但只要身心正常、勤奮樸實就好，漂亮的外表並不能當飯吃。何況，自己並非出身名門，亦非是什麼公子哥兒，當兵時受的傷迄今也尚未痊癒，更沒有一份固定又像樣的工作，如不是仰賴父親，連訂婚的囍糖也買不起，遑論是幾塊花布或一只金戒指。

他相當高興父親能體會出一個年輕人的心情，不久，身邊就會有一個女人和他共枕眠，他首先想到的是那春宵一刻值千金的新婚之夜。打從十五、六歲的青春時期算起，他想這種事已足足想了十幾年了，儘管當兵時有同僚慫恿，但他始終沒有勇氣踏入軍中樂園或台灣的風化區一步。壓抑的性慾，只好透過夜裡的夢遺，任由它自然地發洩，同僚笑他是在內褲上畫台灣地圖。

再過一些日子，他就能從女性的身體中，體驗出人生的真義和兩性交合的樂趣。於是，他首先要感謝的是父親，繼而的是妹妹，如果沒有父親擅自做主以姑來換嫂，依目前的情勢，想討個老婆談何容易。即使思想早熟的妹妹不同意，但她畢竟只有十三歲，一切由不得她來做主，必須認命，不久就得去和一個大她十七歲的男人生活在一起。往後的日子是苦是甜，是幸福或者不幸，誰也無法替她臆測和保證，只好乖乖地聽天由命了。

然而，秀秀是不甘心如此的，她憎恨父親罔顧父女親情，痛恨哥哥的自私，因為她只是一個尚未完全轉大人的十三歲女孩。雖然月事初來，但長期的營養不良，胸部不僅沒有一般少女的豐滿，甚至連俗稱的「腫奶」也看不出來。依她目前的情境，多麼像一頭尚未長大的豬仔，很快就要被人捉去宰殺一樣，讓她感到相當的難過和傷悲。而做夢也沒想到，斷送自己幸福的人，竟是她的父兄。

阿狗嬸雖然說，女孩一旦結婚後，就會很快變大人，將來生兒育女樣樣行，一點也不用愁。然她是不甘心的，不甘心把自己一生的青春和幸福，斷送在一個大她十七歲的男人手中，而替哥哥換來嫂嫂。即使她不清楚對方的底細，媒人的花言巧語也不可信，但試想，一個三十歲還討不到老婆，必須用自己的妹妹去換取一個十三歲的女孩來做妻子的男人，又能精明到那裡？又能在這個社會上謀取乙份什麼樣的工作？家中的經濟狀況又能好到什麼程度？

每每想到這些不如意的事，秀秀莫不悲從心中來。日後勢必要承受心靈與肉體的雙重苦難，低聲下氣地去迎合一個全然陌生的家庭；瘦弱的身體，必須任由一個大她十七歲的男人糟蹋蹂躪。往後的每一個日子不知要如何度過才好，她感到前所未有的驚慌和恐懼。

訂婚的那天，她沒有接受父親要她穿新衣的建議，甚至故意打赤腳，捲起褲管，穿了一件陳舊的破衣裳，挑水去清洗豬欄裡的糞便。這個地方雖然髒臭，卻倍感親切，和這幾頭豬兒，也早已培養出一份深厚的感情。反而和生她育她的父女之情，以及同胞的兄妹情誼有些疏遠。

她情不自禁地伸出粗糙的手，輕輕地拍拍豬隻的背部，而後輕輕地撫撫牠粗黑的鬃毛。不錯，這隻豬已經長大、也長肥了，是出售讓人宰殺？還是繼續餵養在欄裡？必須經由飼主來決定，絲毫沒有抗拒的權利。儘管她此時的命運與欄裡的豬隻有點類同，但卻比牠們還不幸，因為她尚未長大亦未長肥，必須關在欄裡繼續餵養，還不到任人宰殺的時候。而今天，則必須先讓父兄押上屠宰台，復由一個全然陌生的男人來主宰她的命運。秀秀想著、想著，情不自禁地悽然淚下。

「秀秀。」突然她聽到文祥的聲音。

她抬起頭，看了他一眼，沒有任何的表情和回應。

「阿爸叫妳回去看看陳家送來的訂婚首飾和布料。」文祥懇切地說。

「看什麼？有什麼好看的？」她不屑地，「要看你自己去看！」

「秀秀，妳不要這樣好不好。」文祥自討沒趣地說。

「我怎麼樣啦？難道用一個十三歲的妹妹為你換老婆也有錯？」秀秀聲音高亢，情緒激憤地說。

「別扯得太遠了，」文祥淡淡地說：「這件婚事能順利地訂下來，對我們兄妹來說都是好的。」

「好？」秀秀鄙視地一笑，「一個十三歲的女孩，去嫁給一個三十歲的大男人，會好嗎？會幸福嗎？真正好的，可能是哥哥你吧！」

「家鄉有一句俗語話：『老尪疼茈某』難道妳沒聽過？」文祥試圖用這句話來獲取她的認同。

「不要用這種話來羞辱我。」秀秀說後，不想再理會他，提起水，猛力地往豬屎處沖去，讓髒臭的水花四濺。

「情願一點好不好？」文祥用手擦了一下臉，不屑地說。

「對這個家，我沒有什麼不情願的！」秀秀瞪了他一眼，憤慨地說：「但對這門姑換嫂的婚姻，我卻有一百個、一千個、一萬個不情願！不情願！不情願！」

「既然這門婚事已成為既定的事實，秀秀，妳就認命吧！」文祥雖然低調地說，話中似乎也隱含著一絲嘲笑。

「認命？」秀秀冷冷地笑笑，而後瞪了他一眼，不屑地說：「會的，我會認命、我會認命的！」

文祥走後，秀秀提著空桶從豬欄裡走出來，而後頓足停留在豬欄旁，搖搖頭，微嘆了一口氣，情緒失控地對著欄裡的豬隻說：「我是不會認命的！我是不會認命的……。」

然而，儘管她不情願也不認命，當村人以及所有的親朋好友吃過她的囍糖、收下她的「桔仔花」後，這門親事極其自然地便成為既定的事實。倘若想悔婚、不履約，置身在這個民風保守的小農村，似乎已不可能。一個十三歲的小女孩，又能運用什麼智慧來擺脫這樁不合情理的婚姻？或許，只有乖乖地成為傳統下的犧牲者，去嫁給一個大她十七歲、又有一點戆直的男人，而後為哥哥換回一個年輕貌美的新嫂嫂……。

第四章

陳家送來訂婚的首飾和布料，大致說來還蠻體面的。即使來福囑咐秀秀要打開包袱巾看看，但她卻懶得看它一眼，甚至動也沒動過，就把它丟在她與弟弟同睡的床角落，任由童稚的弟弟當坐墊或當馬騎。

來福雖然老年喪偶，但卻慶幸兒子很快就要娶媳婦，女兒不久也將出嫁，不僅有了媳婦，也多了一個女婿。然而，文祥的身體尚未痊癒，秀秀對這門婚事的排斥，卻也讓他十分憂心，萬一讓陳家不滿而提出解除婚約的要求，他絕對是面子裡子全輸。儘管他如此的安排，對秀秀來說有點不公平，畢竟她只是一個十三歲的女孩，可是，她必須體諒為父者的苦衷，而不該把他視為仇人，處處來頂撞他、一味地怪罪於他，這或許也是他難以釋懷的原因。

距離春桃死後的百日已不遠了，來福不僅為文祥買了新「眠床」，也訂製一對「新郎燈」，欄裡的豬隻也不斷地以米糠和豆餅來餵食，希望能多殺牠幾斤肉，好宴請客人，一待媒人和陳家溝通後就可擇日去迎娶。來福準備娶媳婦的消息，也同時傳遍整個村莊。村人等著喝喜酒、吃大肉；孩子們等著看新娘、鬧新房，小小的村落盈滿著一股濃濃的歡樂氣息。

然而，在婚期尚未擇定時，不知是興奮過度抑或是命運的多舛，文祥的舊疾復發了，不僅咳得厲害，痰中還帶有血絲，偶而地還咳出血塊，而且胸悶胸痛，全身感到有氣無力，雖然趕緊送醫，但在這個落後的小島上，限於醫療設備的不足，始終檢查不出詳細的病因，但必須住院以藥物來控制病情。原本喜氣洋洋的李家，剎那間，又陷入一片愁雲慘霧中，婚事不得不後延，而要延到幾時？或許，要問問老天爺了……。

陳家在得知文祥的病情後，卻始終無動於衷，即使文祥和阿鳳尚未成親，但到底已是名正言順的未婚夫妻。可是陳家大小沒有一個人到醫院探視，亦未託請任何親友代為問候。儘管島上民風純樸、社會保守，探病卻是人之常情，未婚夫妻趁此多一點認識亦是好事一樁，何樂而不為？陳家阿鳳非但沒有如此做，反而是陳母經常找人陪伴，主動地到李家看看十三歲的小媳婦，有沒有長高、有沒有長大，而女婿的病情，則不聞不問。這種有違常理的做法，的確讓眾家親友感到心寒。

有一天，秀秀正在院子裡切野菜，準備和著米糠廚餘餵豬，繁瑣的家事農事，再加上哥哥的病情，惡劣的心情自然衍生，偏偏她未來的婆婆和一位多管閒事的婦人又來了。儘管父親經常交代她待人要有禮，但她卻依然和往昔一樣，對她們沒有一絲兒好感，因此並沒有理會她們，任由她們交頭接耳、竊竊私語。

「好像長高了一點。」陪著陳母來的那位婦人說。

「長高是長高了一點，但是胸部還是平平的，屁股還是扁扁的，一點也沒有轉大人的跡象。」陳母說。

「這點倒沒有什麼關係，」婦人淡淡地笑笑，「想當年我還不是跟她一樣，但結婚後馬上就變了。年頭結婚，年尾生下小孩後，照樣有充分的奶水來哺乳。女性和男性的生理變化是不同的，營養好、發育早的女孩，十三歲就可以生兒育女，有些男孩到了這種年齡還在尿床呢！」

「我看年底就把她娶進門算了，」陳母看了秀秀一眼，「以免夜長夢多啊！」

「這樣也好，可以了卻一樁心事。」婦人又低聲地說：「現在的女孩不比以前了，又多了那些滑溜的台灣兵在這裡搞鬼，許多事情實在很難預料，誰敢保證她不會和人家鬼混、被台灣兵騙走。一旦結婚大了肚子，她就變無蠓啦！」

陳母心有同感地點點頭，而後逕自走到秀秀的身旁說：

「秀秀，站起來讓我看看。」

她們的談話秀秀幾乎都聽得一清二楚，滿腹的委屈正無處發洩，她手拿菜刀站了起來，怒目對著陳母說：

「看什麼？有什麼好看的？該去看的是我病中的哥哥！」

「妳這個孩子，怎麼可以這樣對我說話？」陳母氣憤地指著她說。

「難道我說錯了？」秀秀理直氣壯地反問她，復又高聲地說：「我只是一個十三歲的小女孩，沒有什麼好看的，該看的是我生病住院的哥哥！」

來福適時從山上回來，目睹孩子如此無禮和放肆感到相當的痛心。於是他放下鋤頭，氣憤而快步地走到秀秀面前，二話不說，就是給她一個清脆的巴掌，打得她頭昏眼花、淚流滿面。秀秀含著淚水，狠狠地瞪了他們一眼，快速地走離現場。

然而，打在孩子的頰上，卻痛在父親的心上，儘管如此，來福心裡似乎也有一份沒有把孩子教育好的自責。誠然他是一個有血性的男子漢，也是孩子心目中慈祥的父親，但為了她反對這樁婚事而經常和他作對，實在是讓他忍無可忍，不得不趁機教訓教訓這個不識時務的孩子。

「對不起，親家母，」來福趕緊走到陳母面前，陪著笑臉，歉疚地說：「我沒有把孩子教養好，真是失禮啦！」

「孩子還小，講她兩句就好，不要打她嘛，出手也不要那麼重嘛！」陳母不捨地說。

「不，這個孩子的個性很倔強，」來福氣憤地為自己辯解著說：「自從訂下這門親事後，心裡就一直不痛快，老是擺一副臭臉給人看，真是氣人。我非得教訓教訓她不可！」

「秀秀年紀還小，有話慢慢講，好好跟她溝通，千萬不要用打的。」陳母開導他、卻也不忍心地說：「孩子是我們陳家未來的媳婦，你這樣打她，我實在捨不得啊！」

「等文祥和阿鳳結婚後，我看秀秀這孩子，妳就盡快地把她娶回去管教和疼惜吧，免得我操心。雖然她年紀還小有點不捨，但依她那種倔強的個性，萬一將來有什麼變卦和差錯，我來福可擔待不起。」來福搖搖頭無奈地說。

「這樣也好，」一絲滿意的微笑掠過陳母的嘴角，「女孩子結婚後很快就會變的，一旦圓房後馬上就變得不一樣。有了身孕，就是少婦了，誰看得出來她只有十三、四歲。」

來福點點頭，默認著，似乎沒有勇氣來呼應她。他心中唯一想的，或許是犧牲女兒、成全兒子，為死去的春桃爭一口氣吧！

「文祥得的是什麼病啊，怎麼住那麼久還沒出院？」陳母突然關心地問。

「當兵時受了一點內傷，可能是舊疾復發，醫院什麼儀器也沒有，到現在還檢查不出較詳細的病因。」來福淡淡地說，對文祥的病情似乎有些淡化和隱瞞。「一旦出院，你要趕快叫阿狗嬸通知我一聲。不怕你見笑，我們家阿鳳一切都準備好了，就等你家的花轎來抬啦，如此一來，過冬就可以把秀秀迎進門。你不知道我們家那個寶貝兒子，想老婆簡直想昏啦！」陳母說後哈哈大笑。

「我們家文祥也沒兩樣，只有秀秀這個孩子，始終排斥這門姑換嫂的婚事。」來福據實說。

「是不是嫌我們家桂寶年紀大了點？」陳母問。

「她始終認為自己還小。」來福趕緊解釋著，而後搖搖頭，微嘆了一口，「這也難怪，畢竟她只有十三歲啊！」

「我們兩家都是老實人，能結成這個親上加親的好姻緣，也是前世修來的福份，大家都應該珍惜！」陳母提醒他說：「多多安慰和開導她，年紀小並不是什麼大不了的問題，過一些時候總是會長大的。一旦進入我們陳家門，我這個做婆婆的只有疼愛她，不會虧待她的，要她儘管放心好了！」

「這點我知道，相信秀秀會慢慢領悟到的，也會明瞭父母的一番苦心。」來福感性地解釋著說。

然而，自從來福當著陳母的面打了秀秀一巴掌後，更增添孩子對父親的不滿和痛恨。而這個沒有女主人的家庭已夠不幸了，馬上又有一個噩耗要到來。

文祥死了。

文祥的死對老年喪偶的來福而言，毋寧是雪上加霜，白髮人送黑髮人更是人間最大的慘劇，但他卻始終不明瞭孩子真正的死因。醫生的專業名詞他有聽沒有懂，只能歸咎於命運，只能怨蒼天的不公，只能說是島民的宿命，其他又能奈何？當他親眼目睹孩子躺在病床上奄奄一息時，悲慟的情緒久久不能自己。失去老伴與失去兒子的悲傷心情並沒有兩樣，他用多皺而顫抖的手輕撫孩子疲弱、冰冷而沒有血色的臉龐，再也控制不住悲傷的情緒和即將喪子之痛，竟在醫護人員以及諸親友眾目睽睽下，掩面痛哭……。

即使來福悲痛難忍、嚎啕大哭，也不能挽回文祥寶貴的生命。此生必須承受喪妻與失子之痛，對於一位一生務農的老年人來說，真是情何以堪啊！

文祥雖已訂婚卻未婚，年已二十好幾卻無子嗣，母雖歿而父尚在，儘管不是早夭的「死囝仔」，但依習俗一切必須從簡。出殯時只能抬著棺木順著山路低調地跟著道士走，送終的也只有平輩或晚輩，以及少數親友們。而其中，卻獨獨缺少陳家的親友，別說是陳家阿鳳小姐，竟連派一個小孩來拈香也沒有，十三歲的秀秀都懂得生氣，遑論是來福和他的親友們。

雖然文祥無緣和阿鳳結成連理，但畢竟還有秀秀與陳家桂寶有婚約在身，未婚妻來送未婚夫一程並無不妥之處。況且，陳家與李家近在咫尺，陳母又經常來探視未來的小媳婦，而此時，倘若未過門的阿鳳有所顧忌不克前來，要他們家桂寶來向未來的大舅子拈香、行禮也不為過？陳家為什麼要做得那麼絕！這是眾家親友始終無法理解的地方。

在短短幾個月裡，喪偶又喪子的來福，心靈的確承受著難以言喻的悲痛。但為了孩子，為了這個苦難的家庭，必須擦乾淚水、咬緊牙關，為他們做更多的犧牲和奉獻。因此，在農忙與包容心的驅使下，無形中，早已把陳家失禮的地方淡忘掉。這門親上加親的婚姻，也隨著文祥的去世而回歸到一般的兒女親家，爾後只有陳家來央求他，讓秀秀早日嫁過去，他已沒有遷就陳家的心裡負擔。但是，誠信是為人的基本原則，他依舊會信守對陳家的承諾，讓秀秀成為陳家的媳婦，絕不會有毀約的情事發生。

文祥屍骨未寒，陳家就急著想把秀秀娶進門，他們似乎沒有考慮到來福內心的傷痛未癒，而是深恐這段婚姻會生變。因為，當初言明的是姑換嫂，而今天，陳家阿鳳並未入李家門，李家秀秀是否願意嫁過去？一旦李家不遵守承諾，三十歲的陳家桂寶，不知要等到何年何月何日始能完婚，教他們不擔心也難啊！

雖然秀秀只有十三歲，但她到底會長大，不久就會轉大人，婚後也會生兒育女，以她的聰穎和勤奮，將來勢必是一個相夫教子、勤儉持家的賢妻良母，這種女孩要到那裡去找，這門親事無論如何也不能錯過。尤其他們家桂寶，生性較憨厚，也是一般人所說的憨直。如果不是當初言明姑換嫂，一旦讓人打聽到他有這種缺陷，又有誰家女孩願意嫁給他。因此，他們必須盡快地採取行動，快一點把她娶進門，以免夜長夢多起了變化。當生米煮成熟飯時，李家秀秀想後悔已來不及了……。

阿狗嬸受託後再次來到李家，來福已知道她的來意。

「文祥剛去世不久，現在來談秀秀的婚事，似乎有點不妥。」來福不客氣地說。

「陳家說，在文祥往生後的百日內都可以，他們不忌諱。」阿狗嬸轉達陳家的意思，坦誠地說。

「為什麼要那麼急呢？」來福不解地說：「當初我們不是說好，等秀秀長大點再過門。」

「不是我急，是人家急。」阿狗嬸有點無奈。

「誰急都沒有用！」秀秀在外面聽到他們的談話後，快速地走進來，對阿狗嬸說：「我哥哥並沒有把陳家阿鳳娶回來，憑什麼我要嫁給她哥哥？」

「妳哥哥沒有把阿鳳娶回來，是他沒有這個福氣。但是，妳已經和人家訂了婚，就有義務履行這個婚約！」阿狗嬸高聲地說。

「當初講好是姑換嫂，現在我哥哥已不能和陳家阿鳳配成對，憑什麼要我來遵守這個婚約？」秀秀理直氣壯地說：「不要認為我這個女孩好欺負！」

「不能對阿狗嬸無禮！」來福怒斥她說。

「反正哥哥已經死了，陳家阿鳳也沒進我們李家門，這個婚約已不算數！」秀秀說後，一轉身，「我現在就去把那幾塊布和手飾拿來，請阿狗嬸退還給陳家！」

「妳敢？」來福氣憤地指著她說。

秀秀並沒有理會父親，快速地移動腳步，來福怒氣未消，一把揪住她，順手給了她一巴掌。

「你打、你打！」秀秀悲傷難忍，情不自禁地嚎啕大哭，而後挺起身，高聲地對父親說：「你打死我好了！你打死我好了！」

「妳以為我不敢！」來福再次舉起手，卻被阿狗嬸給攔住。

「如果你要我嫁給陳家桂寶，我就到天堂見母親、找哥哥！」秀秀已失去了理智，轉身就往堆放農具雜物的小房間跑，順手拿起一瓶農藥，正在扭轉瓶蓋時，來福適時趕到，快速地搶下她手中的農藥瓶，緊緊地把她抱住，而後老淚縱橫、驚慌地大叫：

「秀秀，妳不要這樣！妳不要這樣！」

阿狗嬸也驚恐地來到秀秀的身邊，不停地安慰她說：

「這又何苦、這又何苦呢？有事好商量、有事好商量，千萬不要想不開、做傻事啊！」

秀秀伏在父親的胸前，悲傷嚎啕地痛哭著，彷彿有滿懷的委屈待發洩，要哭碎父親的心才甘心……。

看到孩子悲痛的啼哭，看到孩子傷心失望的情景，來福心在滴血，愧疚的淚水直流，秀秀如此激烈的反抗是他始料未及的。他似乎只顧及到對別人的誠信，卻置子女的幸福和生死於不顧。難道是被誠信這兩個根深蒂固的字矇蔽了自己的良知？還是想讓一個十三歲的小女孩成為傳統下的犧牲者？如此之徒，怎能配稱為人？怎能配為人父？倘若不是他搶先一步，快速地奪下秀秀手中那瓶農藥，或許，此時已是天人永隔，一個無法彌補的憾事就此發生。任無情的時光走遠，任歲月腐蝕他的身軀，世人也難以寬恕他所犯下的滔天大罪……。

第五章

秀秀為了不願成為傳統的犧牲者，欲服農藥自盡的消息很快在村裡傳開了，村人莫不同情她的遭遇。來福為了娶媳婦而犧牲女兒的不當做法，自己的確也感到無比的羞愧。仔細地想想，當初他是不該擅作主張，促成這門婚事的。儘管他純粹是替兒子著想，但卻硬要把一個發育尚未完全的女兒，嫁給一個三十歲的男人。倘若不是他反應快，一旦讓孩子做出不能挽回的傻事，他怎能對得起死去的春桃。可憐的孩子為了爭取自身的權益經常挨罵挨打，天下父母心啊，他實在不忍心如此做。但孩子倔強的個性和據理力爭的姿態，讓他難以忍受，也因此而喪失對子女應有的包容和慈愛。每次懲罰過後，內心就不停地掙扎和反省，然而又有誰知道，打在孩子的身上，則痛在他這個不中用的父親心上！

雖然文祥已去世，不能和陳家阿鳳結成連理，就誠如阿狗嬸所說，是李家沒有福氣，能怪誰呢？但是，秀秀必須遵守當初的承諾，不能以任何理由為藉口來否定這門親事。即使他有這種想法，但面對秀秀對這件婚事的排斥和抗拒，以及深恐再發生任何意外，來福不得不重新思考這個問題。

世代務農、忠厚老實，一向講誠守信的他，不知要如何向陳家開口。短短的幾個月內，他承受喪偶與喪子之痛，又狠心把小女兒送人做養女，讓一個原本幸福美滿的家庭瀕臨破碎的邊緣。倘若再逼迫秀秀去遷就這門婚事，萬一再讓她想不開而走入極端，除了必須承擔所有的罪過外，自己勢必也是這個家庭中的罪魁禍首，這是他不願見到、也不能承受的心裡負荷……。

秀秀和父親發生爭執拿起農藥想自殺的那一幕，看在阿狗嬸眼裡，仍然心有餘悸。她做了半輩子媒人，促成的姻緣無數，發生這種事卻是頭一遭。要一個十三歲大的小姑去換大嫂，卻也是她平生的第一次。當初想促成這段婚姻時，村人就罵她：「夭壽，想要害死囝仔嬰！」今天，若是秀秀真的自殺身亡，村人絕對不會原諒她的。因此，她考慮再三，還是請他們兩家另請高明吧，她決定不再淌這池渾水。

然而，媒人能做一半嗎？倘若真是如此的話，勢必得不到雙方家長的諒解。幸好，陳家經親友勸說和曉以大義，為避免再度發生類此不幸事件，決定和李家解除婚約。況且，他們的女兒並未過門，將來依然可以另尋婆家，如果當初不幸進入李家門，現在已成為一個可憐的小寡婦，這簡直是不幸中的大幸。雖然三十歲的兒子生性較憨厚，但如果娶回一個思想早熟、叛逆性又大的小媳婦，是否能適應他們的家庭？是否能讓兒子幸福？現在的社會已異於往常，結婚沒多久又落跑的小媳婦時有所聞，被台灣兵誘拐的情事也屢見不鮮，寧願讓兒子遲一點結婚，也不能娶一個必須時加看管的小媳婦。萬一娶回家又讓她落跑，陳家的顏面勢將盡失，還不如退一步，一則心安，二則海闊天空……。

秀秀獲知陳家要解除婚約的事後，簡直喜出望外，要不是父親重信諾，這件事應該由他們提出才對。因為自始至終，她一直反對這門姑換嫂的婚姻，甚至不惜以死來逼迫父親讓步和改變。畢竟，她只是一個十三歲的少女，怎能任由一個三十歲的大男人先娶回家凌辱發洩，長大後再為他生兒育女，這是一樁多麼不公平的交易啊！

這件事的前因，純粹是為了哥哥急於完婚，然而，手心手背都是肉，父親怎麼可以拿她當犧牲品，來成全哥哥的婚姻，這也是她一直不能釋懷的地方。

坦白說，哥哥也是自私的，那天，他以一對異於往常的目光凝視著她，事隔多日的今天，仍然能記得他眼裡散發的，絕對不是兄妹間相互關懷的眼神，而是一道懇求渴望的目光，冀望她能點頭，好讓這段姑換嫂的姻緣成真。雖然哥哥舊疾復發，不幸與世長辭，但那道懇求的目光卻是她內心永遠的疼痛，以及不可磨滅的記憶。

秀秀露出這些日子來難得的笑容，陳家不僅已領悟到凡事不能強求的真理，父親也不再堅持這門婚事。當阿狗嬸重臨李家轉達這個消息時，秀秀迫不及待地回到房裡，伸手拉出放在床角的包袱，興奮地拎起，快步走到阿狗嬸面前。

「阿狗嬸，這是先前陳家送來訂婚的手飾和布料，請您交還給他們。」秀秀說後，順便把包袱放在桌上。

「秀秀，想不到妳小小年紀竟然那麼地懂事。」阿狗嬸拉起她的手，輕輕地拍拍，而後說：「陳家交代過了，雙方送的訂婚手飾和布料都差不多，大家就留下來做個紀念、不必退了。雖然不能結成親家，但彼此間都生活在這塊土地上，往後就做個朋友吧！」

「阿狗嬸，不是我存心想為難你們，也不是故意耍性子。您是知道的，我今年才十三歲，如果阿母還健在的話，除了是一個有母親疼惜的孩子外，也不會讓我輟學，更不會用我這個小女孩去和人家姑換嫂。」秀秀紅著眼眶說。

「當初我也有點不捨，畢竟妳還小，根本還沒轉大人，怎麼能嫁給一個足足大妳十七歲的男人。」阿狗嬸眼裡流露出一絲關愛的眼神，「但妳阿爸為了要趕在妳阿母往生後的百日內，替妳哥哥完婚，不得已才出此下策。秀秀，這段時間委屈妳了，讓妳小小的心靈承受那麼多的苦難，又差一點讓妳想不開。今天，我很高興見到雙方各退一步，解除這個不妥當的婚約，以免日後造成更大的憾事。從今以後，我阿狗嬸絕不再幫人做媒，雖然牽了不少姻緣，但如果成就了百樁而疏忽了一件，那會讓我一輩子心難安的。尤其現在這個社會跟以前不一樣了，年輕人流行的是自由戀愛，父母根本做不了主，好壞就由他們自己去承擔吧！」

「不，阿狗嬸，我的情形是例外。您為這塊島嶼的青年男女，促成許多對良緣美眷，那是有目共睹的。您千萬不能放棄這份有意義的工作，再過七年，等我二十歲後，您再幫我做媒吧！但除了身心健康外，年紀也要相當……。」秀秀紅著小臉，不好意思再說下去。

阿狗嬸緊緊地握住她那雙粗糙的小手，內心的悸動並非三言兩語可道盡，她低估了這個小女孩的智慧，也佩服她不向命運低頭的精神。孩子愛說笑了，七年後，何須勞她這個不中用的老人來幫她做媒，愛神自然會降臨在她的頭上，為她尋覓生命中的如意郎君，開創一個屬於她自己的春天。

來福適時走進來，他非常感激陳家的果斷和包容，解除婚約雖然不是一件很光彩的事，但為了孩子，他寧願承受所有的過錯，寧願接受眾人的指責。然而，村人和親友們非但沒有任何的雜音，反而肯定他們兩家睿智的做法。一個失去母愛的小女孩何辜？一個十三歲的少女何辜？她沒有義務成為傳統下的犧牲者，她有追求幸福的權利！這似乎也是生長在這塊土地的子民，必須深思的問題……。

第六章

自從和陳家解除婚約後，秀秀的眉頭已不再深鎖，彷彿變成另一個人似的。儘管每天必須為家事和農事忙碌，但她卻甘願做、歡喜受，始終無怨無悔，日子過得相當的愜意。她也向同學借來不少書，利用時間不斷地自修，遇有不懂的地方，就四處向人請教。秀秀好學不倦的精神，讓村人稱讚不已。

很久沒有到她們家走動的阿麗，在舅舅和舅媽的做主下，竟然為她招了東半島一個自幼失怙又失恃、年已三十七歲，曾經偷宰村人無數隻家犬，烹飪後做為下酒佳餚，綽號叫殺狗林的男子入贅做夫婿。

殺狗林的年紀與阿麗足足相差二十歲，對於他的為人處世、品德操守，村裡的人並不十分清楚。舅舅貪圖的是他有一副魁梧的身材，雖然喜歡喝點酒，酒後偶而地也發發酒瘋，但做起農事卻一點也不含糊。這個家只有依靠著這種身強力壯的男人才能支撐下去，舅舅和舅媽的想法是如此的。

儘管殺狗林其貌不揚、年紀又大，但阿麗為了這個家、為了二個弟弟、為了尊重舅舅，似乎沒有不接受的理由。她心想：如果當初沒有大肚粉仔從中破壞，一旦嫁給文祥，現在已成了一個不折不扣的小寡婦，雖然殺狗林年紀大了一點，但身體卻相當的強壯，往後勢必是她終生的依靠，也會給她幸福的，阿麗的嘴角，情不自禁地掠過一絲興奮又滿意的微笑。然而，這只是她單純的想法，未來的事誰也不敢料想，未來的命運，亦非一個凡人所能掌控的。

新婚的那一晚，喜歡杯中物的殺狗林，簡直喝得酩酊大醉，一進新房，就嘔、嘔、嘔的吐滿地，阿麗聞到那股嗆鼻難聞的酒臭味，竟也跟著嘔了起來。不一會，殺狗林連鞋襪也沒脫，就倒在床上呼呼大睡。阿麗面對新婚夫婿那副狼狽相，以及吐在新房裡的那些穢物，無形中，心裡起了很大的反感，竟不自覺地悲從心中來，流下的似乎不是新婚之夜興奮歡悅的淚水，而是悲傷失望的淚珠。

當她清理完那些穢物準備就寢時，不得不先把殺狗林的鞋襪脫掉，好為他蓋上棉被以免招涼，卻也因此而驚醒了他。只見殺狗林一翻身，隨即脫下自己的褲子，並伸手一拉，把阿麗緊緊地摟進懷裡，隨後快速而粗魯地脫去她的褻衣，緊接著是一個大翻身，身體已重重地壓在她的身上。就在她驚慌失措、毫無心理準備的剎那，殺狗林自以為豪的那話兒已精準地滑入她的體內，阿麗的下身感到一陣前所未有的劇痛後，她的童貞已被殺狗林所奪取，留下一個處女的印記在被單上，以及下體的熾熱和疼痛。而當一陣暖流在她體內奔馳後，黏黏的液體便緩緩地溢出她的陰道口，殺狗林馬上像一頭瀕臨死亡的狗熊，快速地從阿麗的身上翻落下來。然而，阿麗此時所感受的，並非是新婚之夜的歡愉，亦非是夫妻間的魚水之歡，而是無限的苦痛和悲傷。於是，淚水再次地盈滿她的眼眶，一顆顆不停地往下掉……。

當殺狗林發洩完性慾後，很快地又呼呼地睡著了。阿麗再怎麼思、再怎麼想，也想不透男人怎麼會是這種樣子？在結婚的前夕，舅媽曾經告訴她一些兩性之間的性知識，那是攸關新婚之夜夫妻床笫間的事。在她的想像中，那春宵一刻值千金的美好時光，絕對是浪漫的、興奮的、喜悅的。而今天，她所面對的卻與想像中的完全不一樣，彷彿她處女的貞操，是被一個喝醉酒的男人所強暴；少女聖潔的身軀，是遭受一個喝酒醉的瘋子的蹂躪和糟蹋，一點也沒有新婚之夜的歡心和樂趣可言。阿麗想著想著，又一次地悲從心中來，淚水不停地往枕上淌，竟然哭出了聲音……。

「我知道妳是在室女啦，」殺狗林揉著微紅的醉眼，搖晃著她的身體說：「第一次難免會痛，以後就不會痛啦！我敢保證，下一次一定會讓妳爽歪歪，妳不要哭了好不好！」

阿麗聽後，整顆心猶如針刺般地難受，腦裡也衍生出一份無名的傷悲和受辱感。因此，她沒有理會他，自個兒不斷地哭泣著，也流下此生悲涼悽愴又痛苦的傷心淚……。

殺狗林並沒有像舅舅和舅媽所說的那麼勤奮，經常地，太陽已高掛天空還不上山工作，而夕陽尚未西下就急著回家等飯吃；吃完飯後就出去閒逛，對這個家一點也不關心，田裡、家裡大部分工作還是落在阿麗的身上。可憐的阿麗必須二頭忙，晚上拖著疲憊的身軀上床卻得不到休息，還得再接受他的凌虐、滿足他的獸慾，稍有不從，甚至會以暴力相向……。

殺狗林除了吞雲吐霧、嗜好杯中物外，玩三公、推十點半、賭牌九，吹牛說謊話，幾乎樣樣來。而且還利用與軍樂園某管理員是親戚的關係，走後門偷偷地到裡面嫖妓。

某天夜晚，殺狗林喝了一點酒，又企圖想重施故技。當他從後門溜進去後，他的管理員親戚除了不勝其煩外，也深恐萬一被上級單位查到，勢必會遭受嚴厲的處分，因此不得不警告他說：

「林仔，坦白告訴你，以前看在我們是親戚，以及你年近四十還討不到老婆的份上，偷偷地讓你進來玩玩。可是現在你已經有老婆了，不能再這樣漫無節制地玩下去，讓阿麗知道不大好。」管理員開導他，卻也擔憂地說：「有一點你必須搞清楚，你並不是軍人，如果讓上級單位查到，我倆都要倒大楣！」

「我已經來過好幾次了，每次都讓我爽歪歪地走出去，從來就沒有發生過什麼事，不會那麼倒楣啦！」殺狗林一副無所謂的樣子，緊接著又說：「你不知道，阿麗躺在床上就像一個木頭人似的，一點情趣也沒有。而你們裡面這些小姐，床上功夫個個都是一流的，要是能討一個回家做老婆，絕對會爽死！」

「阿麗是一個人人稱讚的好女孩，而裡面這些女人，盡是些歷經滄桑的殘花敗柳，怎麼能和她相比！」管理員不屑地說，卻也再次地提出警告，「以後不要再到這個地方來，萬一被查到，可不是鬧著玩的。而且這些女人每天接客都在數十人以上，衛生方面不比良家婦女，如果不幸染上性病，回家再傳染給阿麗，那就糟了！」

「你不要嚇唬我，沒有那麼嚴重的事啦！」殺狗林不在乎地說：「我進來搞過無數次了，爽過後我就走，從來就沒有被查到過，也沒有中過鏢，一切安啦！」

「現在跟以前不一樣了，金防部換了司令官和主任，政五組管軍樂園業務的老參謀也換成一個年輕的金門人。年輕的比老的管的還要嚴格，經常不定期地四處檢查。倘若有一天運氣不好被查到，除了你倒楣外，我也只好回家吃自己了。」管理員據實說。

「同是金門人好講話，如果真被查到他又能把我們怎樣？」殺狗林不信邪地，「怕什麼嘛，沒有那麼嚴重啦！」

「你不要嘴硬！」管理員不屑地笑笑，「坦白告訴你，那些老參謀還好應付，只要請他們喝二杯，叫小姐多陪陪他們，什麼話都好說，什麼事都可以化解掉。而我們這位年輕的金門老鄉卻恰恰和他們相反，向來是公事公辦，從不吃這一套，竟連總室那位老經理也被撤換掉了。」

「你可以用美人計來迷惑他啊！先讓他嚐嚐甜頭、爽一爽。像他這種還沒結婚的年輕人，一旦嚐到女人洞中的騷滋味，絕對三五天就會想來打一砲。只要他經常來，和他套上交情，往後什麼事都好辦了，說不定還會讓你升官呢？我不信世間有見到女色不心動的男人！」殺狗林鼓動他說。

「別以為個個都像你那麼老豬哥！」管理員不屑地數落他說。

「這種人我還真想認識認識，交他這個朋友。」殺狗林想了一下，竟然出了一個歪主意說：「找一天我弄條狗來殺，請他吃吃狗肉、喝喝酒，然後再施以美色，讓他上也爽、下也爽！你看怎樣？」

「你這個歪點子，對他們那位喜歡吃狗肉的豬哥副主任來說可能還管用，對這個年輕人而言，可就英雄無用武之地啦！」管理員搖搖頭說。

「管他的，先進去打一砲再講。」殺狗林無視管理員的勸告，逕行走進去。

管理員雖然想阻擋，卻顧及到是自己的親戚，甚至也懼怕他是一個作惡多端的歹子，不宜和他計較太多，免得傷和氣，為自己增添更多的麻煩。況且，殺狗林在他的授意下，走後門已偷偷地來過無數次了。他還蠻識相的，辦完事就快速地走人，不敢在裡面逗留太久，也因此從來就沒有被查過，亦未曾替他製造任何的困擾。況且，多賣一張票，多一份業績，除了侍應生能多賺點錢外，對上級也好交代。說不定將來還可以讓他幹個管理主任或什麼的，這種兩全其美的辦法，何樂而不為啊！此時，管理員的想法是如此的。

然而，事有湊巧，政五組承辦軍樂園業務的那位年輕人，夥同政三組監察官，帶著二位武裝憲兵來了。他們來此的目的所有的員工生都清清楚楚、了然於胸，除了突擊檢查外，別無他途。而此刻，殺狗林還在裡面和侍應生溫存，倘若被查到非軍人在裡面娛樂，管理員和侍應生，依法勢必難逃被解雇和遣返的命運。面對這些突如其來的凶神惡煞，管理員簡直被嚇呆了。儘管經常有非軍人身分的友人，在他的默許下循著不正當的管道進來娛樂，但每次都能平安無事，從未像今天這種讓人膽顫心驚的場面。如果殺狗林不設法溜出去或躲起來，一旦被查到，這一下鐵定是完了。

3號侍應生房門開了一道小小的縫，格外地引人注意。不一會，只見殺狗林縮頭縮尾提著褲頭快速地閃了出來。

「站住。」年輕人呵叱了一聲。

殺狗林被這突來的聲音怔住。

憲兵快速地走上前，擋住他的去路。

年輕人和監察官同時走到殺狗林身邊。

「把軍人身分補給證拿出來讓我看看。」年輕人對著殺狗林說。

殺狗林一時不知所措，不僅當場愣住，幾乎也看傻了眼。或許，任何的辯解都逃不過這個年輕人的眼光。

「誰讓他進來的？」年輕人轉而問管理員。

管理員不敢哼聲。

「把3號侍應生叫出來。」年輕人囑咐一旁的工友。

侍應生穿著一件半透明的睡衣無精打采、不情不願地走出來。

「難道妳不知道這裡除了軍人以外、是不對一般民眾營業的？」年輕人責問她說：「妳怎麼可以擅自接客？」

「你應該先問問是誰放他進來的才對？」侍應生不客氣地反駁他說：「坦白告訴你啦，他是管理員的親戚，前後來過好幾次了，我們得罪不起啦！」侍應生瞄了一下管理員，據實說。

一旁的管理員簡直看傻了眼，整個臉也綠了一半。

「上級是怎麼規定的？你怎麼可以不遵守法令而明知故犯！」年輕人毫不客氣地指責管理員說。

管理員自知理虧，依舊不敢哼聲。

「上級三令五申，要你們守法，你還是把它當成耳邊風。」年輕人氣憤地說：「你是要主動寫報告請長假，還是要司令官下令把你解雇？你自己看著辦！」

「少年耶，咱攏是金門人啦，莫按呢啦！我下次毋敢閣來啦，毋通怪管理員啦！」殺狗林低聲下氣地說，居然還想攀親附戚。

「老百姓不能進入這個地方，難道你不知道！」年輕人面無表情，嚴肅地問。

「我下次毋敢閣來啦！請原諒一遍啦！」殺狗林苦苦地哀求著說。

「你結過婚沒有？」年輕人復又高聲地問。

「結過婚、結過婚！」殺狗林皮笑肉不笑，驚慌地點著頭，「我有老婆、有老婆了！」

「有老婆還到這種地方來！」一旁的監察官怒指他說，而後命令憲兵，「先把他押到憲兵隊去！」

「拜託、拜託，莫按呢、莫按呢啦！」殺狗林驚恐地作揖求饒。而後竟然轉向年輕人，「少年耶，咱攏是金門人，莫按呢啦、莫按呢啦！原諒一遍，我下次毋敢閣來啦！拜託啦、拜託啦！」

「廢話少說！」年輕人不僅高聲地怒斥著，更示意憲兵，「把他押走！」

夜路走多了，殺狗林終於碰到鬼，也踢到了鐵板。過不了幾天，憲警單位隨即把他移送明德訓練班管訓。倒楣的管理員也難逃被解雇的命運。侍應生雖然有些無辜，但依法被遣送回台灣已是不能避免的事實。

然而，殺狗林何止是為非作歹、作惡多端。當他從明德班管訓出來後，潛伏在體內的性病也開始發作。首先是小便疼痛和尿道流膿，繼而地是全身出現無痛的紅疹，倘若以醫學常識來判斷，似乎是淋病與梅毒兩種性病同時發作。因為梅毒潛伏在人體內有二至三個月的空窗期，如果不待治療痊癒而繼續與異性交媾的話，還會把這種病毒傳染給與他有過性接觸的人。

依此看來，殺狗林早已把這種多數善良的金門男人未曾聽說過、也是一些喜歡尋花問柳的男人聞之色變的花柳病傳染給阿麗。然而他自己可以厚著臉皮去求診就醫，可憐的阿麗卻恥於啟齒而延醫，身上和殺狗林一樣，已冒出許多紅疹，整個陰道口也糜爛出膿，讓她苦不堪言、痛不欲生。經過醫生抽血檢驗的結果，證實阿麗同時罹患淋病與梅毒。即使只是初期，但如不盡速治療，除了必須承受身心與肉體的雙重苦痛以及造成不孕外，嚴重者除了鼻樑上的軟骨會被梅毒的毒菌逐漸地侵蝕、成為一個沒有鼻子的人外，還有死亡的可能。

當病魔折磨她肉體的那段期間，當醫生以二百四十萬單位一針量的白黴素針劑為她治療的時候，當村人以異樣眼光投向她的剎那，阿麗的身心和精神幾乎快崩潰了，甚至還有輕生的念頭。復經村人百般的安慰，以及接受醫院不斷地追蹤治療與追蹤驗血，歷經一段不算短的痛苦時光，當醫院再次為她抽血複驗時，血液中已呈陰性反應，阿麗終於擺脫性病的折磨，但也造成她終身的不孕憾事。她能怨誰、恨誰呢？怨蒼天的不公？抑或是恨自己命運不好？倘若因此的話，在這個庸俗紛亂的凡間，又能到那裡去尋找一位道行高深的仙姑道長來幫她解運！

殺狗林的種種作為，的確讓村人難以苟同，也讓鄉親父老看了許多笑話。不僅數落她舅舅與舅媽的短視外，也為阿麗這個苦命的女孩抱屈。

總而言之，殺狗林好的沒學到，壞事則幹了一大堆，碰到這種夫婿，阿麗的眼淚只有往肚裡吞，其他又能奈何？況且，這樁婚事從頭到尾都是她舅舅和舅媽做的主，該怪的是他們識人不清，沒有好好的打聽清楚。看的只是他虛偽不實的外表，對於他的為人處世和品德操守則全然不知。村人只能同情她的遭遇，其他的似乎也使不上力。難道是阿麗的命途多舛？還是這些苦難與生俱來？或許，只有問問老天爺，才能給她一個明確的答案……。

第七章

時光總在不經意中從人們的指隙間偷偷地溜走，秀秀已不再是當年姑換嫂時，那副瘦弱的模樣。俗語說女大十八變一點也不錯，彷彿小豬吃了「歐羅肥」，在驟然間長大了。尤其是生長在農村的女孩，以及從苦難中走過的少女，更有一份脫俗的健康美。

駐守著十萬大軍的金門，無論是金城、新市或沙美，街道上處處可見「冰果室」、「撞球室」的招牌。這兩種新興行業，本小利多，一到星期假日，「冰果室」簡直座無虛席，想撞一桿七色球，也必須按先後順序、等上幾十分鐘。因此，冰果室需要女性服務生，撞球室需要女性計分員，但多數老闆物色女店員的標準，除了要識字外，也希望能找到面貌較佳者，以吸引更多的顧客。因為，營業的對象大部分都是戍守在這塊島嶼，等待反攻大陸的三軍將士。有些是民國三十八年隨著國軍撤退到這個小島的北貢兵，有些則是來自台灣的充員戰士。他們每天出操築工事，過著枯燥乏味的軍中生活，遇有空閒，幾乎都想上街溜躂溜躂。吃碗冰、撞桿球，順便和小姐們聊聊天、解解悶，或到軍中樂園買張票，發洩一下壓抑的性慾，以便打發苦悶的軍中生活。

秀秀的表姊美娟新開了一家冰果室，不管是設備和裝璜，在城區幾乎無人能和她相媲美，生意之好可想而知。然則苦於人手之不足，介紹來的幾個人又不合她意，希望秀秀能到店裡幫幫忙。起初，秀秀並沒有答應，因為這個家太需要她了，但禁不起表姊多次的遊說，以及父親多方面的開導和鼓勵，始勉強同意到表姊店裡幫忙。

一生務農的來福，經過那次姑換嫂的衝擊後，思想也隨著社會的進步而變得較開明。他深知自己孩子的懂事和善良，以及對這個家庭的犧牲和奉獻，於是經常地自我反省和思考，絕對不能誤了孩子一生的幸福。

當秀秀臨出家門時，來福對她說：

「從妳阿母逝世到現在，妳為這個家可說已盡心盡力了，阿弟不久也可以上學讀書，年輕人更應該到社會上走走看看，我不能自私地把妳侷限在這個農家，讓妳每天與豬羊雞鴨、蕃薯芋頭為伍，那永遠也翻不了身。不過外面的世界也不像我們農村那麼單純，形形色色的人都有，交朋友要格外小心，以免吃虧上當。尤其是部分花言巧語的台灣兵，更要特別的注意。他們來外島當兵一待就是二年，每天不是出操上課就是演習築工事，既不能回台灣探親也不能回家休假，軍中生活又枯燥乏味，因此，在無聊與苦悶的驅使下，看準了我們金門女孩純樸好欺，就使出各種手段來騙取她們的感情。這些年來，吃虧上當的女孩不知凡幾，今天當妳準備出外謀生時，我不得不趁機提醒妳。」

「阿爸，我會記住您說過的每一句話，也會睜大眼睛看這個社會，絕對不會吃虧上當的。」秀秀以一對感激的眼神，凝視著父親，卻也關心地，「可是阿爸，我擔心您會忙不過來。」

「這點妳不必操心啦，」來福淡淡地笑笑，「我年紀雖然一大把了，但身體還算硬朗。而且我準備把那幾塊路途較遠、土質不良、收成欠佳的田地休耕。如此一來，就不會太累了。」

「阿爸，既然這樣，我就放心了。」秀秀柔聲地說。

那天，表姊親自來接她，雖然穿了一套自認為較體面的衣服，但和表姊走在一起，才顯露出自己的土氣。她扭捏不安的心情，很快就被在外工作好幾年的表姊看出來了。

「把心情放輕鬆，有表姊在，妳儘管放心。」表姊含笑地看看她，「明天我會先帶妳去買衣服、燙頭髮，把妳打扮成一個漂漂亮亮的大小姐。」

「不、不，」秀秀緊張地搖著手，「我沒有錢買衣服，也不能燙頭髮，那會讓人家笑的。」

「三八，有什麼好笑的！」表姊為她解釋著說：「在外面工作的女孩，除非留長髮，不然的話，那一個沒有燙頭髮，那一個不是打扮得漂漂亮亮、穿得體體面面的，反而是那些沒有打扮的人才會讓人笑。妳放心，這些錢我會幫妳出的，只要妳以後好好幫表姊的忙就夠了，知道嗎？」

秀秀不知如何是好，只淡淡地對她笑笑。

表姊幫她買了一條鐵灰色的百褶裙，一件白底小紅花襯衫，穿在秀秀身上，的確是樸素高雅；加上新燙的頭髮，腳上的涼鞋，在短短的一夕間，把一個原本土裡土氣的村姑，妝扮成現時代的大小姐。雖然長期暴露在太陽底下皮膚有點黝黑，但與她那清純的臉蛋，挺直的鼻樑相搭配，更能凸顯出一份脫俗的健康美。

在表姊不厭其煩的調教下，無論是招呼客人或店中大小瑣事，秀秀均能得心應手，不折不扣成了表姊最得力的助手。然而，既是表姐又是老闆的美娟並沒有虧待她，除了管吃管住，每個月還給她五百元薪水，如此優渥的待遇，簡直讓秀秀喜出望外。

因為她太瞭解農家的生活情況與經濟來源，一擔地瓜、一蔴袋花生、一百斤芋頭，要花費農人多少心血和肥料，才有收成，收成後又能賣多少錢？一頭大肥豬、一群雞鴨，要吃掉多少五穀雜糧，耗費飼主多少時間和精力，才能長大販賣，販賣後又能掙得幾多錢？如果依此來平均，或許，一個月只不過是區區的幾百塊元吧。而她一個人，既不必吃家裡的糧食，又有五百塊錢的收入，對貧窮的家境來說，幫助實在太大了。

領到第一份薪水，又恰逢星期四「莒光日」。

軍中莒光日政治教學實施已經好幾年了，並明定每週四實施。除了值勤、衛哨兵以及緊急公務外，防區各軍種部隊以連級為單位，上午必須全員參與，集中在中山室觀看國防部委託中華電視台製作的政治教學節目，以及研讀《革命軍》與《奮鬥》兩種刊物，而後再分組討論、撰寫報告。倘若因氣候的關係電視收訊不良，則由政戰人員負責講授當前的政治局勢。主管政治教育的金防部政二組，隨時派員抽查，一旦不按規定辦理，承辦人及主管官，必須受到嚴厲的處分，絕不寬貸。因此，整個上午外出的軍人並不多，許多商家也自動地公休。

於是，表姊給她半天假，讓秀秀回家探望父親。

那天，秀秀穿著一套新穎的衣服，興奮地搭上回家的公車，下車後更像一隻雀躍的小鳥，直往一間老舊的古厝奔馳。

「阿爸，」一進門，秀秀就高聲地叫起來，「您在那裡？」

正在院子攪著米糠和廚餘準備餵豬的來福，聽到孩子的叫聲後猛一抬頭，簡直不敢相信站在面前的就是他家的黃毛丫頭秀秀，一時竟說不出話來。

「阿爸，」秀秀走到他的身旁，拉拉他的衣袖說：「我是秀秀啊！」

「秀秀，我的孩子。」來福激動地緊緊把她摟住。

「表姊給我半天假，要我回來看您。」秀秀說著說著，竟紅了眼眶。

「秀秀，」來福鬆開她，仔細地打量了她好一會，興奮地說：「離家才那麼短短的幾天，怎麼一下子全變了。在我的感覺裡，妳不僅長高了、也變漂亮了，燙起頭髮、穿起裙子，簡直就像是一個大姑娘了嘛！」

「阿爸，這些都是表姊幫我買的。」秀秀說著，順手從口袋拿出一疊鈔票，遞給父親說：「表姊還給我五百元薪水，您就收下留著家用吧。」

「美娟怎麼給妳那麼多錢？」來福有點訝異，「是不是生意很好？」

「表姊很會做生意，又會招呼客人，生意好的不得了，幾乎天天都做到快宵禁才打烊。」秀秀據實說。

「美娟待妳不薄，妳要懂得感恩，多做些事，好為她分憂解勞，知道嗎？」來福叮嚀她說。

「您放心，我會時時記住您的話的。」秀秀笑著說。

「這一百元妳留著零用。」來福數了十張十元鈔票，遞給秀秀說。

「不，阿爸，您留著家用。」秀秀沒有伸手去接，「我平常根本就不需要用錢。」

「回家總要坐車吧？」來福關心地。

「回家的車錢用的是客人給的小費。」秀秀興奮地說。

「小費？」來福有些不解，「什麼小費？」

「有時候要找客人零錢時，大方一點的客人會說不要找了。表姊要我們另外存在一個小罐子裡，到了月底，由我們二個伙計平分。雖然只是一元或五角的小錢，但積少成多，這個月我就分了三十一元，足夠零用了。」

「總得買點化妝品吧？」來福看看她。

「表姊要我用她的雪花膏，」秀秀朝著父親笑笑，「我什麼都不必買啦。」

「美娟待妳如同親姊妹，妳千萬要記住，不能辜負人家啊！」來福叮嚀著說。

秀秀點點頭，而在屋外玩耍的小弟適時跑了進來，一把抱住秀秀的大腿，尖叫了一聲：

「阿姊。」

「阿弟，」秀秀緊緊地把他摟住，而後摸摸他的頭說：「走，阿姊帶你到小舖買糖果。」

阿弟懼怕地看看父親，秀秀也抬起頭，父女四目相望，秀秀看到的已不是以前打她罵她的父親，而是一道慈祥的父愛光芒，這道炬光讓她感到無限的溫馨。

「去吧，孩子。」來福靠近他們姊弟倆一步，伸出那雙粗糙的手，摸摸阿弟的頭，微嘆了一口氣，彷彿有滿懷感慨地，竟紅著眼眶說：「你阿姊有了工作，也領了薪水，她要帶你去買糖果，你就跟她去吧！」

阿弟抬頭看看秀秀，當姊弟倆的目光重疊在一起的時侯，竟情不自禁地抱頭痛哭；是想念已逝的母親？還是姊弟深情的使然？抑或是另有他因？來福見狀，也無法抑制感情的衝動，一滴滴悲傷黯然的淚水，從他滿佈滄桑的面龐，不斷地滾落下來……。

第八章

美娟確實是一塊做生意的好料子。中秋過後，也是冰果室的淡季，她靈機一動，索性把剉冰的用具收起來，利用原有的空間，添購了爐具、鍋盆和碗盤，賣起了「蚵仔麵線」和「蚵仔煎」，並親自到蚵村購買剛剝好的新鮮海蚵，選用的也是在地的蕃薯粉以及手工製成的麵線。

在烹飪方面，她不斷地向老一輩的鄉親請益和討教，以及多方面的嚐試和改進，終於悟出了許多心得。在「蚵仔麵線」裡面，除了海蚵鮮、麵線Q外，又加了豬血和小腸，吃在老饕的嘴裡，實在是口感十足。而「蚵仔煎」是用鮮蚵、地瓜粉和少許的韭菜攪拌，然後用花生油熱鍋，煎成九分熟時，再淋上搗過的雞蛋續煎一會再起鍋。當一碟色香味俱全的蚵仔煎擺在客人面前時，的確讓人垂涎三尺。因此，生意和夏天的冰果一樣好，如果能長期下去，美娟勢必快成為一個人人羨慕的小富婆了，看在秀秀眼裡，莫不替表姊感到高興。

來自農家的秀秀，自從母親過世後，家中的三餐幾乎都由她來烹飪，小小的年紀早已練就煮飯炒菜的小本事。在表姊的指點下，無論蚵仔麵線的烹飪，蚵仔煎火候的控制，很快就進入狀況，甚至可以獨當一面，分擔表姊大部分工作。然而，她並沒有忘記自己的角色，除了煎煮外，遇有空閒，就是收盤子、洗碗筷、擦桌椅、清爐灶、掃地板……等等。每一項工作，都是自動自發、默默地在做，毋須老闆的催促和叮嚀。秀秀的勤奮，讓美娟感動不已，也慶幸自己沒找錯人。

即使生意再好、工作再忙碌，美娟對二位伙計簡直照顧得無微不至，尤其是日常三餐，從不吝嗇。喜歡吃店裡現成的蚵仔麵線、蚵仔煎，或是另煮其他飯菜，均由她們自己決定，並視情形輪流進餐，絕對不會受到生意的影響而挨餓。

女孩子如果到了發育年齡，再加上充分的營養補給，只要一眨眼的功夫，很快就會由黃毛丫頭變成大姑娘，秀秀就是活生生的一例，不僅長得亭亭玉立，同時也是一個很有人緣的美人兒。於是，欣賞她的男人從四面八方蜂擁而來，情竇初開的秀秀，雖然不太瞭解情字的真義，卻也開始嚐到它的甜頭。

儘管金門地方小、人口不多，但在她們店裡消費的，可說各階層都有，阿兵哥則是佔多數。坦白說，軍中和社會一樣，有人才亦有敗類，有謙虛懂禮的亦有喜歡自我吹捧的；有誠懇老實的，亦有狡滑不可靠的，真應了「一樣米飼百樣人」的俗語話。

如果以現行的層面來說，金門是一個純樸的島嶼，加上長期的軍管、戰地政務的施行，許多特種行業都嚴禁設立。因此，整個社會並沒有受到一些不良風氣的影響和污染，居民除了做一個軍管體制下的順民外，在地青年也較一般人忠厚善良、勤奮務實。

反觀那些民國三十八年跟隨國軍撤退到島上的老北貢，他們的個性較剛直，雖然容易和島民融合在一起，但受到他們以暴力傷害者也不少。

從台灣來的充員戰士，少數人自小在開放的社會中成長，年紀輕輕的就染上許多不良的惡習。口出三字經，吹牛說大話更是他們的拿手絕活，而受騙上當的多數是沒有出過遠門、對寶島台灣充滿著幻想的無知少女。當然，中規中矩的台灣兵亦有之，他們之於讓島民留下惡劣的印象，純粹是因一顆老鼠屎而壞了一鍋粥。

來自農村的秀秀，即使進入社會後，表姊刻意地為她妝扮，但並不失其純樸和清純。尤其她那甜甜的臉蛋，不卑不亢、親切待人的態度，更是讓人十分讚賞。

對於在這個島嶼服役的某些阿兵哥來說，在台灣，他們看多了妝扮妖艷和穿著時髦暴露的女人，想不到竟能在這個小島上，發現到好些穿著樸素，美麗又善良的純情少女，怎能教他們不動心。然而，他們並沒有忘記這裡是戰地，以及自己的身分，一旦違紀，勢必要接受軍法的制裁。因此，只能利用假日，尋機和她們聊聊天、開開無傷大雅的玩笑。誠然欣賞她們的手采，也不敢輕易地把感情投進去，因為有人謠傳，一旦娶了在地小姐，要在金門留十年。多數在此服役的台籍戰士，無論是充員兵或預官，誰不想退伍後快一點回家，決不會為了一個金門小姐，留在戰地聽砲聲。

可是，感情這種事有時候是很難講的，當男女雙方兩情相悅、以誠相待，真摯的情愫自然地在彼此心中衍生時，勢必會打破種種阻礙它增進的藩籬，而後不計任何後果，攜手邁向幸福人生的最高境界。儘管有人一路走來坎坎坷坷，始終抵達不了它的終點，最後與幸福絕了緣；但有人卻能順利地步入它的康莊大道，和相愛的人廝守終生。這或許就是所謂悠悠蕩蕩、浮浮沉沉，幸福與悲傷交錯而成的人生歲月吧！

一連好幾次了，秀秀發現一位左胸前上衣口袋的鈕扣上，別著「擎天職員證」的年輕下士，每逢星期假日，都會出現在她們店裡。從他的職員證上，知道他名叫王維揚，服務單位當然是金防部，但不清楚是那一個處組或科室。

王維揚中等身材，輪廓分明，扣著一副黑框近視眼鏡，從他斯斯文文、中規中矩的外表看來，勢必是出身在一個書香門第或經濟環境不錯的好家庭。

他經常坐在一個偏僻的角落，點的是一碟蚵仔煎，加上一碗蚵仔麵線，自個兒吃的津津有味，食量可說不錯；吃完後也會把碗筷擺放得整整齊齊，始離桌結帳，而後稱謝道再見再跨出店門。這些少見的舉動，讓秀秀那顆清純的少女心好感動。

仔細算算，受雇表姊店中也好些日子了，無論從事冰果或蚵仔麵線生意，形形色色的客人可說看多了，就是沒有一個像王維揚令她印象那麼深刻的。除此之外，王維揚的一舉一動，也深深地激動著她的心扉，有時更冀望著星期假日能快一點到來，好見他一面。然而，見面又能怎樣？或許，只是多看他一眼而已，秀秀的嘴角不自禁地掠過一絲羞澀的苦笑。

星期天又快速地來臨了，王維揚和往常一樣來到秀秀店裡，他不僅喜歡吃海蚵，對店中小姐那種純情清新的影像，更是欣賞有加。他之於坐在這個偏僻的角落，正因為可以清楚地看到她工作時的倩影，這個美麗的身影是他年少時衷心的期盼。儘管他生長在一個富裕的家庭，來往的都是些嬌滴滴的千金小姐；即使他受過高等教育，認識的都是些學歷相當的女同學，但卻從未發現到一個讓他如此心動的美少女。難道真是情人眼裡出西施？王維揚打從內心裡浮起一絲無名的笑意。

秀秀先為王維揚端來一碗熱騰騰的蚵仔麵線，而這碗加料的蚵仔麵線，並非每位客人都能享受到；碗裡的海蚵特別肥大，豬血與小腸比別人多。當她把蚵仔麵線放在他面前時，情不自禁地多看了他一眼，想不到他也正看著她，兩人隨即把視線拋開，彼此的臉上似乎都有一點不自然的熾熱。

正當王維揚低頭吃的津津有味時，一對青年男女走近他的身邊，男的穿著卡其布制服，女的身穿修改過的軍裝，面貌清秀，端莊婉約，配掛著同樣的職員證。

「王維揚，」男的親切地叫著他，而後說：「你也來吃蚵仔麵線？」

他抬起頭，趕緊地站起來，擦了一下嘴角，靦腆地笑笑，而後禮貌地向他們點點頭說：

「陳先生，范小姐，你們也來了。」他說著，輕瞄了其他座位一眼，順手拉出椅子，「其他座位都坐滿了客人，你們就將就將就坐在這裡吧！」

這位被喚「陳先生」的年輕人，生長在東半島的陳姓聚落，留了一個小平頭，雖然談不上帥氣，卻有一份在地青年的樸實。儘管他在這個單位有層級不低的職銜，但始終不習慣人家以此來相稱。然而，除了長官和老參謀外，一般人卻也不能直呼其名，因此，年紀較輕的台籍官兵，就以陳先生來尊稱他，久而久之，陳先生就自然而然地取代他原有的職銜和名字。

「別管我們，你吃你的。」陳先生說後，看看范小姐，「我們就坐在這裡好了。」

范小姐點點頭，兩人同時坐下。

「這家店老闆很有生意頭腦，夏天賣剉冰，冬天賣蚵仔麵線和蚵仔煎，兩種生意都做得有聲有色，幾乎是遠近馳名，經常高朋滿座、座無虛席。」陳先生向范小姐介紹著，隨後問王維揚說：「還習慣我們金門的口味吧？」

「到了蚵肥的季節，我幾乎每個假日都來。」王維揚興奮地說：「星期假日看場勞軍電影，再吃碗蚵仔麵線和一碟蚵仔煎，簡直是人生的一大享受。」說後低聲地問：「你們常來嗎？」

「在組裡，我成天到晚忙得要死，有時假日還要加班，誰像你這個文書那麼好命？」陳先生剛說完，秀秀為他們各送上一碟蚵仔煎。

然而，一樣的價錢，同樣的碟子，陳先生卻發覺他和范小姐碟中的份量，與王維揚面前那碟尚未動筷的蚵仔煎有明顯的差別。

「小姐，」陳先生朝櫃檯喚了一聲，美娟、秀秀和另外一名伙計隨即抬頭看他，陳先生卻指著剛才為他們端來蚵仔煎的秀秀說：「妳過來一下。」

秀秀快速地來到他們桌旁，低聲而親切地問：

「先生，還需要什麼嗎？」秀秀說著，眼角卻輕瞄了王維揚一下。

「我們桌上三個碟子是不是一樣大？」陳先生開玩笑地問。

「是啊！」秀秀不解地答。

「價錢是不是一樣多？」陳先生依然含笑地。

「不錯啊！」秀秀雖然答著，眼神卻又瞄向王維揚。

陳先生把三碟蚵仔煎集中起來，低聲地指著它說：

「妳看到沒有？」陳先生用筷子指著碟子說：「他這碟蚵仔煎盡是又肥又大的海蚵，我們這二碟只有少數幾顆，剩下的全是地瓜粉和韭菜。」陳先生抬頭看了她一眼，「妳是偏心？還是看人大小眼？」

一朵美麗的雲彩隨即綻放在秀秀的臉頰上，她沒有回應陳先生的問話，含笑而不好意思地低下頭。

老闆美娟聽後，快速地走來。

「怎麼啦，先生？」

「沒事，」范小姐含笑地搶著說：「跟妳們小姐開玩笑。」

美娟雙眼盯著桌上的蚵仔煎，復看了一下秀秀，歉疚地說：

「真是對不起，你們這二碟蚵仔煎，海蚵實在少了一點，沒有他那碟多，我另外炒一點補償你們。」

「跟妳們小姐開玩笑啦，妳千萬不要介意。」陳先生趕緊解釋著說。

秀秀聽後，不好意思地看看王維揚，想不到他也正看著她，兩人眼裡，似乎都有一絲交會時互放的光亮。

吃完蚵仔煎，王維揚習慣地放好碗筷，隨後竟準備去付帳，陳先生見狀，立即走到櫃檯。

「小姐，不要收他的錢，我來付。」

「陳先生，平常讓你和范小姐照顧很多，今天難得碰在一起，這碟蚵仔煎就由我來請客。」王維揚取出鈔票，堅持要付。

「別跟老哥哥開玩笑好不好？」陳先生收起了笑容，嚴肅而帶點命令的口吻說：「你回座位去。」

王維揚不再堅持，緩緩地走回座位，當陳先生付完帳時，秀秀突然問：

「你們同在一個單位服務？」

「他是我們政五組的文書。」陳先生坦誠地，竟把自己的服務單位也說出來。

「政五組？」秀秀想了想，「你們管福利點券和康樂隊，還有勞軍團，對不對？」

「妳怎麼知道？」陳先生笑著問。

「聽說福利中心和所有的點券部都是你們管的；台灣來的勞軍晚會票是你們發的。」秀秀以一對羨慕的眼光看著他，「是不是？」

陳先生沒說什麼，只含笑地點點頭，回到座位後，問王維揚說：

「你很喜歡吃金門的海蚵？」

「我自小就喜歡吃海蚵，但從來沒吃過像金門出產的那麼鮮美的。尤其她們這一家烹飪出來更是色香味俱全，簡直讓人百吃不厭。」王維揚興奮地說著，「我幾乎每個星期假日都來，而且非要吃上一碗蚵仔麵線和一碟蚵仔煎才能盡興。」他說後，看看陳先生和范小姐，又一次地問：「你們經常來嗎？」

「她是第一次。」陳先生看看范小姐，而後簡短地答。

「這裡的環境衛生不錯，價格又低廉，小姐待人也蠻親切的，難怪生意會那麼好。」王維揚說後，情不自禁地看看在前面忙碌的秀秀。

「剛才那位幫我們端蚵仔煎的小姐，長得蠻清秀的，笑起來甜甜的，很討人喜歡。」范小姐誇讚著說。

「怎樣，有沒有意思？」陳先生笑著對王維揚說：「如果有意思的話，我幫你做媒，我敢給你打包票，討個金門小姐回家做老婆，絕對錯不了！」

「聽說娶金門小姐，要在這裡留十年？」王維揚笑著問。

「沒有這回事。」陳先生斷然地說。

「說真的，金門小姐的勤奮和純潔，我早有耳聞。」王維揚的嘴角，掠過一絲喜悅的微笑。

「你聽誰說的？」陳先生好奇地問。

「我爸爸以前在金門當過兵，對金門的民情風俗印象很深刻，對金門人也頗具好感。」王維揚據實說。

「在組裡怎麼從來沒聽你說過？」陳先生笑著問。

「大家都知道你是組裡的大忙人，經常眾參謀已經休息了，你還在加班，那有時間跟我們這些小兵聊天啊！」

陳先生看看范小姐，兩人相視地笑笑，而後三人緩緩地步出店門，當秀秀禮貌地向他們道再見時，陳先生卻突然停下腳步，開玩笑地對她說：

「下次別忘了多放一點海蚵。」

「一定。」秀秀爽快地答，卻不忘多看王維揚一眼，而他何嘗不是也多看了她一眼。

當他們走離後，美娟笑著對秀秀說：

「戴眼鏡的台灣兵那碟蚵仔煎，妳是不是特別加了料？」

「那有，」秀秀不好意思地說：「可能是那幾顆海蚵較肥大的關係吧。」

「該不是特別挑選的吧？」美娟疑惑地問。

「沒有啦。」秀秀的雙頰有點熱，也有些微紅。

「真的沒有？」美娟逗著她。

「我沒有騙妳啦。」秀秀跺著腳。

「好、好、好，沒有騙我最好。」美娟笑著，「不過要記住，那個陪范小姐一起來的年輕人，如果下次再來的話，別忘了多加點海蚵，好好的巴結巴結人家，以後可以請他帶我們到擎天廳看晚會，說不定還可以幫我們買便宜的福利品。」美娟現實地打著如意算盤。

「看他的樣子、聽他的口音，好像是我們金門人。」秀秀不解地說：「怎麼會和一個那麼漂亮的外省小姐在一起。」

「他們能夠在一起，絕對是各有各的優點。雖然那位范小姐氣質不錯，美貌也不在話下，但那位青年看來也不是一個省油燈。」美娟分析著說：「不信妳等著看！」

「或許是吧……。」秀秀微微地點點頭，然而，她心想的，似乎是那個戴眼鏡、長得俊俏的台灣兵王維揚，絕不會是那個看來土土的金門人吧……。

第九章

除了星期例假外，平常的日子裡，無論金城、山外或沙美，上午的街道都顯得較為冷清。當王維揚再次出現在秀秀店裡時，秀秀有點訝異，竟開口問：

「今天又不是星期假日，你怎麼有空出來？」

「專程來看妳的！」王維揚雖然說出心中話，卻顯得有點不自在，馬上就紅了臉。

「你不怕憲兵找麻煩？」秀秀看了他一眼，隨即不好意思地低下頭。

「我跟我們組裡的陳先生一起出來，」王維揚雙眼緊盯著秀秀，「他和第一處憲兵科很熟，如果不幸被登記，他會設法幫我劃掉的。」

「大單位畢竟不一樣。」秀秀羨慕地，卻也心生憐憫，「有時候看到一些小兵被憲兵包抄得無路可走，最後仍要立正站好接受糾正和登記，真是可憐！」

王維揚聽後，沒有表示任何的意見，只淡淡地笑笑。

「吃蚵仔麵線？還是蚵仔煎？」秀秀看看他，低聲地問。

「兩種都要。」王維揚爽快地說。

「你們組裡那位陳先生會來嗎？要不要幫他準備一份？」秀秀竟然有樣學樣，也以陳先生相稱呼。

「他到軍樂園去了，不會那麼快來。」王維揚坦誠地回答著說。

「什麼？」一旁的美娟聽到，驚訝地說：「那位陳先生不是有女朋友了嗎，怎麼還到軍樂園去？真是的！」

秀秀睜大眼睛，看著王維揚。

「妳們不要誤會，」王維揚解釋著說：「陳先生是到軍樂園檢查業務。」

「軍樂園也是你們政五組管的？」秀秀訝異地問。

「是的，」王維揚點點頭，竟然順口告訴她說：「業務是陳先生辦的。」

「笑死人，」美娟皺了一下鼻子，不屑地說：「陳先生也真是的，年紀輕輕的又還沒討老婆，怎麼會去管那個髒地方的事。」

「他已經辦了好幾年了，對軍樂園的業務很熟悉，司令官和主任都很信任他。」王維揚據實說。

「范小姐知道他辦這種業務、經常到那種地方去嗎？」美娟關心地問。

「別說是范小姐，金防部所有的官兵，幾乎沒有人不知道陳先生辦軍樂園業務的。」王維揚解釋著說。

「要是我是他的女朋友，絕對不允許他到那種髒地方去。」美娟認真地說：「每次看到軍樂園那些女人，不是奇裝異服，就是穿著暴露，抑或是臉上抹著一層厚厚的香粉，唇上塗著紅紅的唇膏，身上灑著濃濃的香水，看了真教人想吐。」

秀秀心有同感地點點頭。

王維揚並沒有表示任何的意見，畢竟，他在政五組只是一個小小的文書，負責公文收發、繕寫、傳遞、會稿，其他的事幾乎沾不上邊。雖然他知道陳先生和政戰隊舞蹈老師范小姐時有往來，但兩人只不過是較談得來的朋友，並沒有涉及到男女間的感情問題。因為他曾經聽陳先生說過，范小姐是將門之女，儘管彼此間的印象不錯，兩人對文學也有共同的興趣，然而，土生土長在這塊島嶼的陳先生，豈敢去高攀。

秀秀和往常一樣，並不在意表妹的眼光，大大方方地在王維揚的蚵仔麵線和蚵仔煎裡面加了許多料。當然，美娟是不會和她計較的，甚至心裡也相當興奮，歷經多少滄桑和苦難的表妹終於長大了，爾後希望她能找到一個好的歸宿，而不是重做傳統下的犧牲者。

「快退伍了吧？」秀秀為他端上蚵仔煎，隨便找話題問。

「還早。」王維揚抬頭看看她，笑笑，「還有三百多個饅頭。」

「家住那裡？」秀秀認真地問。

「台北。」王維揚簡短地答。

「啊！大都市！」秀秀羨慕地。

「妳到過台灣嗎？」

「沒有。」

「既然沒有到過，妳怎麼知道台北是大都市？」

「聽人家說的。」

「以後有機會可以去看看。」

「我們是列管的民防隊員，沒有正當的理由出不了境。」秀秀坦誠地說：「探親要有親戚的戶籍謄本，考試要有准考證，醫病要有醫院的診斷證明書，就業要有公司行號的聘書……名堂多著呢！」

王維揚聆聽著，並沒有做任何的回應，因為他並不十分明瞭金門地區，攸關民防部隊的相關規定。倘若要公司行號聘書的話，對他來說，那是輕而易舉的事，因為他們家除了經營貿易公司外，也有一家擁有百餘位員工的紡織廠。雖然家中的經濟環境不錯，但畢竟是父母親相互扶持、努力奮鬥，立下的基業。即使他是家中的獨子，往後家族事業必須由他來繼承經營，然而，一向謙和的他，從不在同僚面前談起，因此，並沒有人真正知道或瞭解他的家境。

此刻，面對異鄉這位純潔無瑕的女孩，儘管她的美貌和善良深深地激動他的心扉，然他卻不能以家中的財富，來博取她的歡心。他想要的是一顆誠摯的少女心，而這顆心，必須歷經歲月的真光照耀，始能恆久不變。如果刻意地在一個初識不久的少女面前吹噓，不僅不能獲得她的青睞，甚至還會讓人誤以為自己吹牛，這是他深以為戒的。

「家有幾位兄弟姊妹？」秀秀見他久久不語，竟又找新話題問。

「我是家中的獨子。」王維揚笑笑。

「你們家做什麼的？」秀秀趁機追問。

王維揚還來不及答覆，櫃檯裡的美娟笑著說：

「秀秀，別調查人家的戶口好不好？」

秀秀羞澀地看看王維揚，終於不好意思再問下去。

不久，一輛吉普車停在店門口，陳先生腋下夾著紅色的卷宗和駕駛同時下了車，王維揚見狀趕緊站起來相迎。

「還沒吃好？」陳先生親切地問，而後對駕駛說：「你坐。」

王維揚拿著手帕擦擦嘴角，然後笑笑。

「陳先生，你們吃點什麼？」秀秀走過來招呼，「蚵仔麵線還是蚵仔煎？」

「我今天沒帶錢，」陳先生故意掏了一下口袋，眼睛則望著櫃檯，開玩笑地說：「如果美娟老闆可以讓我們賒帳的話，就來二碟蚵仔煎吧。」

「只要你陳先生一句話，別說是二碟，十碟也讓你賒。」美娟笑咪咪地說，而後從櫃檯走出來，柔聲地問：「你怎麼知道我叫美娟？」

「妳們店裡夏天的剉冰和冬天的蚵仔麵線、蚵仔煎簡直是遠近馳名。」陳先生笑著說：「金門地方那麼小，誰不知道店裡有一個人和海蚵一樣美的老闆叫美娟；又有一個端莊婉約、甜而漂亮的小姐叫秀秀；還有一個乖乖的小妹叫麗英。」

「你真厲害，」美娟有點訝異，「前後只不過來了幾次，就把我們店裡摸得一清二楚，簡直太不可思議了。」

「不是厲害而是關心，」陳先生面對著美娟，笑著說：「別忘了我們同是金門老鄉啊！」

「說來也是。」美娟興奮地說，隨後移動著腳步，「我請你們吃蚵仔煎好了。」

「美娟老闆要親自下廚幫我們煎？」陳先生訝異地問。

「為了展現誠意，我親自為你們服務。」美娟爽快地說。

「海蚵可得放多一點，可別像秀秀一樣，看人大小眼。」陳先生說後，看了秀秀一眼，秀秀則抿著嘴，偷偷地笑著。

「你儘管放心，」美娟邊走邊說：「今天的海蚵不僅新鮮，而且又肥又大，一定會讓你滿意，更會讓你們口齒留香。」

不一會，美娟親自為他們端來二碟蚵仔煎，一顆顆又肥又大的海蚵，半隱半現地與地瓜粉、雞蛋和韭菜交織成一碟可口的佳餚，還飄起一陣陣蔥頭油和胡椒粉的香味，讓陳先生看傻了眼。

「怎麼了？」美娟看他遲遲不動筷子，不解地問：「海蚵不夠多？」

「不，」陳先生彷彿如夢初醒似的，但似乎也有一點誇張和故意，「我從來沒有見過、也沒有吃過一碟像今天這種色香味俱全的蚵仔煎。美娟老闆，我真有點捨不得吃啊！」

「你吃都還沒吃一口，怎麼知道它色香味俱全呢？」美娟謙虛地，「說不定太鹹了，搞不好太淡了，每個人的口味不一樣。」

「看到碟子裡一顆顆既鮮又肥又大的海蚵，我心裡就感到高興，其他的就不用多說了。」陳先生看看她，笑著說：「現在我也看出來了，妳美娟老闆和秀秀一樣，看人也是大小眼。」

「怎麼說呢？」美娟不解地問。

「請問：一般客人能享受到這種待遇嗎？」陳先生開玩笑地說：「秀秀是大眼看台灣兵，小眼看金門人，而妳是大小眼都向著我們。認識妳這個老鄉還真不錯！」

陳先生話一說完，惹得大夥兒哈哈大笑，只有秀秀不好意思地低著頭。

「美娟老闆，以後蒞臨貴店，同樣的價錢是否還能享受到這種待遇？」陳先生又開玩笑地說。

「你一個人沒問題，可是有二個條件。」美娟爽快地說，卻也另有所求。

「什麼條件？」陳先生不解地問。

「如果有台灣的影歌星來金門勞軍，你要帶我們到擎天廳觀賞。」

「我又不是康樂官，那有這個本事。」陳先生說。

「第二、聽說免稅福利品東西很便宜，請你幫我們買點沙拉油、洗衣粉、衛生紙、牙膏、香皂……。」

「我又不是福利官，那有這種權力。」陳先生笑著說。

「老鄉，你別假了好不好？」

「我是實話實說。」陳先生嚴肅地說。

「坦白告訴你，」美娟指著他，笑著說：「你能夠打聽到我們店裡的消息，我照樣可以打聽到你是幹什麼的！」

「我是幹什麼的？」陳先生有點好笑，「我們金門人在金防部當雇員的多得是。」

「你可不一樣。」美娟認真地說。

「沒兩樣啦，大家同在軍中混飯吃。」陳先生不想和她繼續聊下去，拿起筷子，招呼著駕駛和王維揚，「快吃，回去還有一大堆公文要辦。」當美娟走回櫃檯，陳先生卻也不忘消遣王維揚一番，「你看到沒有，美娟老闆幫我們煎的蚵仔煎，比秀秀幫你煎的那一碟，放的海蚵還要多呢！」

王維揚不好意思地笑笑，也乘機看看秀秀。

吃完後，陳先生不動聲色地，把一張百元大鈔放在碟子底下，如依她們店裡的價格而言，一碗蚵仔麵線，三碟蚵仔煎，一百元還有得找。但他惟恐美娟老闆真的要請客，而他堅決要付錢，雙方在店裡拉拉扯扯，把原本輕鬆的場面弄僵，這是他不願意看到的，因此，不得不出此下策。況且，陳先生並不是一個貪小便宜的人。

「美娟老闆，謝謝妳請我們吃蚵仔煎。」他們相繼地站起身，陳先生移動著腳步笑著說：「等我有空，一定請妳到擎天廳看電影。」

「看電影就免了，」美娟老闆有點失望，「我們金城、金聲戲院的片子，不會比你們擎天廳差。」

「那麼以後再說吧。」陳先生跨上車，禮貌地向她們揮揮手說：「美娟老闆、秀秀、麗英，再見了！」

當吉普車從她們門口消失後，秀秀面無表情地對表姊說：

「他們真的沒付錢就走了。」

「沒關係啦，」美娟大方地說：「我答應要請他們吃的。」

「可是妳並沒有說要連那個王維揚一起請呀！」

「那麼我請陳先生和駕駛，王維揚就由妳來請，怎樣？」美娟故意逗她。

「我和他非親非故的，為什麼要請他。」秀秀雖然如此說，卻難掩內心的喜悅。

「司馬昭之心，路人皆知。」美娟白了她一眼，笑著說：「妳心裡想什麼，還瞞得過我嗎？」

「妳又不是我肚子裡的蛔蟲……。」秀秀低著頭，不好意思再往下說。

她們正談著，負責收碗筷的麗英卻高聲地嚷著：

「他們在碟子底下放了一百元。」說後，拿著鈔票走到櫃檯，交給美娟。

「真是的，」美娟看看秀秀，「說好由我請客，竟偷偷地把錢放在碟子底下，而且還多付了三十元。千萬要記住，下次他們再來的話，別忘了把剩餘的錢退還給人家。」

「這位陳先生看來還蠻大方的，」秀秀尷尬地笑笑，「剛才錯怪他了。」

「妳以為人家真會省那幾塊錢，貪圖我們一碟蚵仔煎？」美娟數落她說。

「表姊，如果陳先生真要請妳到擎天廳看電影，妳敢不敢去？」秀秀轉變話題，低聲地問。

「人家純粹跟我們開玩笑，不可當真。」美娟淡淡地笑笑，「上次跟他來的那位范小姐，一定是他的女朋友。」

「那麼嬌艷貴氣的外省小姐，會嫁給金門人？」秀秀疑惑地，「我不信！」

「愛情這種東西很難講，各人的命運也不同，妳慢慢就能體會到。」美娟笑著說：「誰敢保證妳秀秀不會嫁給一個年輕、有錢又愛妳的夫婿；而妳未來的夫婿，除了金門人外，台灣人、外省人都有可能。」

「想起十三歲那年，」秀秀搖搖頭，感嘆著說：「如果屈服於命運，去嫁給一個大我十七歲的丈夫，今天的我，不知會變成什麼樣子。」

「聽說陳家大哥不僅年紀大，智商也只有一般正常人的一半。」美娟搖搖頭，感嘆地說：「如果真嫁給他，妳秀秀這輩子的幸福就完蛋了。」

「當初除了自認為年紀小、不適宜嫁人外，對陳家竟然會以一個清秀標緻的妹妹，來換我這個十三歲的女孩回去當媳婦，心裡實在也有一點懷疑。」秀秀似乎有點慶幸。

「老實說，妳不向悲傷命運低頭的精神委實令人敬佩，老天爺不僅會賜福予妳，也會讓妳找到一個幸福美滿的好歸宿。」美娟安慰她說。

「表姐，」秀秀感傷地，「想起那個時候，真教人痛心難過啊……。」

「秀秀，妳內心的苦痛我知道，但它畢竟已經過去了，老天爺絕對會補償妳的……。」美娟紅著眼眶，低聲地安慰她說。

第十章

王維揚無意間從秀秀口中知道，希望能透過關係，購買一些廉價的免稅福利品。然而，自己三個月才配發「免稅福利品點券」二十點，實在沒有多餘的點券來幫她們代購。而且，免稅福利品被視為軍品，是不能流入民間的，倘若有心要為她們服務，以他的階級而言，的確也是心有餘而力不足。但是，多數人都有一個錯誤的想法，以為點券是政五組核發的，福利中心和免稅福利品營站是政五組督導的，只要是政五組的人個個都有辦法，而實際上並非如此。或許，能夠變通辦法與真正有辦法的人，只有承辦參謀，抑或是長官利用職權下條子交辦。

為了想討好她們，王維揚還是用自己的點券，幫她們代購了少量的日用品，利用假日外出的機會，偷偷的為她們帶去。儘管數量有限，但美娟和秀秀的內心，卻充滿著無限的感激。因為免稅福利品除了便宜外，供應的廠商也是經過嚴格的篩選，品質相對地也有了保障，這也是許多老百姓，設法託請熟悉而交情不錯的駐軍，幫他們代購的主因。

「如果能買到沙拉油那就太好了，」有一天，美娟對秀秀說：「沙拉油不僅比花生油便宜，油煙也較少。」

「我問過王維揚了，他說沙拉油、洗衣粉、衛生紙、肥皂，都是限額購買的搶手貨，不好買。」秀秀說。

「找陳先生一定可以買得到。」美娟信心十足地說。

「妳敢向他開口嗎？」秀秀笑笑，「上一次他不是說他不是福利官，沒有這個權力嗎？」

「可以請王維揚找他幫忙啊！」美娟出著點子，「他們同在一個單位服務，平日交情一定不錯，要不，怎麼會經常幫他付帳、請他的客。」

「我倒沒有想過這個問題，」秀秀略有所思地，「不管他們相邀出來，還是巧合碰面，每次在店裡吃東西，幾乎都是陳先生付的帳。如果沒有深厚的交情，誰願意當這個冤大頭呢！」

「說來也是，」美娟同意她的觀點，「這個任務就交給妳了。」

當秀秀把美娟的想法轉告王維揚時，王維揚似乎面有難色，但他還是找機會請陳先生設法幫忙，因為他想藉機親近她們，以便對秀秀這個女孩多一點認識。如果他沒有看錯，秀秀這個女孩，才是他心目中真正的賢妻良母，這種典型的金門婦女，勢必也是他往後的得力幫手。

父親已多次來信告訴他，等他退伍後，家族事業的重擔必須由他來承擔。在大學，他讀的雖是國貿，但選修的則是企管，在公司健全體制和父親的輔導下，相信他一定能勝任這項工作的。而家庭和體弱多病的母親，更需要有一位勤奮懂事的好媳婦來料理和照顧，金門這位叫秀秀的女孩，雖然所受的教育不多，但在他長久的觀察下，絕對是一個相夫教子勤儉持家的好伴侶，他不會錯過這個大好機會的，也希望平日在組裡對他照顧有加的陳先生，能多幫他一點忙，倘若有結果的話，他會感激他一輩子的。

「大成牌沙拉油是目前市面上最好的沙拉油，一箱裡面裝四瓶，我已經交代門市部蔡小姐先幫你留起來了，點券我會設法彌補的。但要記住，每次只能帶一瓶出去，而且要用舊報紙包好，千萬要低調點，不能張揚。雖然值不了多少錢，一旦出了事，還是會很麻煩的，也不好向長官交代，這點你應該知道。」陳先生囑咐他說。

「謝謝你，陳先生，我會小心的。」王維揚必恭必敬地向他行了禮。

「別客氣，」陳先生拍拍他的肩，嚴肅地說：「我很高興你對我們金門小姐那麼賞識，但千萬記住：要以誠相待，不能心存不軌耍任何的花招。坦白告訴你，金門老一輩的鄉親，對部分台灣兵的印象並不是很好，還加封他們一個難聽的綽號叫台灣豬。因為有些人喜歡吹牛說大話，出口就是三字經，像你那麼謙虛有禮的年輕人，還真少見。」

「陳先生，你放心，我絕對不是那種口出三字經、吹牛說大話的人。」王維揚誠摯地說。

「這點我知道，」陳先生淡淡地笑笑，「我只是做一個簡單的比喻。」而後問：「你下午沒事吧？」

「下午要到後指部作業科會稿。」王維揚說。

「這樣好了」陳先生想了一下，「我三點到物資供應處參加物價調節會報，待一會我們提前出發，先送你去會稿，然後一起到金城。」他放低了聲音，「等一下你找蔡小姐先拿一瓶沙拉油放在車上，我們順便幫秀秀她們送去。記住，別張揚。」

王維揚興奮地點點頭。

車抵金城時，惟恐穿軍服的王維揚有所不便，陳先生提著一瓶沙拉油逕自往裡走，順手放在櫃檯旁，並向她們使了眼色，示意別聲張。

「你在這裡等我，開完會我會來接你。」陳先生對王維揚說，而後禮貌地向美娟和秀秀點點頭。

店裡最後三位客人走了，秀秀和麗英忙著收碗筷擦桌子，美娟來到王維揚桌旁，毫不忌諱地問：

「陳先生又到軍樂園去了，是不是？」

老實的王維揚竟有些臉紅，秀秀和麗英同時笑出聲。

「沒有啦，他到物資供應處開會。」王維揚笑著說。

「那瓶沙拉油多少錢？」美娟問。

「我不清楚，」王維揚據實說：「陳先生交代門市部蔡小姐幫妳們留了一箱，裡面總共有四瓶，他要我分批給妳們帶來。」

「真的，」美娟興奮地，「我早就知道，他一定有辦法的。這下可好了，不愁沒油用。」說後又轉向秀秀，「幫我記住，等一下陳先生來了，別忘了還人家的錢。」

秀秀點點頭，朝王維揚笑笑，似乎想對他說些什麼，但並沒有開口，猶豫了一下，終於還是說：

「像你當這種兵，真好命。」

「怎麼說呢？」王維揚笑著問。

「既不要出操站衛兵，又不要做工出公差，還可以經常出來溜躂溜躂，比起野戰部隊那些步兵、好命多了。」

「我的運氣實在不錯，組裡的長官對我也相當照顧。初來時，什麼事都不懂，幾乎全是陳先生不厭其煩地在指導我、教導我。」

「聽說陳先生在你們組裡很多年了？」美娟在櫃檯裡面問。

「或許是吧，詳細的時間我並不太清楚。」王維揚看看她，「組裡的業務沒人比他更熟悉的，新來的參謀很多事都要向他請教。」

「怎麼好久沒有見到范小姐啦？」秀秀突然問。

「回台灣去了。」王維揚說：「可能不會回來了。」

「不回來了，」美娟從櫃檯裡走出來，關心地問：「那陳先生怎麼辦？」

「其實他們只是普通朋友啦，」王維揚說後，想了一下又說：「聽說范小姐對陳先生很有意思，但陳先生則不敢高攀，始終把她當成一般朋友來看待。」

「范小姐不僅漂亮，氣質又好，」美娟惋惜地，「要是我，一定接受她的愛，先把她娶回家再說。」說後，又好奇地問：「范小姐在那一個單位服務啊？」

「她在政戰隊負責舞蹈的編排，對民族舞蹈更是學有專精。」王維揚據實說：「聽說范小姐的父親是將軍，以前曾經在金門當過師長。」

「將軍又怎麼樣？」美娟不屑地，「陳先生真傻，為什麼要放棄。」

「表姊，」秀秀開玩笑地說：「既然范小姐走了，介紹妳給陳先生做女朋友，怎樣？」

「顧好妳自己，」美娟不好意思地白了她一眼，「泥菩薩過江，自身都難保了，還想替別人介紹！」

「世事難料喔，」秀秀頑皮地說：「我自身保不保倒無所謂，只要能保住表姊也是功德一件，如果順利的話，將來還可以沾妳的光，到擎天廳看勞軍晚會！」

「羞、羞、羞，」美娟用手指在臉上劃了好幾下，「別笑死人好不好，憑我這副模樣，人家怎麼會看得上。」

「愛情這種東西很難講，」王維揚竟幫起了腔，「我與陳先生有著亦師亦友、如兄如弟的交情，如果美娟老闆有意思的話，我也可以幫你們敲敲邊鼓。」

「王維揚，你給我記住，」美娟指著他，紅著臉笑著說：「廢話少說，以後要跟秀秀一樣，叫我表姊。如果膽敢不叫的話，大家就等著瞧！」

王維揚看看秀秀，兩人相視地笑笑。當然，他們心裡相當清楚，凡事是逃不過表姊的眼光的。儘管他們對愛尚不敢公然地表明，目前也只限定在相互傾慕上，倘若想更進一步發展，必須歷經無數的日夜晨昏，以及歲月對他們的考驗。首先面對的是地域問題，再來則是雙方家庭環境的差距，他們是否有克服它的信心和勇氣？抑或是隨著料羅灣的海水流向遠方？

生長在富裕家庭、受過高等教育的王維揚，遇上一個命運多舛的異鄉女子秀秀，往後的人生歲月，他能把她帶到何處，是一個幸福美滿的家庭？還是像部分台灣兵一樣，憑著三寸不爛之舌，把她耍得團團轉？

擁有第一流頭腦的人類曾經說過：愛情是不分地域、階級和貧富的。但中國人講求的則是門當戶對，麻雀變鳳凰的例子儘管有，但卻是少之又少。老天爺對歷經苦難的秀秀是否會多一點眷顧，還是要她再一次地承受心靈與肉體的雙重折磨？爾後端看王維揚的誠心和真意了。

陳先生開完會，當座車來到美娟店門口時，只簡單地揮手向她們打招呼，而後接了王維揚就走，並沒有停下來吃碗蚵仔麵線或多做盤桓。美娟雖然來不及還他的沙拉油錢，但想起剛才秀秀起鬨要幫他牽線，情不自禁地多看了他一眼。即使自己在外闖蕩多年，見過形形色色的男人，卻沒有一個能打動她的心扉的。眼前這個男人，雖不是帥哥俊男型，也沒有魁梧的身材，然則不討人厭，更有一份金門青年的樸實，如果有這麼一位男朋友，對她來說也是值得高興的。想著、想著，內心不自禁地浮現出一絲喜悅的微笑……。

「表姊，妳笑什麼？」秀秀打從背後，輕拍了她一下。

「我笑那王維揚呆呆的，只會來我們店裡吃蚵仔麵線，沒勇氣請妳去看場電影或到外面約會。」美娟隨便找了一個話題，胡扯一番。

「表姊，我看不是這樣吧！」秀秀已洞察到她的心理，「可能另有心事吧！」

「我清心得很，」她斷然地說：「有什麼心事？」

「口中說清心，腦裡想一個人。」秀秀斜著頭，扮副鬼臉，「表姊，妳說是不是這樣？」

「誰像妳，把那個小文書迷得團團轉的。」美娟瞪了她一眼，「來吃蚵仔麵線是假的，看看妳這個漂亮的小姑娘才是真的。」

「我有那麼大的魅力嗎？」秀秀反問她說。

「看對眼比任何魅力都重要。」美娟斜著頭，模仿她剛才的調皮樣，「表妹，妳不認為嗎？」

「我辯不過妳，」秀秀無奈地笑笑，「不過下次碰到陳先生，我一定要告訴他……。」

「告訴他什麼？」秀秀還未說完，美娟搶著問。

「現在不告訴妳，」秀秀賣著關子，「以後妳就知道。」

「三八！」美娟不屑地白了她一眼，「如果敢亂講的話，我就不饒妳。」

儘管表姊妹倆談得興高采烈，即使美娟對陳先生真的有點意思，但畢竟只限於單方面，落花有意流水無情更是人世間常見的事，陳先生對美娟的印象不知如何？是否有進一步發展的可能？倘若能在最短的時間裡，把相識化成紅顏知己，把友情變為愛情，而後締結鴛盟，這似乎是美娟此刻的冀望。然而能不能如她所願呢？或許，一切端看他們的誠心真意了……。

第十一章

在民風純樸的小島上，一個標緻的未婚姑娘，倘若和一位穿著軍裝的充員兵走在一起，那是相當不搭調的，它除了會遭受鄉親的議論外，自己也光榮不到那裡去。或許，大家的共同點只有一個，和那些花言巧語的台灣兵在一起，只會吃虧上當，永遠佔不到便宜。

正值青春年華的秀秀，她是識人不清？還是誤上賊船？為什麼明知山有虎，偏向虎山行。然而，什麼也不是，她純粹是被王維揚的誠心真情所感動，他承諾除了給她愛外，也將給她一個幸福美滿的家。短短的幾個月裡，在表姊和陳先生的協助下，他們藉著多種管道來傳遞愛情，他們尋機幽會傾訴衷情，充分利用時間，把握住當下的每一個時刻，把愛提升到他們生命中的最高點。王維揚不僅要用誠心真意來感動金門少女心，更要讓金門的鄉親父老，對部分台灣兵的不良印象有所改觀。

王維揚的想法沒錯，無論任何一個地方、那一個種族，都有善良與醜陋的一面。他認同金門這個小島嶼的純樸以及島民的勤奮和善良，秀秀那張沒有經過修飾的清純小臉，在台灣本島是不容易找到的。誠然這個島嶼較落後，長年的軍管讓島民沒有充分的自由，兩岸長久的軍事對峙讓島民生活在不安和恐懼中。無論民生建設或生活水準，均難以和台灣本島相媲美，但這個缺點，正是它的優點。因為，社會過於繁榮，經濟過於膨脹，富裕易使人腐化和墮落，每天生活在燈紅酒綠中，過著醉生夢死的日子。

「你家到底是做什麼的，怎麼從來沒聽你說過？」有一天夜晚，他們相約在一處茂密的木麻黃樹下談天，秀秀突然問。

「做點小生意。」王維揚簡單地說。

「聽說台灣的工廠很多，隨著八二三砲戰遷台的許多金門人，大部分都分佈在各地的工廠上班，如果將來有機會到台灣的話，我也可以到工廠上班、賺錢。」秀秀說後，信心滿滿地，「坦白告訴你，我是不怕苦的！」

「如果妳信任我，願意進我家大門，秀秀，我鄭重地向妳保證，絕對會讓妳過一個幸福快樂的日子，不會讓妳到工廠上班受苦的。」王維揚依然維持他的謙遜和低調，從不輕言他們家的經濟狀況。

「大家都說台灣是一個花花世界，很多人都擔心我會受騙。」秀秀憂慮地說。

「妳說我像不像是一個騙子？」王維揚指著自己的鼻子笑著問。

「當然不像，」秀秀看看他，「要不然的話，我怎麼會不顧眾人異樣的眼光，和你在一起。」

「對自己的出身和家庭背景，以及經濟狀況，如果過多描述的話，往往會讓人誤以為吹牛。」王維揚拉起她的手，輕輕地拍拍她的手背，「來金門一年多了，和陳先生朝夕相處在一起，對於我的為人和家境，相信他瞭解的程度會比任何人還深入。」

「陳先生就好比是我們的兄長，他對你的為人處世也稱讚有加。老實說，我們的感情能快速地成長，也是受到他多方面的鼓勵，可是他從來沒有告訴過我、關於你家裡的任何情形。」秀秀說。

「感情必須由我們自己來培養，我的家境則必須由妳親自去觀察、去瞭解、去體會。在妳尚未親眼目睹時，再美的言辭都是空虛而不實際的。我敬愛我的父母、熱愛我的家庭，當妳見到他們時，相信妳的心情會跟我一樣的。」

「我出生在烽煙下的金門，在貧窮的農家成長，又沒有讀什麼書，對於這樣一個女孩，你的父母會喜歡嗎？」秀秀憂慮地問。

「坦白告訴妳，我父母在意的是婦德而不是婦才和美貌，相信他們會滿意我的選擇的。」王維揚充滿著無比的信心。

「你有那麼大的自信？」秀秀疑慮地問。

「因為在我身邊的是妳——秀秀。」王維揚說後，一把把她摟進懷裡，而後輕輕地撫撫她那烏黑柔美的髮絲。

秀秀的心快速地跳動著，青春的面龐也有點熾熱，因為她從未和一個男人那麼親密地貼近著。在她的思維裡，王維揚絕對與那些花言巧語、喜歡騙人說大話的台灣兵不一樣。何況自始至終，有陳先生和表姊替她把關，相信他是不敢耍什麼花招的。

王維揚突然地托起她的下顎，用手輕撫她的面頰，而後竟情不自禁地低下頭，輕輕地吻著她的嘴唇，輕輕地吻著吻著，一遍遍輕輕地吻著吻著，讓秀秀那顆從未讓男人碰觸過的處女心，怦怦地跳不停。然而，王維揚不知是膽怯，還是經驗不老到，並沒有激情時的舌吻，亦沒有纏綿時的摟抱，更沒有伸出部分男人慣用的鹹豬手，做任何不軌的動作，和他謙遜斯文的個性有點相似，讓秀秀擁有一份少女心中不可或缺的安全感。

「妳爸爸會同意妳到台灣去嗎？」久久，王維揚附在秀秀的耳旁，低聲地問。

「如果不是受騙的話，我會說服他老人家的。」秀秀淡淡地說：「屆時，相信表姊和陳先生也會幫我說話的。」

「對部分花言巧語的台灣兵，妳有懷疑的權利；對我，妳則可以放心。」王維揚細聲而誠摯地說：「秀秀，請相信，我絕對不會騙妳的。」

秀秀點點頭，雙手卻快速地環過他的腰，緊緊地把他抱住。

「好了，」王維揚輕輕地拍拍她的背，「我們也該走了，等一下讓陳先生等太久的話，就不好意思啦。」

他們相繼地站起身，然而，在燦爛星空的映照下，在民風保守的小島上，即使他們已是一對戀人，仍然不敢親密地走在一起，只因為秀秀身旁的男人，是身著軍裝的異鄉子弟。不管他們如何地相愛，不管他曾經受過高等教育、生長在一個富裕的家庭，島民對這些人仍懷著極大的偏見和戒心，因為在地少女吃虧上當的情事時有所聞，這能怪誰？該怪的是少部分花言巧語口出三字經的台灣豬！

回到店裡，秀秀主動地為王維揚端上一碗加料的蚵仔麵線，美娟老闆非但不介意，反而樂觀其成替表妹感到高興。因為她始終認為，自小遭受苦難的表妹，老天爺應該讓她得到多一點的補償，許她一個幸福快樂的未來。

陳先生提著一個公事包匆匆地走進來，美娟老闆一見面，就鄙視地問：

「怎麼啦，又到軍樂園去了？」

美娟一說完，滿屋的人都笑了。

陳先生沒有理會她，逕自在櫃檯旁的一張小桌子坐下，順手把提包放在桌子上，而後看看腕錶，抱怨著說：

「都快八點半了，開了半天會，晚飯到現在還沒吃一口，肚子簡直快餓扁了。」

「裡面沒招待你們吃晚餐？」美娟關心地問。

「在那種地方、誰吃得下飯！」陳先生搖搖頭說。

美娟皺皺鼻子，秀秀快速地走過來說：

「先吃蚵仔麵線好不好？」

「妳去陪王維揚，」陳先生揮揮手，笑著說：「讓美娟老闆來，因為她看我不會大小眼。」

「別老是消遣人家好不好！」秀秀不好意思地笑著，而後竟轉頭面對美娟，胡扯著說：「表姊，陳先生要請妳去看電影啦！」

「妳放心好了，」美娟知道她存心開玩笑，不屑地白了她一眼，笑著說：「如果陳先生真請我去看電影的話，絕對不會請你們去當電燈泡。」

「那你們可得手牽手喔。」秀秀開心地說。

「當然，」美娟大方地，「絕不會像你們一前一後，保持那麼大的距離，真是飫鬼假細膩。」說後，輕瞄了陳先生一眼，也讓秀秀紅了小臉。

陳先生不知是餓昏了，還是繁瑣的公務讓他喘不過氣來，抑或是沒有把她們的話當一回事，只淡淡地笑笑，並沒有刻意地理會她們。

不一會，美娟為陳先生端來一大碗熱騰騰的蚵仔麵線，碩大的海蚵，棗紅色的豬血，加上一節節滷過的小腸，香噴噴的蔥頭油就浮在上面，看了簡直讓人垂涎三尺。秀秀為王維揚盛的那一碗，怎能與它相媲美。美娟是否看人大小眼，或許，只有她心裡最清楚。

吃完蚵仔麵線，接下來吃的是蚵仔煎，填飽了肚子，陳先生的精神彷彿也跟著來了。

「秀秀，妳可要好好把握住機會喔，王維揚再過幾個月就退伍了，沒談完的戀愛要趕快談，沒散完的步要趕快去散，沒約完的會要趕快去約，別到時落得兩地相思一樣同，可別怪我沒提醒你們！」陳先生看看她，正經地說：「到時候，大哥會幫你們做媒的。」

「笑死人，」秀秀皺皺鼻子，不認同地，「那有男生幫人家做媒人的！」

「男生不能幫人家做媒人，這句話可是妳說的？」陳先生指著她，「妳好好給我記住，到時候如果有人來求我，我可不管！」

秀秀看看在一旁偷笑的王維揚，

「那麼媒人就由我來做好了，」美娟笑著說：「怎樣？」

「表姊，妳要笑掉人家的大牙是不是？」秀秀依然有點不屑，「那有沒出嫁的姑娘當媒人婆的！」

「妳這個未來的新娘子，還蠻挑剔的嘛。」陳先生警告她，「別忘了，以後麻煩事還有一籮筐，如果不好好巴結我的話，將來準教你們難過！」

「要怎麼巴結法？」秀秀數落著，「我要幫你盛蚵仔麵線，你要讓表姊來；我要幫你煎蚵仔煎，你要吃表姊煎的。你這位大爺還真難伺候！」

「這怎麼能怪我，」陳先生頂了她一句，「誰教妳看人大小眼？」

「我看不盡然，」秀秀斜著頭，調皮地，「可能是表姊人比海蚵美吧！」

「什麼事都有可能，」陳先生未說完先笑，「如果妳秀秀煮的蚵仔麵線不好吃，能留住王維揚的胃口嗎？如果妳煎的蚵仔煎沒有放那麼多海蚵，王維揚能百吃不厭嗎？如果妳秀秀不是長得那麼乖巧美麗、端莊婉約，王維揚會拜倒在妳的石榴裙下嗎？坦白告訴妳，什麼事都是有緣故的！」

「我說不過你。」秀秀羞澀地笑笑。

「豈止妳說不過我，」陳先生看看秀秀又看看王維揚，「如果想跟我來這一套，你們兩個加起來也不是我的對手。光憑這一點，就有資格幫你們做媒，好成全你們這樁難得的台金姻緣。」

「我們也可以成全你與表姊的姻緣啊！」秀秀想以牙還牙。

「那太好了，我很希望，」陳先生看看美娟，笑著對秀秀說：「凡事不是只說說而已，要看你倆有沒有這個本事，不信的話，現在就成全讓我看看！」

秀秀被說得啞口無言，眾家也正式領教陳先生的厲害。

然而，陳先生真會和美娟譜起戀曲嗎？或許，什麼都是未知數。儘管他因公務接觸過不少女性，但在他的想法裡，始終認為那些從外地來的女性朋友，似乎並不適合在這個島嶼落地生根，即使對他產生好感者有之，然他並沒有刻意地去追求和營造。但是，什麼事都有變化的可能，並非每個外地來的女性，都不適合與在地青年結成連理，可能是緣分未到而已。況且，和他共事的本地女性員工也不在少數，近水樓台與日久生情都是自然的律動，因此，陳先生並不愁找不到相知相惜的終身伴侶。

坦白說，美娟雖然並非挺美，卻是一個傳統型的女性，除了身材豐滿、曲線分明、善於妝扮外，外貌則較秀秀遜色。但是，她似乎比一般同齡的姐妹淘早熟，在社會上也歷練過一段很長的時間，和她在一起時，會讓人感受到一份無名的親切感，儼若碰到大姐姐一般，有一股想親近她的衝動。而人是沒有十全十美的，美娟也不例外，她雖然精明能幹，但較勢利；懂的事不少，有時則剛愎自用，這些缺點似乎遺傳自她的母親。陳先生之於常到她們店裡，純粹是因為王維揚和秀秀的緣故，自己單獨來過的次數可說寥寥無幾。他所認識的美娟，或許只是她親切的外表，對於她的為人處世和內心世界，瞭解的程度並不是很深入，大夥兒在一起，也只是開開無傷大雅的玩笑而已，談不上有任何男女感情成份的存在。

「王維揚，」陳先生看看腕錶，「時候不早了，我們也該走了。」說後站起身，走到櫃檯旁，掏出錢準備付帳。

「別老是跟我客氣好不好？」美娟以一對水汪汪的大眼凝視著他，或許，隱藏在她眼裡的，似乎有無限的深情。但是，區區的幾十塊錢，陳先生會看在眼裡、會領情嗎？會是一個貪小便宜之徒嗎？答案是否定的。如果真要領受她那份情，必須看陳先生心中的感受，到底美娟釋出的是誠摯的心意？抑或是現實裡的虛情假意？

「是嘛，客氣什麼？」秀秀走近他們，突然笑著說：「往後就是一家人了嘛，何必客氣呢！」

「什麼？」美娟跺了一下腳，好氣又好笑地指著秀秀，「妳說什麼？」

「表姊，妳沒有聽清楚是不是？」秀秀斜著頭，調皮地問：「要不要我再說一遍？」

「謝謝妳的雞婆！」美娟白了她一眼，卻難掩唇角那絲喜悅的微笑。

「好一個伶牙利齒的小姑娘，」陳先生並非想佔美娟的便宜，指著秀秀開玩笑地說：「如果真有往後，妳和王維揚應該叫我一聲什麼？」

「表姊夫。」秀秀不加思索、聲音高亢地說。

二朵嬌艷的紅玫瑰快速地綻放在美娟的面頰，怡悅的笑聲在這個充滿著溫馨的屋裡繚繞，陳先生果真愛上美娟？還是純粹開玩笑？而老天爺是否會成全這對姻緣，還是要讓他們一一地接受無情歲月的考驗？一切都是未知數，任誰也不敢任意地臆測和聯想……。

「對不起，純粹跟秀秀開玩笑，請不要介意。」陳先生深知自己有失言之處，趕緊向美娟陪不是。

「我的度量沒有那麼小。」美娟雖然不在意地說，但從她浮現在臉上的那份笑意看來，似乎有一股甜蜜的滋味在心頭，讓她感受到一陣前所未有的怡然快感。於是她又一次地強調著說：「秀秀愛怎麼講，隨便她！」

然而，陳先生並沒有把她們的話當真，亦未曾想過要佔人家的便宜，除了為他剛才不當的言詞鄭重地道歉外，也堅持要付帳，美娟只好勉強地收下。

秀秀在情場上得意後，也千方百計想促成陳先生和美娟的姻緣，儘管美娟意願頗高，對陳先生的印象也不錯，但似乎只是她單方面的想法而已，並非兩相情願。因為陳先生早已看透了這個紛紛擾擾的感情世界，在沒有徹底地瞭解對方之前，絕不輕率地把感情投入進去，以免替自己製造更多的困擾。即使秀秀經常幫他們敲邊鼓，但陳先生似乎無動於衷，並沒有主動去追求美娟的跡象，彼此間也只是偶而地開開玩笑而已，談不上有什麼男歡女愛的親密關係。倘若想更進一步地發展，或許，還要歷經無數的日月晨昏吧……。

第十二章

倘若依常理而言，秀秀是該帶王維揚回家拜見父親的，好讓他老人家認識認識這個未來的乘龍快婿。然而，這個看來簡單的問題，卻困惑秀秀多時。一旦帶他回家，難免會在那個保守的農村，掀起一陣前所未有的波瀾；秀秀交了一個台灣兵的新聞，更會在短短的時間裡，傳遍整個村落。屆時，一定會遭受到那些愛管閒事的長舌婦們的嘲笑。因為在這個村落，她曾經為了自身的幸福，挺身反抗一樁不合理的姑換嫂婚姻。如果今天帶回來的男朋友是一個情場老千，抑或是自始至終這場戀愛是一個騙局，她勢必無地自容，更無顏面對鄉親父老，受到人家的譏諷和奚落也是應該的。

但繼而地一想，和王維揚交往的這段期間，她所看到的，盡是他的誠心和真情，並沒有一點虛情假意。況且，還有表姊和陳先生從旁協助、把關，諒他也不敢耍什麼花招、打什麼歪主意。

雖然王維揚告訴她自己是家中的獨子，家裡做點小生意，至於是做什麼、從事那一種行業，他並沒有詳細地為她說明，只告訴她不會讓她受苦而已。秀秀心想，自己並不是一個貪圖榮華富貴的人，只要擁有王維揚的愛，往後平平淡淡、平安幸福地過一生，她也就心滿意足了。唯一讓她恐懼難安的或許是怕受騙，因為這種案例在金門可說不少，也是在地少女心中永遠揮不掉的夢魘。

秀秀終於把欲帶王維揚回家讓父親看看的想法告訴了表姊。

「確實有這個必要。」美娟非常同意她的觀點，但隨後又有一點憂慮，「不過初次妳不能單獨帶他去，別忘了我們生長在一個保守的農村，好管閒事的人一大堆。坦白說，老一輩的島民對部分台灣兵印象並不是很好，如果妳公然地把他帶回家，說不定連姨父都會起反感。」

「那妳說我該怎麼辦？」秀秀睜大雙眼，期待她的答覆。

「找陳先生商量。」美娟為她出點子。

「那就請表姊多費點心吧。」

「妳又不是不認識他？」

「表姊跟他交情深，好說話。」

「少灌迷湯，」美娟不屑地，「我和陳先生從認識到現在，談的盡是一般的瑣事，連一個最起碼的愛字也從未說出口，甚至彼此家的大門在那一個方向都還搞不清楚。而妳和王維揚的戀愛卻談得火火熱熱、沸沸騰騰的，馬上就要帶他去見父親了，真讓人羨慕啊！」

「你們同在這個島嶼，經過一段時間相處後，感情絕對會在穩定中增進。而我則是在情海裡冒險，該羡慕的是妳，表姊！」秀秀似乎有點感傷。

「想談這場戀愛，我是一點把握也沒有，因為從認識到現在，陳先生並沒有把我當成戀人或女朋友，如果說我們的感情會在穩定中增進，我是不相信的。」美娟淡淡地，卻也不忘安慰她說：「如果我沒有觀察錯誤，王維揚一定會許妳一個幸福快樂的未來，他絕對不是騙子，也不會做一個沒良心的負心人。」

「但願如此。」秀秀興奮地笑笑。

「一旦妳嫁到台灣去，將來我們到台灣玩的話，就有一個落腳處了。」美娟斜著頭，笑著問：「歡迎嗎？」

「表姊，等八字有一撇再說也不遲。」秀秀看看她，無奈地說：「世事難料啊！」

「妳已經成年了，早已不是姑換嫂時期那個想喝農藥自殺的十三歲小女孩，因此，除了別人給妳信心外，對自己也要有信心。別忘了，人都是相對的，無論是友情或愛情，必須相互尊重才能恆久。倘若雙方展現出的是一個誠字，絕對沒有解決不了的難事。」

「表姊妳要多幫我，」秀秀懇求著說：「尤其是我爸那一關，全靠妳了。」

「放心吧，姨父並非是一個不講理的人，當年他純粹是為了對陳家的承諾，以及不願失信於人，才會逼迫妳去嫁給一個大妳十七歲的老男人。而今天，妳不僅已達到法定年齡，也找到了生命中的真愛，相信他老人家絕對不會阻止妳的。或許，唯一顧慮的是怕妳交友不慎而受騙，因為王維揚是台灣人，對於他的家庭背景無處可打聽，萬一真的誤上賊船，那是他老人家萬萬不能接受的。」

「如果像妳和陳先生都是在地人，那就太好了。」秀秀有感而發，「不必打聽，也能夠把對方的家庭背景弄得一清二楚。」

「老實說，像陳先生這種人我還蠻賞識的，如果他不辦軍樂園的業務那就太好了。」美娟憂心地說：「經常在那個髒地方進進出出的，難免會有一些流言蜚語，聽來不僅教人難受，也讓人擔心啊！」

「妳是怕他和軍樂園那些小姐糾纏不清？還是怕他被那些妖艷的女人迷倒了？」秀秀關心地問。

「什麼事都有發生的可能，」美娟露出一絲無奈的苦笑，「聽說裡面的環境既骯髒又複雜，一個未婚的青年去管那種地方畢竟不妥啊！」

「一個未婚的青年去管那種地方畢竟不妥？」秀秀重複她的話，笑著說：「既然是這樣的話，那問題就好解決了。」

「怎麼個解決法？」美娟不解地問。

「表姊妳就快一點嫁給他，以後陳先生就是已婚的青年了，也就無所謂妥或者不妥了。」秀秀興奮地笑著說。

「妳這個點子還真不錯，」美娟白了她一眼，做了一個要敲她的手勢，「真是人小鬼大！」

「我是實話實說，」秀秀辯解著，「難道要他辭職不幹，天天守在妳身邊，跟妳在這裡賣蚵仔麵線、賣蚵仔煎，妳才放心？」

「賣蚵仔麵線、賣蚵仔煎，自己當老闆有什麼不好？」美娟神氣地說：「總比去管軍樂園那個骯髒地方強！」

「其實也沒什麼好顧慮的啦，」秀秀反而開導她說：「聽說軍中的紀律很嚴格，如果操守不好的話，司令官怎麼會讓他去辦這種業務。」

「管他的，」美娟想了想，「彼此間只不過是相識而已，根本談不上有任何的關係，甚至連手都還沒有牽過。如要論及婚嫁，說一句不客氣的話，還早得很！為什麼要替自已製造煩惱、添麻煩，真是的！」

「我倆的境遇可說大不相同。」秀秀悽然地說。

「怎麼講？」美娟不解地問。

「如果時機成熟的話，陳家的花轎隨時都會把妳抬走，而我還要經過無數的關卡，以及歷經無情歲月的考驗，才能擷取到幸福的果實。」秀秀分析著說。

「我時時刻刻都有上花轎的心理準備，可是陳家的花轎不一定上我家門來。」美娟有點茫然，「依我的觀察，陳先生的個性有點倔強，凡事是不容易妥協和任意遷就人的。況且，大家只不過是普普通通的朋友，與一般熱戀中的男女是有所不同的。談起上花轎，未免太早了吧！」

「放心吧，表姊，從小到大，妳的命運始終比我好，相信假以時日，陳先生會被妳的真情感動的，妳自己一定要有信心。」

「一切順其自然吧！」美娟淡淡地笑笑，卻突然說：「老實說，如果要隨便找個男人嫁的話多得是。大不了嫁給那些老北貢，雖然年紀大點，卻不愁吃、不愁穿，何必為這些事傷腦筋。」

「憑表姊妳的美貌和精明，不挑人家已經夠衰了，還怕找不到好男人。」秀秀誇讚著說。

「時代不一樣了，以前是憑媒妁之言，現在講的是自由戀愛。有人看外表，有人觀內在；妳要選人，人要挑妳，真正看對眼的情侶，有時卻要付出痛苦的代價，始能有情人終成眷屬。人生中的婚姻大事，就是這樣交錯而成的。」美娟感慨地說。

「想不到妳對這種事的看法，還蠻精確的。」秀秀誇讚著說。

「妳以為表姊是一個什麼事都不懂的草包？只會煮蚵仔麵線、煎蚵仔煎、賣剉冰？」美娟神氣地說。

「聽姨媽說，曾經有好幾位媒人來做媒，都被妳給回絕了。」

「那是還沒認識陳先生之前，」美娟笑笑，「之後看到有年輕人經常在我們店裡走動，很自然地就會聯想出許多問題，誤以為我有男朋友了。也因為這樣，那些媒婆再也不敢上門了。說真的，我很討厭那些媒婆。」

「我比妳更討厭，想當年幾乎快被她們害死了。」秀秀搖搖頭，嘴角掠過一絲苦笑，而後轉換話題無奈地說：「金門這個地方實在太小了，禁不起一點風吹草動，每次跟王維揚出去，都是偷偷摸摸的，怕人家看見。」

「因為妳是準備到繁華的台灣過一生，而我們註定要留在這個小島上聽砲聲，所以命運大不相同。」美娟笑著說。

「表姊，妳看我會不會受騙？」秀秀心裡依然有些恐懼。

「依我看，受騙倒不至於。」美娟雖然充滿著信心，但也不忘提出警告，「不過妳自己也要當心，千萬不能受到男人甜言蜜語的誘惑而失身，一旦做出那種事將來又沒有結果，最後吃虧、倒楣、難看的總是女人。」

「這點我知道，王維揚倒是一位謙謙君子，」秀秀說後，臉上有些熾熱，「幾次單獨相處，他並沒有任何非分的要求。」

「陳先生看來也是一個非常正經的男人，」美娟有點興奮，「這或許是他們能成為好朋友的共同點。老實說，女人並非只是男人的玩物，她不僅要愛也要受到尊重，懂得相互尊重的感情才能恆久、才會有完美的結局，這是許多人所疏於分析和思考的問題。」她頓了一下，緊接著又說：「有時候和陳先生在一起閒聊時，可以從他的言談中，吸收到許多知識，因為他看過很多書，肚子裡還真有點東西，這點是我們望塵莫及的。但有件事一直讓我百思不解，不知是他不懂情趣，還是不解風情，抑或是根本就沒有把我當成女朋友，從來沒有碰過我一下，或說些輕浮的話。除了大夥兒在一起時說說笑外，和我單獨談話時，都是中規中矩、正正經經的，一點也沒有未婚男女在一起時的浪漫。」

「或許，每個人的道德標準都不一樣，依我看來，陳先生絕對是充分地尊重妳的人格，而不是不懂情趣。如果今天妳碰到的是一隻色狼，談不上三句話後，馬上伸出讓人噁心的鹹豬手，繼而地就是想摸妳、摟妳、抱妳、吻妳，甚至還會有進一步的要求，倘若遇上這種男人，相信妳的感受絕對是受辱，而不是浪漫！」

「說來也是，」美娟同意她的觀點，「可能是我們的感情只停留在一般朋友之間，尚未達到愛的最高層次，才不會有那種浪漫的情事發生。說真的，能受到人家充分的尊重，也是不錯的，別讓男人當成玩物，最後又沒有結果，那才糟呢！」

「表姐，妳說對了，」秀秀認真地說：「大凡一個正常的人，無論是男是女，都有凡人所謂的七情六慾，只要男女雙方感情成熟，屆時什麼戲碼都演得出來的，一旦到了那個時候，想不浪漫也難啊！」

「想不到妳對這一方面的知識，瞭解的程度還蠻深入的。秀秀，表姊自嘆弗如啊！」美娟有點不好意思地說。

「不，表姊，妳成天忙於生意，根本就沒空想這些事，而我每天沒事時就是胡思亂想，有時卻也能從其中悟到一絲真理。如果我的觀察沒錯，陳先生絕對是一個可靠的青年，但必須對他多一點關懷和寬容，別忘了他是一個有個性又注重原則的年輕人。」秀秀提醒她說。

「我的個性和我媽有點類似，確實是有點固執己見，有時要我去遷就人家，也是不容易做到的。像陳先生年輕輕的去管軍樂園那種事，又經常在那個骯髒的地方進進出出，老實說，我是十分不認同的。」美娟頓了一下，反問她說：「秀秀，要是妳有這樣一位朋友，妳會不介意他的工作嗎？妳會不擔心嗎？」

「其實陳先生只是業務承辦人，並非是和那些女人朝夕相處在一起的軍樂園員工，妳應該放心才是。」秀秀開導她說：「我剛才已經說過，陳先生絕對是一個有原則的人，不會和那些女人有所牽扯和糾葛的。倘若妳不能從這一方面有所領悟而固執己見的話，永遠也得不到人家的愛、永遠也不會有結果，更別想談這場戀愛，這是妳必須慎重思考的地方。」

「別忘了男人都是賤骨頭的！」美娟依然不屑地，「多數男人都禁不起女色的誘惑，尤其是那些經常出入聲色場所的男人，更是不能不提防，一旦事情發生了，後悔就來不及了！」

秀秀無奈地搖搖頭，心想，如果表姊不能逃脫這種不健康的迷思，不能把姿態放低一點，註定談不成這場戀愛。倘若和陳先生有所交集，而不自我檢討和調適的話，也會是這場戀愛的失敗者。但她並不想以任何尖銳的言詞來激她。

彼此沉默了好一會。

「喔，對了表姊，差點忘了告訴妳，」秀秀突然想起，「農曆三月初七是我們村裡的李王爺生日，和往年一樣要做醮酬神。我爸要妳轉告姨媽，到時一定要到我們家看熱鬧、吃拜拜。」

「三月初七，」美娟屈指一算，「那天剛好是禮拜天，我們找陳先生和王維揚一起去看熱鬧，也順便讓王維揚去拜見拜見未來的岳父大人，妳看，怎樣？」

「這倒是一個好機會，」秀秀說後，卻也有點憂慮，「可是禮拜天我們生意正忙著，走得開嗎？」

「為了陪未來的表妹夫去拜見未來的岳父大人，難道我們不會把門一關、提早打烊？」美娟灑脫地，「少賺一點錢對我來說是無所謂的！」

「謝謝妳的成全。」秀秀點點頭笑笑，「王維揚就拜託陳先生來聯絡了。」

「放心吧，表妹，相信陳先生會幫妳這個忙的。」美娟信心十足地說。

那天，島上飄著白茫茫的霧氛，王維揚趕著理髮部剛上班，手拿免費理髮票，刻意地請理髮師幫他修剪一番；復又換上一套昨晚方從洗衣部取回、漿燙得筆挺的軍服，足下的大頭皮鞋雖然陳舊，但卻擦拭得雪亮反光。如此的穿著，加上原本的年輕帥氣，的確讓人眼波一亮，一點也看不出充員兵那份贖態。

陳先生特地為他準備了二罐阿華田、二罐克寧奶粉以及二包維生方糖，讓他提著當見面禮。這雖然只是一個小小的禮數和細節，但還是有許多人易於忽略，尤其是年輕人。陳先生的面面俱到，讓王維揚感激萬分。

當他們一夥來到李家，王爺遶境早已結束，各家各戶備著草料水犒軍亦已完畢，大批食客絡繹不絕地進入村莊，美其名看熱鬧，真正的目的是吃拜拜。秀秀早已向父親稟告，除了表姊外，還要帶二位客人同來，但並沒有告訴他來人是誰。

「阿爸，」一進門，秀秀就迫不及待地為他介紹著：「這位是陳先生，在金防部服務；這位是王維揚，在金門當兵，是陳先生他們組裡的文書。」

「阿伯，您好。」陳先生和王維揚幾乎異口同聲地說。

「鄉下地方，歡迎你們來玩。」來福伸出粗糙的手，和他們輕握了一下，「請裡面坐。」

來福剛說完，一位梳妝體面、看來精明能幹的老婦人走過來，美娟快速地迎過去，秀秀叫了一聲：「阿姨。」

「阿母，我來給您介紹，」美娟拉著母親的手，「這位陳先生是我們金門人，這位台灣兵叫王維揚，是秀秀的男朋友。」

美娟雖然簡單地介紹著，卻也刻意地強調王維揚是秀秀的男朋友。來福含笑地多看了王維揚一眼，讓場面有些尷尬，但兩人還是禮貌地說了一聲：「阿姨好。」

「裡面坐、裡面坐。」美娟的母親客氣地招呼著。

王維揚把帶來的東西雙手遞給來福，「阿伯，一點小意思，請不要嫌棄。」

「鄉下地方，來玩就好，不要那麼客氣啦！」來福說後，又情不自禁地看了他一眼。對於眼前這位長得眉清目秀又彬彬有禮的台灣兵，可說讓來福留下深刻的印象。美娟說這位叫王維揚的年輕人是秀秀的男朋友，但他卻從未聽秀秀提起過，如果是金門人的話那就太好了，卻偏偏交了一個台灣兵，萬一讓人家騙了，要到那裡去找人？秀秀已是一個亭亭玉立的大姑娘，在社會上工作也有一段時間了，有些事他實在不想過問，卻也冀望女兒能睜大眼睛看清楚，認清這個險惡的社會和人心，才不會受騙、上當、吃虧。

桌上的佳餚全由秀秀的阿姨所烹飪，金門傳統菜餚的美味，讓王維揚大開眼界，吃得津津有味、不亦樂乎。然而，最興奮的莫過於來福，他不停地招呼著王維揚，而美娟則忙著幫陳先生夾菜，儘管彼此心裡都隱藏著一份無名的喜悅，但說的盡是一些客氣話，始終無法暢所欲言、把想說的話題打開，讓美好的時光，平白地從指隙間溜走。

飯後，美娟陪著陳先生和王維揚到廟裡看道士在做醮，秀秀留下來幫姨媽收拾碗筷。

「什麼時候交了一個台灣兵，怎麼從沒聽妳說過？」來福趁機問秀秀說。

「阿爸，」秀秀看看父親，不好意思地說：「我們交往一年多了。」

「妳要睜大眼睛看清楚，有些台灣兵很壞，他們成天花言巧語，說得天花亂墜，專門欺騙妳們這些沒有出過遠門的女孩。明明家裡是窮光蛋一個，卻說是開公司、做大生意的；明明家裡已經有妻室，卻說尚未娶妻，讓許多不知情的女孩吃虧上當。」來福提醒她說。

「阿爸，什麼地方都有好人或壞人，台灣兵也是一樣，有好亦有壞。一年多來的相處，我發現王維揚不僅忠厚老實也很謙虛，待人更是誠懇有禮，相信他絕不是一個喜歡吹牛說大話的台灣兵。他和陳先生同在一個單位服務，大家對他都有深刻的瞭解，我不會受騙的，您儘管放心吧！」

「妳已經長大了，再也不是十三歲時的秀秀了。」來福神情有些凝重，「當年為了幫妳哥哥娶房媳婦，竟狠心地想用妳這個十三歲的小姑去換大嫂，要妳去嫁給一個大妳十七歲的陌生男子。秀秀，現在想起這件事，阿爸仍然感到十分的愧疚。今天，雖然妳已經長大成人，有權去追尋自身的幸福，但千萬可得睜大眼睛看看這個社會，不要受到任何的欺騙和傷害，這是為父者唯一的冀望。其他的事，我不僅不會干涉妳，也會尊重妳的選擇。」來福說後，嘆了一口氣，「天下父母心啊！」

「秀秀，妳阿爸沒說錯，」姨媽關心地說：「聽說台灣是一個笑貧不笑娼的花花世界，好高騖遠、騙吃騙喝的人一大堆，妳自己可要當心，千萬不要誤交損友而害了自己一輩子。」

「阿姨，謝謝您的關心，」秀秀感動地說：「您和阿爸的話，我會銘記在心頭的。」

「美娟是不是對那位陳先生有意思？」姨媽低聲地問：「要不，他怎麼會跟妳們一起來？而且美娟還不斷地招呼他、幫他夾菜，看他們那種親熱樣，好像認識有一段時間了吧！」

秀秀點點頭。

「他們認識多久了？」姨媽關心地問。

「也是一年多了。」秀秀柔聲地說。

「他倆有沒有一起去看過電影或晚上出去散步約會？」姨媽睜大眼睛，等待秀秀的答覆。

「好像沒有。」秀秀據實說：「陳先生工作很忙，除了固定的業務要辦外，還經常到福利單位開會查帳。如果到軍樂園去的話，他會順路到店裡坐坐、聊聊天。」

「什麼？」姨媽訝異地說：「年紀輕輕的不學好，竟然還到軍樂園去，美娟怎麼會交這種朋友、對這種男人有意思？」

「不是這樣啦！阿姨，您錯怪人家了。」秀秀趕緊解釋著說：「陳先生在金防部辦的是福利業務，軍樂園是他們組裡管的。他是去開會辦公事，不是去買票風流啦！」

「年輕人常到那種地方總是不妥當的，也容易學壞。」姨媽搖搖頭，剛才喜悅的形色已不見，馬上變了臉，不屑地說：「我不贊成美娟和這種男人交往。」

「阿姨，人家陳先生可是中規中矩的，您儘管放心啦！」秀秀補充著說：「況且他們也只是普通朋友，又不是現在就要嫁給他，您就不要反對，讓他們交往看看嘛！」

「年輕人的事，我們最好別插手。」來福勸導她說：「他們相識也有一段時間了，一定會有充分的認識和瞭解，如果陳先生不規矩，美娟會不知道嗎？如果陳先生沒有一點學識，美娟會對他有意思嗎？年輕人有他們自己的想法和看法，假若我們過於去干涉，將來一旦有什麼變化，會讓他們怪罪一輩子的。」

「這個死查某鬼仔，」姨媽竟數落起美娟，「去年不知有多少媒人上門說親，有做生意的、有二顆梅花的、有當老師的、有吃公家頭路的、有……就是沒有一個她看中意的。現在好了，交了一個經常進出軍樂園的朋友，這種事一旦傳出去，會讓人家笑死的！」

「過去的事多說無益，」來福又一次地開導她說：「兒孫自有兒孫福，輪不到我們這些老年人來操心。」

「不，我的想法和你不一樣。」姨媽堅持著，「美娟和秀秀一樣，都是一個清清白白的黃花閨女，她們未來的夫婿，也必須是一個規規矩矩的青年人。年紀輕輕的，什麼事不好做，偏偏要去管軍樂園那種髒地方的事。對於他們兩人的交往，我非但不認同，也會堅決地反對到底！」

秀秀聽傻了，一時不知如何向姨媽解釋才好，也後悔自己沒有衡量話中的輕重，讓姨媽對陳先生產生不必要的誤會，這是她始料未及的。假如因此而讓表姊和陳先生的感情不能更進一步發展的話，這個責任是她難以承當的。

「阿姨，據我所知，陳先生絕對是一個規規矩矩的好青年，之於會到那種地方查帳或檢查業務，那是他的職責。如果到裡面是吃喝玩樂和那些侍應生鬼混，司令官不僅不會信任他，說不定還會把他移送法辦。對於他的為人處世、品德操守，阿姨您儘可放心、不要反對他們的交往啦！」秀秀再三地強調著說，試圖改變姨媽對陳先生的看法。

「這種事我怎麼能放下心，那是攸關美娟一生的幸福啊！」姨媽看看秀秀，激動地說：「妳看看，妳那位台灣朋友長得斯斯文文的，說起話來彬彬有禮，一眼就看出是一個循規蹈矩、有教養的好青年。而美娟那位朋友永遠也脫離不了金門人的那份土氣，尤其聽說他經常出入軍樂園那個骯髒地方，我就一肚子的火！」

「阿姨，陳先生不是像您想像的那樣啦！」秀秀試著安撫她的情緒，也試圖轉換話題來獲取她的認同，「人家陳先生看過很多書，文筆不錯，而且還經常在報上發表文章呢！」

「我最瞧不起那些正事不做，每天在那裡舞文弄墨的年輕人！」姨媽鄙視又激動地說：「那些狗屁文章又能值幾文錢？這種人絕對不會有前途！將來誰嫁給他誰倒楣！」

「人的價值有時候是不能用金錢來衡量的。」來福再一次地開導她說：「現在這個社會，好高騖遠、好逸惡勞的青年比比皆是，肯上進的青年反而不多，陳先生有那份力求上進的心，我們應當給他鼓勵才對啊！俗語不是說，爭氣不爭財嗎？」

「老實告訴你，來福，」姨媽依然鄙視地，「對美娟那位管軍樂園的朋友，我不僅不認同，也會堅決地反對到底。而秀秀那位台灣朋友，卻教人愈看愈歡心啊！」姨媽突然由鄙視轉為興奮，「要是美娟也能交一個台灣朋友，那不知有多好，將來還可以到台灣探親找她們呢！到時候可以坐火車看風景，或到動物園看大象、看獅子、看老虎、看老猴，吃香蕉、吃鳳梨、吃蓬萊米！畢竟台灣是一個繁華熱鬧的大都市啊！我已經夢想很久了。」

姨媽的勢利和對陳先生的誤解，的確讓秀秀看傻了眼。而這個禍端卻是她所引起，心裡難免會有一些焦慮和不安，要是讓表姊知道，不知要如何向她解釋才好，屆時只有祈求她的諒解了，到底自己是無心之過，並非想破壞他們。但繼而地一想，表姊雖然對陳先生有意思，然而陳先生並不是一個隨隨便便的人，對男女間的感情向來都抱持著慎重的態度，對表姊釋出的情意彷彿還在觀望中，並沒有把自己真摯的感情投入進去，因此，兩人始終停滯在一般朋友的階段，不像她和王維揚進展得那麼順利。

美娟、陳先生和王維揚一夥剛進屋，姨媽就刻意地避開，不想和他們照面。不知內情的他們，並不知道其中的原委，還以為她老人家正忙著呢。因此，他們依然談笑自如，只有秀秀的心情，感到無比的沉重。雖然她的感情有所依歸，卻也冀望表姊能尋覓到一個如意郎君，在她的心目中，陳先生是表姊最適當的人選。但是，感情這種東西有時候是很難講的，必須由男女雙方展現出真情實意，方能有圓滿的結局。旁人只有敲敲邊鼓、適時加油打氣的份，其他的似乎也幫不上什麼忙。況且，人是沒有十全十美的，男女間一旦相處久了，瞭解深了，所有的優缺點，幾乎都無可遁形地浮現在彼此間的眼前。依她和表姊長久的相處，可以看出表姊是較高傲和勢利的，對陳先生那份工作更是心存著鄙視。倘若以陳先生在社會上的歷練而言，勢必早已練就一套察言觀色的本事，表姊平日的言談和所作所為，絕對逃不過他的眼光。這是否是他們的感情無法突破和增進的原因？秀秀只是單純的臆測，不敢做無謂的聯想，但卻始終相信，時光會告訴她答案的。

來福趁機和王維揚談了不少，面對這位謙和有禮的台灣兵，內心有無限的感觸。想當年如果不顧秀秀的死活，一味地把她嫁給大她十七歲的陳家桂寶，那勢必要斷送她一生的幸福，也會造成他終身的遺憾。因此，他非常滿意自己最後及時的悔悟和所做的抉擇，才沒有釀成不幸的意外。但願秀秀能把握住當下的每一個時光，千萬別讓即將到手的幸福給溜了。來福衷心地期待，卻也深恐她將來受到不必要的傷害……。

第十三章

端午節過後，王維揚的役期即將屆滿，近日的航次就可退伍返台。政五組也在近梯次的新兵中，挑選了一位大專兵，來接替他的文書職務。

當交接完畢、候船返台的空檔裡，退伍人員只要不違反軍紀，不超過陣地關閉時間，可以攜帶退伍令，在島上自由活動、四處參觀，憲兵同志不會以不假外出的罪名登記論處的。因此，許多待退的充員兵，莫不三五成群，向地區照相館租台照相機，以風景區域為背景，拍下一張張在戰地金門服役時留下的影像，好帶回家做個永恆的紀念。王維揚並不例外，而令人羨慕的是他身旁多了一位漂亮的金門小姐。

那天，美娟老闆放了秀秀一天假，她的用意不言可喻，主要的目的當然是讓他們多聚聚，好在這個小島上多培養一點感情，以增進他們邁向幸福人生的腳步。然而，在這個民風保守的小島上，秀秀依然有所顧慮，因為多數是生長在這塊土地的鄉親，彼此間都很熟悉，而和她走在一起的又是一個穿著軍服的台灣兵，無論他們的感情有多麼地深厚，受到議論絕對難免，甚至很快就會被傳開。她是某某村莊、某某人的女兒，無形中，讓自己的父母也遭受旁人的指指點點，這是她難以釋懷的地方，也是她想迴避的主要因素。

儘管島上的交通不便，他們還是乘車到了位於金城鎮的莒光樓、稚暉亭；金沙鎮的勇士堡、東美亭，以及金湖鎮的榕園和太湖，在這個歷經砲火蹂躪的小島上，留下他們青春歲月難得的回憶。

午後，他們偎依在太湖南邊一處茂密的木麻黃樹下，面對著碧波無痕的湖水，以及遨遊湖中的水鴨，心中充滿的，盡是依依不捨的離情。

「維揚，我是真心誠意地愛你的，你可不能騙我。」秀秀重複著這句說過多次的老話。

「我們相識相知一年多了，」王維揚拉起她的手，拍拍她的手背，「我是一個不善於吹牛說大話的人，這點妳是知道的。秀秀，就讓時間來證明一切，也讓時間來考驗我們吧！」

「回台灣後，別忘了要快一點給我寫信，以免我牽掛。」秀秀囑咐著說。

「會的，」王維揚轉頭看看她，又一次地拍拍她的手背，「我不僅會盡快地寫信給妳，也會把我們交往的事，向我爸媽稟告。」

「你爸媽會反對你和一個金門女孩交往嗎？」秀秀試探著問。

「雖然我是家中的獨子，自小受到父母的寵愛，但我相信，他們一定會尊重我的選擇的。」王維揚信心滿滿地說。

「你要老實地告訴他們，我生長在一個貧窮的家庭，自小沒讀過什麼書，不知道的事情可多著呢，更談不上有什麼知識可言。」秀秀誠實地說。

「這點妳儘管放心，」王維揚誠摯地說：「我爸媽都很開明，絕對不是一個老頑固。即使我受過高等教育，但擇偶的條件卻很簡單，其一不以美貌和學識取人，其二不談什麼門當戶對。只要是一個清清白白的女孩，彼此間心中有愛，能相互瞭解和包容，如此的女性才是我想追求的。因為我要的是一個能勤儉持家、相夫教子、侍奉公婆的終身伴侶，而不是擺在客廳供人觀賞的花朵。」

「如果我們真有那份緣分，相信我會扮演好這個角色的。」秀秀低聲地說。

「秀秀，我自信沒有選錯人，這個角色也只有妳來扮演才適合。」王維揚興奮地說，而後輕輕地把她摟進懷裡，秀秀的手卻環過他的腰，把頭深埋在他的胸前。

「你一直沒有告訴我，你家是做什麼生意的？」秀秀又問起這個王維揚不想答覆的問題。

「這個問題妳已經問過好幾次了。」王維揚輕輕地拍拍她的背，「我並非不願意告訴妳，抑或是怕妳知道。如果我現在說，我家開了一家擁有百餘位員工的紡織廠，以及有一家年營業額高達數千萬元的貿易公司，妳相信嗎？」

秀秀默不作聲。

「據我所知，金門人最討厭部分台灣兵口出三字經和吹牛說大話。今天，既然我們真心相愛、有緣在一起，往後讓妳親眼目睹，或許遠勝我在這裡自吹自唠，也惟有這樣才能讓妳安心，才能讓妳不會有受騙的感覺。」

「雖然有人不斷地提醒我別受騙，但我還是相信你的為人。」秀秀柔聲地說。

「這個社會形形色色的人都有，在尚未徹底地瞭解對方之前，小心一點才不會吃虧上當，這是一個正確的想法。但當雙方都展現出真情實意相互愛戀時，一定要有信心，不能有過多的懷疑，以免自討苦吃。」王維揚誠摯地說。

「說來也是，」秀秀淡淡地說：「如果沒被愛過，永遠不懂得珍惜；如果沒被騙過，誰也不會提高警覺。」

「美麗的謊言人人喜歡聽，它也是成就騙子的最大禍源。但騙得了一時，卻騙不過永遠，西洋眼鏡很快就會被人拆穿的！」王維揚感嘆地，「金門的女孩實在太單純了，多數也是因為她們的純潔而受騙，而那些騙子絕對沒有好下場，一定會得到報應的！」

「起初對你，我還是存有戒心的，」秀秀笑笑，「後來卻被你的真誠打動了，加上陳先生對你的稱讚，表姊敲的邊鼓。維揚，如果將來真的有結果，我們第一個要感謝的是陳先生，再來則是表姊。」

「陳先生曾經告訴我說：要討老婆，就要討像秀秀這種出身貧寒的女孩，因為她純潔、勤奮、乖巧、懂事，當然也加上漂亮，未來絕對是一個賢妻良母。」王維揚得意地說。

「陳先生他過獎了，」秀秀謙虛地，「其實我要學習的地方仍然很多，自己也感到土裡土氣的，那有什麼漂亮可言。」

「秀秀，其實每個人對美的認定都有不同的看法，」王維揚輕輕地撫撫她的面龐，誠摯地讚美著說：「妳的美是自然清純的美，不是用脂粉或化妝品妝飾出來的，套一句庸俗的話，妳的美就叫——麗質天生。」

「該不是挖苦我吧？」秀秀疑惑地笑笑。

「不，我說的每一句都是真心話。」王維揚微微地舉起手，做了一個發誓狀，隨後又說：「台灣地方比金門大很多，人口也很密集，尤其是台北市，每天幾乎都是車水馬龍，市民過著緊張而沒有生活品質的日子。到了夜晚，每條街道都閃爍著五光十色的霓虹燈，處處可見三五成群到處閒逛的夜貓子。初到台北的人，或許會有一份新鮮感，一旦久了就會厭倦，不像金門那麼純樸。」

「金門唯一讓人遺憾的就是砲聲。」秀秀有感而發，「我歷經八二三和六一七兩次砲戰，那種悲傷恐懼的場面，確實令人怵目驚心。幸好蒙受老祖宗的庇蔭，全家大小都平安地躲過此一浩劫。」

「金門人實在太不幸了，」王維揚感慨地說：「依目前這種局勢，想過一個太平盛世的日子，不知要等到什麼時候。」

「兩岸軍事長期的對峙，受到嚴重傷害的永遠是無辜的島民。」秀秀搖搖頭，神情凝重地說：「這種躲砲彈的日子，大家都過怕了。」

「秀秀，妳放心吧，在我即將離開這個島嶼時，我必須向妳做最真摯的承諾，我會無怨無悔地在台北等妳，相信不久的將來，妳就不必再過這種膽顫心驚的日子了。無論如何妳一定要相信我，知道嗎？」王維揚說後，緊緊地把她摟進懷裡，並迅速地低下頭，深深地吻著她那二片青春火熱的香唇。

秀秀非但沒有抗拒，反而微微地閉著眼盡情地迎合他，迎合她生命中第一個戀人熱情的擁吻。而這個熱吻，儘管讓她感受到前所未有的甜滋味，然而，她的理智依然清醒，不可能有第二部曲的發生，自己必須守住女人生命中最珍貴的那道防線，絕不會輕言地棄守。當然，她也深信王維揚不會有非分之要求的，因為在她的感受中，始終認為他是一個有教養的謙謙君子。

「秀秀，對不起，我這種舉動，似乎太莽撞了一點。」久久，王維揚附在她的耳旁，低聲地說。

「維揚，只要你不是騙我、耍我，說真的，這是愛的最高昇華，我不會怪你的。」秀秀深情地說：「但願你珍惜，也要永遠記住！」

「會的，我會記住我們在金門相處過的每一段時光。」王維揚輕輕地拍拍她的肩，「坦白說，退伍回台灣後想重回金門，已是不可能，希望我們能在最短的時間，在台北見面。」

「或許，一切都必須等你向伯父母稟告後再說。」秀秀雖然期待，卻又怕受傷害。

「我有十足的信心。」王維揚說後，又低下頭，輕經地吻了她一下臉頰，「秀秀，我以我的人格做保證，絕對不會讓妳失望的。」

秀秀含情脈脈地看了他一眼，而後紅著眼眶，緊緊地抱住他的腰，讓王維揚也深深地感受到即將離別的愁滋味。於是兩人抱得更緊，吻得更深，直教那遨遊湖中的水鴨，羨慕不已。

落日的餘暉已映照在小太湖柔情的湖水裡，反射出一絲微弱的金色光芒，他們不得不站起身，順著湖堤那條窄小的步道緩緩前行，因為晚上陳先生將在新市里的海山飯店請王維揚吃飯、替他餞行，秀秀和美娟是當然的陪客。當他們抵達飯店時，陳先生和美娟已在裡面等候許久。

服務生在靠窗的一張小桌子上擺了四組碗筷，陳先生以主人身分招呼著說：「大家隨便坐。」並幫秀秀和美娟拉出座椅。

陳先生帶來一瓶剛出廠的龍鳳酒，這種酒的酒精濃度較低，喝起來甜甜的，不像一般高粱酒那麼強烈，但喝多了還是會醉人。他們四人中，兩位女生平常是滴酒不沾，陳先生則略勝王維揚一籌。

「我們一起敬王維揚，」陳先生舉起小杯子，感性地說：「套一句軍中對退伍士官兵常說的話，大家同聲祝福他——戰地榮歸。只差沒有送他一面錦旗而已。」陳先生一口飲下，而後把杯子輕輕放在桌子上，「軍中有時很好笑，現在很流行三五個朋友具名送退伍人員一面『戰地榮歸』的錦旗，如果退伍回家後，真把那面錦旗掛在牆壁上，那不知會笑掉多少人的大牙。」

「王維揚，」美娟對著他，笑著說：「你仔細想想看，你家那一面牆壁適合掛錦旗的，我們就聯名送你一面。」

美娟話一說完，惹得大家哈哈大笑。

「王維揚家掛的全是中外名畫，有張大千和黃君璧的，有楊三郎和廖繼春的；有梵谷和達文西的，有塞尚和莫內的。如果真送他一面錦旗的話，帶回家當抹布用也會嫌它不夠柔軟、不能吸水。」陳先生正經地說。

王維揚不承認也不否認，深情地看看秀秀，兩人會心地笑笑。

「其實我們什麼都不必送了，」美娟看看秀秀，而後對著王維揚說：「秀秀那顆真摯的心，就是你在金門最大的收穫，也是你最好的退伍禮物，希望你好好珍惜。其他的對你來說似乎都不重要，你不認為嗎？」

「表姊，妳真是一針見血，完完全全搔到我的癢處。」王維揚舉起杯，極端認真地說：「我敬妳，也敬陳先生，如果沒有你們的幫忙，我永遠也不可能把秀秀那顆真誠的心帶走。今天藉著這杯酒，特別感謝兩位大恩人，同時我也以人格做保證，無論遭遇到什麼困難，我一定會運用上天賜予我的智慧，一一來克服，絕對不會辜負秀秀，絕對會許秀秀一個幸福快樂的未來。」

「這還算有良心，」美娟笑著說：「如果台灣兵個個都像你這樣，金門人絕不會再叫他們台灣豬。」

「如果真是這樣的話，」王維揚賣著關子，「表姊妳一定……。」

「一定怎麼樣？」美娟急促地問。

「一定會被台灣兵追走。」王維揚斷定地說。

「那是不可能的。」美娟說後，輕瞄了陳先生一眼。

「現在當然不可能，」秀秀插著嘴說：「因為妳心中已經有了陳先生。」

美娟看了陳先生一眼，一朵美麗的雲彩隨即浮現在她的面龐，但陳先生只是淡淡地笑笑，表情也有一點冷漠。

「怎麼啦，表姊，」秀秀消遣她說：「妳明明沒喝酒，怎麼突然間臉紅了？真好看！」

「是妳好看，還是我好看？」美娟反問她說：「別現在就聯合起來欺負弱勢啦，將來求助我的事還多著呢，如果想過河拆橋，絕對會讓你們好看！」

「你們兩人就敬敬表姊吧，」陳先生適時打圓場，「別忘了在你們這場戀愛中，她功勞苦勞都有。」

「陳先生，你準備什麼時候把表姊娶回家？」秀秀竟開起這個大玩笑。

「記得妳曾經說過：男生或者是沒有結過婚的姑娘，都不能幫人家做媒，等你們結婚以後，就不會有這些禁忌了，到時就勞駕妳專程從台北回來幫我們做媒吧！」陳先生以開玩笑的語氣回應她說。隨後又轉向美娟，「對不起，純粹跟秀秀開玩笑，請不要介意。」

美娟聽後，非但不在意，甚至一股甜蜜的滋味隨即上心頭。很想告訴他說：陳先生你多慮了，我怎麼會介意。但畢竟不好意思說出口。

秀秀卻紅著小臉，無言以對。

「怎麼啦，秀秀，」美娟模仿她剛才的語氣說：「妳明明沒喝酒，怎麼突然間臉紅了？真好看！」

大家都笑了。

「坦白說，像你們感情那麼好的表姊妹，還真是少見。」王維揚有感而發地說：「或許這種情景，在金門這個純樸的島嶼才能見得到。」

「謝謝你的誇讚。」美娟切入正題，「回家後，趕快請你父母親託人到金門來提親才是真的。」

「託誰呢？」王維揚想了想，故作鎮靜，「在金門我舉目無親，只有你們兩位好朋友，唯一的辦法是希望你們早一點結婚，屆時你們男已婚、女已嫁，已是夫妻一對，就可以順理成章託你們上李家提親了。」

「好小子，你簡直是以牙還牙嘛！」陳先生取笑他。

「不敢，我是實話實說。」王維揚解釋著。

「王維揚，你這個餿主意出得很好，」美娟朝著他笑笑，「如果你不急的話，就慢慢等吧！但千萬別誤了秀秀的青春。」

「表姊，妳足足大我好幾歲，」秀秀屈指一算，「妳的青春都不怕被誤，我又怕什麼？」

「真是這樣？」美娟斜著頭，好笑地說：「到時若是奉子成婚，糗事可就大囉！」

「王維揚這個航次就走了，爾後勢必是分隔兩地，奉子成婚這種事永遠不會發生在我們身上。」秀秀雖然難掩內心的喜悅，卻也不忘消遣他們說：「坦白說，我較擔心的是你們，俗語不是說近水樓台先得月嗎？說不定奉子成婚的是你們。」

「如果我們先得月，你們一定得到地球，別忘了月球是地球的衛星，必須繞著它運行。」美娟隨即頂了過去。

陳先生聽完她們的談話後，即使不表示任何的意見，卻也非常佩服這對表姊妹。她們除了個性開朗、善於說笑外，更充滿著青春少女的活力。然而，這只是她們的外表，而是否能表裡合一呢，或許，尚是一個未知數。因為每個人都有其不欲人知的一面，往往會把美麗的一面呈現在人們的面前，把虛偽的一面隱藏在內心裡，讓人難以覺察。

秀秀和王維揚的感情穩定，相信雙方家庭都不會有太大的阻力。而陳先生對美娟，卻始終以一般朋友來看待，因為自從認識她後，在閒聊的同時，似乎可以看出美娟不僅有些高傲，對他目前這份工作也有一點輕視，只是不敢明說而已。儘管秀秀和維揚經常幫他們敲邊鼓，一心一意想促成兩人之間的好事，但陳先生似乎早已看出美娟除了高傲、鄙視他的職業外，更有男人必須遷就女人的不當想法和心態。它也是陳先生裹足不前、處在觀望中的最大因素。因此，儘管彼此間認識已有一段不算短的時間，但陳先生並沒有把自己青春年少時的感情，投入美娟的心靈深處。

對於職業，陳先生則另有看法，他始終認為：只要謹守本份，不與邪惡同流合污、不向惡勢力低頭、不偷不搶不貪污舞弊，以勞力換取而來的任何工作都是神聖的，也必須受到應有的尊重，任何人都不能以有色眼光來看待它、藐視它。

在男女間的感情世界裡，陳先生也始終抱持著坦然的態度，不玩弄、不欺騙更是他一生的堅持。同在一個單位服務的那些女生們，笑稱他是武揚營區最後一個處男。如果美娟仍然要以一對有色眼光來看待他的話，俟王維揚退伍回台灣後，他絕對不會為了吃一碗蚵仔麵線或一碟蚵仔煎，再到她們店裡去。必須慢慢地和她們疏遠，以免徒增彼此間不必要的困擾。他寧可不要美娟這個朋友，也不能受到人家的歧視。這是陳先生此時的想法。

「你在想什麼，怎麼大半天也不說一句話？」美娟突然打斷他的思維，「別忘了，你今天是主人？」

「來、來、來，」陳先生如夢初醒地舉起杯，「美娟和秀秀隨意，王維揚我們哥倆乾杯。」說後一飲而下。

「怎麼這樣喝法，那是會醉人的。」美娟關心地說。

「表姊，酒不醉人人自醉啦！」秀秀打趣她說：「萬一陳先生真喝醉了，有妳在身旁攙扶，又有什麼好替他擔憂的！」

「少跟我來這一套。」美娟白了她一眼，舉起杯，「來，王維揚，表姊敬你，乾啦！」而後爽快地一口飲下。

美娟如此的舉動，讓在座的人大吃一驚，王維揚不得不跟著喝下。

很快地，美娟的臉紅了，像一朵綻放在三月裡的紅玫瑰，嬌艷芬芳、清香撲鼻。而已經喝了不少酒的王維揚，卻也露出一副讓秀秀愈看愈順眼，甚至永遠看不厭倦的關公臉。

「記住，」美娟似乎不勝酒力，露出一些酒意，指著王維揚說：「回去後趕快想辦法把秀秀娶回家，以免夜長夢多。如果你不聽表姊的話，而讓別人捷足先登，你會後悔一輩子的！」

「表姊，妳是不是喝醉了？」秀秀笑著說：「怎麼滿口的醉言醉語，我看請陳先生先扶妳回去好了。」

「我們一走，你們就自由了是嗎？」美娟數落她，「難道今天一整天還沒親熱夠？還想到太湖重溫舊夢？」

「不跟妳說了，我永遠也說不過妳。」秀秀自討沒趣地說。

「認輸就喝酒，」美娟舉起杯，神氣地說：「表姊陪妳！」

「維揚，」秀秀端起杯，對著他說：「我們一起敬表姊和表姊……。」

「有膽再說下去！」秀秀還沒說完，美娟打斷她的話。

「好了，」陳先生笑笑，適時把這個尷尬的場面化解掉，邊為她們夾菜邊說：「看妳們表姊妹倆，話說得多，菜吃得少，回家準挨餓。王維揚，你也要多吃一點，別餓著肚子像病貓一樣，回台灣後讓你爸媽見了會心疼的，也將失去戰地榮歸的意義。」說後舉起杯，「來，大家隨意喝點。」

「不，我們隨意，你乾杯。」秀秀要求著。

「妳是想看我喝醉時、裝瘋賣傻的醜態是不是？」陳先生看看她，笑著說。

「不，」秀秀搖搖頭，神氣地說：「我想看看你喝醉時，表姊要用什麼方式來攙扶你。」

「這還不簡單，」陳先生幽默地說：「你們就合力把我扔進太湖餵魚，不就了事嗎！一個男人如果喝得酩酊大醉，而要一個弱小的女生來攙扶，那是一件多麼丟臉的事啊！妳不認為嗎？」

「我倒沒有想過這一點，只想看你們摟抱在一起的親密樣，」秀秀邊說邊笑，「好讓我們學習學習。」

「人小鬼大，」美娟不屑地白了她一眼，「你們幾乎一個禮拜就約一次會，金門的多處草埔簡直都讓你們坐平了。談些什麼、做些什麼事，自己心裡有數，別在本姑娘面前裝可憐啦！」

秀秀霎時無言以對，王維揚尷尬地傻笑著。

打了小圓場。

「別不好意思了，這是熱戀中男女正常的事，沒有什麼大不了的啦！」陳先生幫他們

「如果部分草埔是被我們坐平的，那其他部分便是被你們躺平的。」王維揚話一說完，最高興的莫過於秀秀了。

美娟的臉似乎有點熾熱，卻也一派輕鬆。

倒是陳先生心中始終很坦然，他和美娟只不過是普普通通的朋友而已，秀秀和維揚的邊鼓，敲得再用力、再起勁，也難讓乩童附靈起駕，更不可能讓他們在一夕間由朋友變戀人。尤其感情這種事豈能兒戲，除了雙方必須相互瞭解展現出真情實意外，也必須歷經歲月的考驗。王維揚這番話是不可信的，只不過是乘機開開玩笑而已。因此，陳先生並沒有針對王維揚的話，提出任何的反駁，只淡淡地說：

「坦白告訴你們，我和美娟只是一般朋友，還不到單獨約會的時候，這點你們是知道的，絕對沒有你們想像中的那麼浪漫。」

美娟淡淡地笑笑，心想：怎麼會有這種見了女人不心動的男人？難道是自己的魅力不夠，不能感動他的心？還是他根本就是一個不解風情又不懂情趣的戇大呆？

「真是這樣嗎？」秀秀疑惑地笑笑，而後轉頭問王維揚，「陳先生的話可信嗎？」

王維揚笑笑，彼此間沒有再爭辯下去，讓歡樂的氣氛繼續在這個充滿著酒香、菜香、少女幽香的屋宇裡繚繞……。

陳先生為王維揚餞行的這頓飯，可說是賓主盡歡，一瓶龍鳳酒幾乎被瓜分掉，喝得最多的當然是主客，但美娟似乎也喝了不少。飯後距離戒嚴宵禁時間還早，經過大家同意，一夥穿過新市廣場，來到中正堂交誼廳喝咖啡。

「圍牆外，山外溪的源頭就是映碧塘，秀秀，那裡環境很幽靜，如果有興趣的話，可以陪王維揚去走走。別忘了，今晚是你們幽會的最後一夜，王維揚這個航次就要回台灣了，要好好珍惜這段美好的時光！」陳先生善意地提醒她說。

「你們不去？」秀秀不解地問。

「我們在這裡喝咖啡、聊天，等你們。」陳先生說後，看看美娟。

他們猶豫了片刻，不好意思地笑笑。

「第三場電影快散了，想去就快走，別飫鬼假細膩好不好！」美娟紅著臉，似乎有些兒酒意，絲毫不在乎還有其他人的存在，高聲地消遣他們說。

目睹他們步下中正堂的石階，美娟輕啜了一口咖啡，嚴肅地對陳先生說：

「秀秀從小就是一個歹命的女孩，相信老天爺會賜福予她的。」

「王維揚家境不錯，如果他父母不介意秀秀的出身和學歷的話，牽手步上婚堂的機率很大。」陳先生信心十足地說。

「該不會只是一場美夢吧！」美娟依然有些擔心。

「我和王維揚相處一年多了，他的為人我清楚，和部分喜歡自嘮的台灣兵不一樣，對秀秀這段感情絕對是認真的。」陳先生嚴肅地說：「他曾經告訴我，退伍回家後，無論如何一定要說服他的父母親，盡快地把秀秀接到台灣去。因為他要的是一個勤儉持家、相夫教子、侍奉公婆的賢內助，而不是擺放在客廳裡，供人觀賞的花朵。」

「如果王維揚真的以此為擇偶標準的話，秀秀絕對是他理想中的伴侶。」美娟認同地說。

「我們的想法沒有兩樣，」陳先生點點頭，含笑地說：「但願有情人終成眷屬。」

「我們呢？」美娟雙眼凝視著他，似乎有一些酒意，竟然放縱地問：「算不算是有情人？」

美娟如此地問，的確讓陳先生感到相當的訝異。只見他淡淡地笑笑，而後低調地說：

「妳這句話讓我感到相當的訝異！依目前來說，我們的定位只能說是較談得來的普通朋友。至於算不算是有情人，那必須要兩相情願、兩情相悅，也必須經過歲月的考驗，往後更必須由彼此間共同來認定，並非單方面說了算數。」

「我不懂你的意思！」美娟雙眼緊盯著陳先生，不屑地說。

「容我再重複一次，」陳先生面無表情，嚴肅地說：「我們之間的關係與秀秀和王維揚他們是全然不同的。認真說來，只不過是較談得來的男女朋友而已，也純粹是因秀秀和維揚的關係而走得較近。從相識到現在，向來就沒有什麼男女感情上的糾葛和牽扯，怎麼能稱為有情人呢？況且，從種種跡象顯示，妳和令堂瞧不起我目前這份工作已是不爭的事實，難道妳忘了？男女雙方在沒有取得共識以及相互瞭解之前，任何定論，都不能下太早。尤其涉及到男女感情方面的事，更不得不慎重、也不能開玩笑。」

「你非要去辦軍樂園那種地方的業務、管軍樂園那種地方的事嗎？」美娟鄙視地說。從她強硬的語氣中，也可以看出她對陳先生目前那份工作，懷著很深的偏見。

「那不僅是我的工作，也是我的職責。」陳先生依然嚴肅地，「坦白告訴妳，我所作所為都經得起社會的公評和檢驗，人格和操守更不容許任何人的懷疑！」

「你有沒有換工作的打算？」美娟面無表情，以逼人的口氣問。

「換工作？」陳先生重複她的語調，有點激憤，「對目前這份工作，我感到勝任愉快，也受到長官相當的肯定和認同，為什麼要換工作？」

「如果辭職下來，我們一起做生意，你看怎樣？」美娟進一步地問。

「妳是要我跟妳一起去賣蚵仔麵線、賣蚵仔煎、賣剉冰，學做生意？」陳先生激動地說。

「別小看這種生意，它本小利多，屆時，我們又可以天天在一起，不僅可以縮短彼此間的距離，也可以增進相互間的瞭解，很多人的感情都是這樣培養出來的。如此一來，絕對會得到愛神的眷顧，有情人終成眷屬的美夢似乎也是指日可待。」美娟雙眼佈滿著血絲，竟然不顧一個未婚少女的矜持，如此地說。難道是喝多了酒，酒精模糊了她的意識，才會說出這種有失自已身分的話？

「謝謝妳的美意，那是不可能的！」陳先生毫不考慮，斷然地回絕她說。

「你捨不得離開康樂隊和軍樂園那些臭女人是嗎？這就難怪了……。」美娟竟然毫無顧忌，以嘲笑的口吻放肆地說。

「請妳放尊重點，不要說得那麼難聽！也不要牽扯到別人，更不要侮辱到我的人格！」陳先生氣憤地站起身，萬萬想不到美娟竟是一個那麼膚淺、勢利又沒格調的女人。

「難道我說錯了？」美娟跟著站起，以逼人的語氣，不甘示弱地說：「一個小小的職位值得你留戀嗎？一個月那麼一點月俸值得你去賣命嗎？你不是捨不得離開康樂隊和軍樂園那些臭女人是什麼？」

「那是我自己的事，輪不到妳來教訓！」陳先生氣憤而激動地說：「別忘了我們之間非親非故，只不過是一對普普通通的男女朋友而已，更談不上有任何感情上的牽扯和糾葛。無論從那一個層面、那一個基點來說，都輪不到妳來教訓！這點請妳搞清楚！」

「算我瞎了眼！」美娟高聲而傲慢地說。

「謝謝妳的抬舉！」陳先生氣憤地回應她說。

「賤骨頭，我瞧不起你！」想不到美娟竟然說出這句低俗、失檢又侮辱人的重話。

陳先生臉色鐵青、表情冷漠，本想以更尖銳的言詞來數落她、頂撞她、責罵她，但為顧及一位少女的自尊，以及平日父母、長官和師長的教誨，於是他忍下這個屈辱，並沒有說出任何一句輕薄的話來嘲諷她。只見他氣憤地一轉身，獨自步下交誼廳的台階，逕自往太武山谷那條筆直的馬路走去，不想再回應這個膚淺的女人，也不想再理會這個勢利的女人，更懶得再看這個沒有格調的女人一眼！

若依陳先生在社會上的歷練與涵養而言，他是不該用這種態度來對待一位女性的。但人是有自尊心的，當自尊心無辜地受到傷害時，勢必會不顧後果，以激烈的言詞或手段來護衛自身的尊嚴。然而，他只是選擇以離開的方式來表達內心的不滿與抗議，並沒有以任何一句粗暴的語言來苛責她，放眼當今這個社會，有如此度量和涵養的青年人，是極少見的。多數男人一旦受到女性的屈辱而失去理性，除了會以粗言俗語辱罵她外，說不定還會以暴力相向，賞她二個清脆的耳光才肯罷休！今天，陳先生可說替她留了顏面，幫她找了下台階。

誠然陳先生處處替美娟設想，但他還是認為，他們之間既不是情人，又不是夫妻，只不過是一般朋友，除了在眾人面前談談天、開開無傷大雅的玩笑外，幾乎沒有說過一句較親密的話。而今天，美娟把他當成什麼？看成什麼？倘若他們真有不尋常的關係，而在某一方面意見相左的話，也只能以溝通的方式來取得雙方的共識，豈能以粗俗的語言相向，更不能以那麼激烈的言詞來侮辱他、教訓他！這是陳先生難以釋懷的地方。

即使島上依舊處在男多女少、一女難求的窘境，然對男女之間的感情，陳先生總是抱持著既坦然又樂觀的態度。倘若不分地域、不計美醜、不重婦德，要隨隨便便找一個伴侶的話，他敢於如此說：以他目前的職務和形貌來說並不難。

坦白說，陳先生的為人處世和人品操守，雖然不是完美無缺，但卻有不錯的評價。同在一個營區服務的女同事，他屬下的女性員工，賞識和藉機想親近他的人不是沒有，但陳先生並未曾刻意地去營造和追求。一旦他主動地釋出善意，或許很快就能得到回應。在愛情這條寬闊的大道上，他的前景絕對是一片亮麗，不會有日落時分的暗淡。這點可能是美娟疏於分析和高估自己的地方。

其實美娟相貌平平，並沒有出眾的姿色，陳先生之所以經常順路到她們店裡，除了她有一副大姐型的親切外表、能夠拉近彼此間的距離外，其他的純粹是因為王維揚和秀秀的關係，並非真的有心要去追求她，或貪圖人家一碗蚵仔麵線、一碟蚵仔煎。反而是美娟經常有求於他，從細微的小事到繁瑣的大事，陳先生從未拒絕過，總是在自己的能力範圍內，盡可能來滿足她的需求。他之於如此做，純然是看在維揚和秀秀的份上，花費在她身上的時間、精力和金錢，彼此心裡有數。但陳先生則從未去計較、去盤算，亦未曾要求人家來回饋、來報答，更不可能想以此來討好她，而後換取她的愛情。

雖然陳先生曾經想過，像美娟這種外表看來親切的女性，較適合於他們農家，如果有緣結成連理，倒也是一個不錯的選擇。起初雖然有這種想法，但是認識一年多來，經過多方面的觀察和瞭解，卻也讓他有點失望。美娟這個女孩除了善於做生意外，其他方面，並非如他想像中的那麼單純，與秀秀比起來，簡直是天壤之別。因此，雙方的關係，也只界限在一般男女朋友之間，頂多只是開開無傷大雅的玩笑、從未逾越，亦未曾有過任何的親密行為。如果兩人想更進一步發展，也必須歷經多方面的考驗，並非單方面可以決定一切的。基於此，她憑什麼口出狂言，以那麼激烈的言詞來侮罵他，這是陳先生氣憤難忍又難以苟同的最大主因。

陳先生不斷地反覆思考，今天假如他的人格有瑕疵、行為有差池，長官早已要他走路了，豈會把繁瑣複雜的軍樂園業務交由他經辦。想不到美娟的心胸，竟然會那麼地狹小，眼光竟然會那麼短視。難道她不知道軍樂園裡面有數十位金門籍的員工，他們從事管理、售票、打雜、燒水、提水、炊事……等不同性質的工作，甚至還有好幾位阿婆和阿嫂，在裡面幫侍應生洗衣服、帶小孩，每月靠著微薄的薪水養家活口。如果個個都像她們母女以有色眼光來看人的話，這些人還幹得下去嗎？一家大小勢必也要面臨斷炊的危機，這不僅是她沒有想到的問題，甚至還口無遮攔地說出那種傷人自尊的重話，這種幼稚無知的行為，必須受到嚴厲的譴責！

儘管美娟很珍惜這份友情，對陳先生的人品也蠻賞識的，原以為相識後，很快就能像一般男女情人地進入熱戀，而後締結鴛盟。唯一的是希望他能遠離那個環境，不要再去管軍樂園裡面的事，不要再到軍樂園那個骯髒的地方去。萬一他不能克制自己，禁不住裡面那些臭女人的誘惑、和她們糾纏不清，到時候，教她怎麼做人？況且，現在金門駐紮著十萬大軍，無論做什麼生意，都能賺錢，而且利潤不錯，絕對比軍中雇員的月薪強多了。他為什麼不能接受她善意的勸告？明明是捨不得離開那些臭女人嘛，她並沒有說錯。唯一不妥之處，或許是沒有把彼此間的關係釐清，錯把朋友當情人；抑或是喝了一點酒，酒精在她體內燃燒，致使她的神智模糊，才會語無倫次，說出那些不該說的重話。竟連那句低賤不入流的賤骨頭也說出口，她感到自己的無知鹵莽和不可思議。

然而，說歸說、想歸想，陳先生氣憤地離她而去已是不爭的事實。美娟紅著眼眶，神情落寞地搖搖頭，而後懊悔地看著他的身影消失在自己的眼簾……。

即使雙方各有不同的想法，但自此之後，陳先生卻沒有再踏進美娟店裡一步。而美娟似乎並未死心和絕望，也錯估了時勢，以為只是一個小小的爭執和誤會，亦是一般男女朋友經常發生的事，過後就會雨過天晴、和好如初。於是，時時刻刻盼望著一個熟悉的身影能重現在她的面前，也願意為上次不當的言論向他說抱歉，爾後絕對會充分地尊重他的工作、相信他的為人，不再做任何無謂的猜忌；說話也要謹守分寸、不再逞口舌之快。冀望獲得陳先生的諒解後，能從平淡的友情轉化成熾熱的愛情，而後攜手邁向幸福的人生大道。美娟雖然虛心地自我檢討，也衷心地期盼陳先生的寬容，但為時卻已晚……。

這是否就是俗稱的落花有意、流水無情？還是陳先生薄情、美娟自作多情？抑或是他倆根本就是一對無緣締訂鴛盟的冤家？或許，任何的臆測也改變不了目前的事實。而誰能替他們說一句較貼切的公道話？難道是那——無情的人生歲月？

隨後，王維揚退伍離開金門了……。

第十四章

時光總是在不經意中，從人們的指隙間偷偷地溜走。

很快地，王維揚的第一封信已由綠衣郵士送達秀秀的手中。

在信上，他寫著：

秀秀：

在妳的愛和祝福下，我已平安地抵達家門。家，雖然只是人生旅途的一個驛站，但它畢竟是溫馨可愛的。放下行囊，我已迫不及待地把我們交往的事向父母親稟告。記得在金門時，我已坦誠地告訴妳，我的終身大事，父母親絕對會尊重我的選擇的。當他們聽完我對妳的介紹和看過妳的照片後，儘管尚未謀面、未曾交談，但卻不出我所料，妳清秀艷麗的倩影已在他們心目中，留下一個深刻的好印象。秀秀，妳高興嗎？

退伍回家、短暫休息後，當前首要的任務是分擔父親肩挑的重擔，即使只是一個小小的家族事業，然而商場如戰場，我必須運用父母賜予我的智慧，全力以赴，而後把它發揚光大。未來妳將是我家庭與事業最得力的幫手，秀秀，妳願意和我一起奮鬥打拚嗎？坦白說，這個家真的太需要一位像妳那麼賢慧勤儉又能幹的女主人，我衷心地盼望著不久的將來，妳能到台北來相聚，我將以一顆誠摯熾熱的心，攙扶著妳步入婚堂，共同創造一個幸福、美滿、快樂的家庭。

金門是一個讓我終身難以忘懷的地方，因為在這個小島上，有我們青春歲月留下的足跡、有我們以真情實意孕育出來的愛情，我會珍惜我們相處的每一段時光，也會珍惜我們說過的每一句話，更會信守對妳所做的承諾，絕不是一個口出三字經、喜歡吹牛說大話、金門人人欲誅之的台灣豬，請妳相信我！

維揚

看完王維揚的信，興奮的笑靨在秀秀臉上久久地停留著，她時而把信貼放在胸前，時而取出來一遍遍地閱讀。心想，打烊後，必須盡快地給王維揚回信，好讓他安心。然而，當她提起筆，才知道自己所學有限，這封看來簡單的回信，不知該從何落筆。因此，內心除了無謂的掙扎外，卻也不斷地反覆思考，她是否配得上受過高等教育的王維揚？她是否能適應繁華的都市生活？她是否真能成為一個勤儉持家、相夫教子的賢妻良母？無數的疑問在她內心不斷地盤纏，一旦將來婚後再反悔，勢必是她此生難以承受之重。屆時，有又何顏面對鄉人，秀秀心裡充滿著這段時間以來最大的矛盾和苦楚。

寫寫撕撕，撕撕寫寫，寫了又撕，撕了又寫，一本厚厚的信紙整整被撕去了一大半，秀秀感到前所未有的懊惱，最後終於寫下：

維揚：

你的來信已經收到了，得知你平安地抵達家門，倍感欣慰。可是，當我提筆想寫這封信時，才應驗了古人「書到用時方恨少」這句話，如果信中有辭不達意的地方，請你多包涵。

回想我們一年多來的相處，實在是讓我感慨萬千，做夢也想不到會和一位來金門服役的台灣兵相愛。你的謙遜有禮和為人處世，的確與大部分台灣兵不盡相同，也徹底改變金門人對台灣兵的不良印象，這是非常難能可貴的一件事。倘若往後我們真能結成連理，復得到夫婿和公婆的疼惜，那勢必是我前世修來的福份，我會倍加珍惜的。同時，為了家，為了我們的將來，我也願意和你共同努力和打拚。但這似乎只是我的夢想，距離這個日子或許還很遙遠吧，我將衷心地守候在這個小島上，等待你捎來的佳音……。

對於台灣商場，我是一點概念也沒有，雖然你有心替伯父分憂解勞，但卻不能操之過急，多聽聽伯父的意見，多瞭解一下市場上的需求。凡事必須先站穩腳步，而後在穩定中求發展，往後始能大展鴻圖，這是我粗淺的看法，僅供參考，請勿見笑。氣候變化無常，願君多珍重！以免我掛念。

秀秀

幾天後，王維揚的回信又來了。

秀秀：

很高興收到妳的信。

不是我誇獎妳，妳的信寫得非常好，這或許與妳平日自學和不斷地充實自己有關。坦白說，學校教育只不過是多了一張文憑而已，社會教育才能吸收到更多的知識，放眼古今中外，有不少名人偉人都是靠自學成功的。秀秀，妳雖然沒有受過完整的學校教育，卻讀遍了社會大學裡的許多課程。別忘了，事在人為，只要對自己有信心，世間絕無克服不了的難事，往後妳不僅是我的好牽手，也是我的好幫手，千萬不能自卑。

此生能得到一位純潔又美麗的金門女孩青睞，是我至高無上的榮耀，不管環境如何地變遷，世道多麼地蒼茫，我愛妳之心則永遠不會改變，請妳相信我！同時，我也要懇切地向妳承諾和保證，我們相聚的日子已不遠了，攜手邁向幸福的人生大道也是指日可待，我願以一顆誠摯熾熱的心，在紅燭高照的婚堂另一端等著妳——秀秀！

維揚

除了受到天候影響外，秀秀幾乎每隔二三天，就會收到王維揚的信。

信中除了傾訴兩地相思之情外，也有諸多的承諾和誓言，並把他的理想和未來的規劃，毫不隱瞞地告訴她。誠然，許多牽涉到商業方面的知識，秀秀並不十分清楚，但卻可以從其中發現到，王維揚絕對是一個實事求是、腳踏實地的年輕人，倘若往後能和他生活在一起，何嘗不是她的福份，因此，讓秀秀寬心了不少。

秋節前夕，王維揚寫信告訴她說，父親將於近日隨著「台北市進出口公會秋節金門前線勞軍團」來金門慰勞三軍將士，並順便到她家提親，他會另行寫信請陳先生幫忙。看完這封信時，簡直讓秀秀喜出望外，也證明王維揚並沒有欺騙她、玩弄她。

然而，陳先生已很久沒來了，即使表姊經常惦念著他，但還是不見他的蹤影。聽表姊說，她只不過是說了幾句不中他聽的話，而陳先生卻在一瞬間變了臉、生很大的氣。雖然這種說法只是表姊的片面之詞，詳細的情形她並不十分清楚，但大家都是好朋友，如果有什麼誤會的地方，彼此間就應當多點包容，不該把好好的場面搞砸。可是繼而地一想，以陳先生的涵養，絕不可能幾句不中他聽的話就變臉，或許是表姊為了找下台階，故意淡化了自己的說辭，把自己的過錯嫁禍給別人。

秀秀心想：陳先生是一個有知識、有智慧的青年人，亦有他獨特的個性，他的人格更不容許別人侵犯。姨媽和表姊竟然同樣地瞧不起他的工作，屬實有不當之處。況且，只要是正當的職業，並沒有高低之分、貴賤之別，陳先生之於進出軍樂園，那是他承辦的業務，也是基於職責所在，並非進去風流，姨媽和表姊是不能以有色眼光來看待的。當然，也怪自己的多嘴，如果那天到她家，她不向姨媽提起陳先生的工作性質，就什麼事也不會發生。一想起這件事，秀秀的內心充滿著無限的歉疚和自責，但願他們之間的誤會能早日冰釋。

「表姊，我們要用什麼方法才能連絡到陳先生呢？」當秀秀把詳情告訴美娟時，急促地問。

「這種人還真少見，」表姊唇角掠過一絲苦笑，「當今我們金門這個社會，幾乎都是男生遷就女生的，唯獨獨我們這位先生例外，三二句話就讓他冒了火、把他氣走了。而且還真有那麼一點男子漢大丈夫的氣魄，從此之後，就不見他的蹤影，跟那些死皮賴臉的男人，簡直不一樣。」

「聽人家說，文人的自尊心都是較強烈的，也較有骨氣。」秀秀笑笑，「難怪……。」

「文人，文人有個屁用！」秀秀還未說完，美娟不屑地搶著說：「這些文人的身段，一眼就被我媽給看穿了。試想，他們絞盡腦汁寫那幾篇狗屁文章能值幾文錢？還不如我們賣幾碗蚵仔麵線、煎幾碟蚵仔煎。」美娟有點激動，「這種不務正業的假文人，又算什麼東西！那幾篇狗屁文章能當飯吃嗎？真是沒知識！」

「有時話也不能這麼說，」秀秀開導她說：「各人的想法不一樣，價值觀也不盡相同，可能妳對陳先生的瞭解還不夠深入。」

「管他的，一切順其自然吧，金門想追我的男人多得是，還得看姑娘我有沒有那份雅興、有沒有那個意願，別自以為了不起啦！」表姊不在乎地說：「大不了嫁給那些老北貢，到時可以跟著他們反攻大陸去，看看祖國河山也是美事一樁，甚至還會得到他們多一點疼惜。像這種姻緣，我何樂而不為啊！難道還要我去遷就那些自命清高的假文人？他們未免想得太美了！」

「什麼？」秀秀訝異地，「妳怎麼會有嫁給老北貢的想法？」

「這有什麼大驚小怪的，」美娟白了她一眼，「坦白告訴妳，老北貢比台灣兵有感情，像王維揚對妳那麼忠心耿耿的簡直是一個異數，如果我沒有說錯，那是妳秀秀命好！」

「那些老北貢的年紀、不都是很大了嗎？」秀秀有點惋惜、也有一點疑惑，「表姊，妳真的看得上眼啊？」

「傻瓜，跟妳開玩笑啦，天上的星星無數，總有一顆是屬於我的吧！」美娟笑著說：「不是我往自己的臉上貼金，憑表姊這副長相，是我在挑人，不會任人挑的。不過有時候也得看緣分，如果無緣的話，我挑人，人家也會挑我；我嫌人家，人家也會嫌我，永遠也不能配成雙。」美娟想了一下，又說：「說真的，有時候我們也不能低估或看不起那些老北貢，想當年被北貢兵娶走的金門女孩，現在有很多人已成了官太太。雖然他們的年紀大了點，但嫁給他們後既不愁吃也不愁穿，在台灣過著優閒幸福的生活，像這種老少配的婚姻，教人不羨慕也難啊！我們金門不是有一句俗語話叫：『老尪疼茈某』嗎？難道妳忘了？」

「表姊，別胡思亂想了，對陳先生要有信心，只要彼此間把上次那些誤會解釋清楚，而後以誠相待，絕對會有一個幸福的未來。」秀秀又一次地開導她說。

「唉，想多了也沒用，」美娟感嘆著，「一切聽天由命吧！」

「妳想辦法幫我連絡陳先生好不好？」秀秀以哀求的口吻說。

「妳放心好了，王維揚會寫信告訴他的，」美娟輕鬆地說：「為了妳倆的事，他絕對會主動找上門來的。」復又說了氣話，「有種他不要來，以免搗亂我清靜的生活！」

「別說氣話了，」秀秀關心地問：「自從維揚退伍後，陳先生就沒有再來過，表姊，難道妳一點也不想念他嗎？」

「大家認識那麼久了，雖然沒像一般情人那麼浪漫和親密，但我卻很珍惜這份情誼，甚至冀望把這份友情轉換成愛情，說不想，未免太假了。如果能續前緣那是再好不過了，一切端看他願不願意接受了。」美娟低調地說，神情卻顯得有點落寞，「坦白說，那天不知是喝了酒，還是那一條神經線沒拴緊，竟然會對他說出那種話，現在仔細地想想，真有點後悔，但願經過時間的沉澱，能得到他的寬容和諒解。」

「一點小誤會，又不是什麼深仇大恨，只要展現出誠意，假以時日勢必能化解掉的。」秀秀雖然輕鬆地安慰著，卻也不忘再次地提醒她說：「陳先生是一個可以託付終身的好青年，別輕率地錯過這個機會。表姊，妳要記住，也要加點油啊！千萬別錯過這個機會！」

「這點我知道。」美娟神情黯然地說：「如果上蒼願意再賜給我一次機會，我不僅會好好把握住，也會放低自己的身段，學習去包容、去遷就一個自己賞識的男人，絕對不會輕率地讓它溜走的……。」

「相信老天爺會重新賜予妳這個機會的……。」秀秀誠摯地祝福她說。

農曆八月十二那天，台北市進出口公會秋節金門前線勞軍團，率同台灣電視公司演藝人員，由中華民國軍人之友社總幹事周顥將軍陪同抵達金門。周將軍前曾擔任過金防部政戰部副主任，也是陳先生的老長官，當王維揚的父親告訴他到金門的另一個目的時，將軍承諾會交代相關人員協助他、幫他安排一切的。

接受司令官午宴後，王維揚的父親乘坐接待專車來到政五組辦公室，陳先生奉主任指示已等候多時。

「王先生，歡迎您到金門來。」陳先生興奮地迎了上去，「我跟維揚同事一年多，大家都是好朋友，您請坐。」

「維揚時時刻刻都惦念著你這位好朋友。」王先生說後，從上衣口袋掏出一張名片遞給陳先生說：「這是我的名片，多指教。」

「不敢。」陳先生接過名片一看，上面竟然印著：

高維貿易股份有限公司董事長

高揚紡織有限公司總經理

台北市進出口公會常務理事

中間是：「王高鴻」三個醒目的大字。

「王先生竟然是兩家大公司的負責人，維揚在金門服役時，從未聽他提起過。」陳先生羨慕地說。

「做點小生意好糊口，不算什麼啦！」王先生客氣地說。

「維揚像極了您，也是那麼地謙虛。」陳先生誇讚著。

「我這一次來金門的主要目的，相信維揚早已寫信告訴你了吧。」王先生打開話題說。

「是的，收到他的信已經好幾天了。我們主任也接到軍友社周總幹事的信，特別交代要從旁協助您。」陳先生說。

「你是知道的，我只有維揚這個獨生子，以他個人的條件和我的家境而言，想替他找個門當戶對的好女孩可說是輕而易舉的事。想不到他在金門當了一年多的兵，竟喜歡上你們金門女孩，的確是出乎我的預料之外。對於這個女孩的身分背景，也只是聽維揚自己說說而已，做父母的不親自來看看實在也不放心。」王先生關心地說。

「坦白說，這個女孩自小生長在一個貧窮的農家，母親又早逝，雖然所受的教育不高，但長得眉清目秀、端莊高雅，無論為人處事都有其獨到的一面，將來絕對是一個典型的賢妻良母。這或許也是維揚愛她的主要原因，相信王先生見過後一定會喜歡她的。」陳先生據實說。

「倘若真如你和維揚所說的這種女孩，在台北還真少見。老實說，維揚他母親身體一直不大好，家庭中許多瑣事必須有人來料理。我成天到晚為生意而忙碌，雖然維揚退伍後能助我一臂之力，但他畢竟還年輕，還要經過一段時間的磨鍊才能獨當一面。如果這位女孩將來真能成為他的賢內助，那是再好不過了。」王先生露出一份滿意的笑容。

「維揚曾經告訴我，他要的是一個勤儉持家、相夫教子、侍奉公婆的賢內助，而不是擺放在客廳裡供人觀賞的花朵。」陳先生坦誠地說。

「我非常同意他的觀點，」王先生得意地笑笑，「想不到一個剛從學校畢業，當了二年大頭兵的孩子，竟然會有這種脫俗的想法。」

「聽維揚說，您曾經在金門當過兵？」陳先生突然問。

「那是二十幾年前的事了。」王先生笑著說。

「你記得金門人最討厭台灣兵什麼嗎？」陳先生笑著問。

「口出三字經，吹牛說大話！」王先生直接而豪邁地說，說後哈哈大笑。

「不錯，就是這二點。」陳先生點點頭，笑著說：「如果王維揚是這種人的話，我也不會在秀秀面前幫他說項。正因為他待人謙虛誠懇有禮貌，才會得到我們金門女孩的青睞。到現在為止，秀秀還不知道他男朋友是二家大公司的少東，維揚只告訴她，家裡做點小生意而已。今天在您面前也可以這樣說，我們金門女孩貪圖的不是王維揚家裡的錢財，而是誠心真意愛王維揚這個人。」

「我很認同你說的每一句話，對孩子自己的選擇，我們夫妻倆始終抱持著樂觀的態度，因為我們相信孩子、也尊重孩子。」王先生興奮地說。

「這樣好了，」陳先生想了一下說：「金門的景點，組裡負責慰勞慰問的彭中校他會安排你們去參觀的，現在我們就把握時間，先到金城看秀秀，然後一起到她家裡拜訪李先生。」

「好，我聽你的安排。」

王先生為秀秀的父親帶來一瓶洋酒，一盒進口水梨和一盒高級月餅。當金防部接待專車停在美娟店門口時，秀秀已知道來者是誰，顯得有點慌張。

「這位是維揚的父親，王高鴻先生。」陳先生為他們介紹著，「她就是秀秀，」而後轉向美娟，「秀秀的表姊美娟小姐。」小姐兩字似乎是故意加上的，表面看來雖是禮貌，實際上它所意味的，絕對是疏遠而不是親近。是否如此呢？或許，只有陳先生內心最清楚。

「阿伯您好。」秀秀和美娟幾乎異口同聲地說。

「阿伯您請坐。」秀秀趕緊為他拉出一張椅子，柔聲地說。同時拉出另一張椅子，「陳先生你也請坐。」隨後又端來兩杯茶，「阿伯您請用茶，陳先生你也請。」

「謝謝。」王先生向她點點頭，極其自然地打量了她一番，雖沒有驚為天人，但看來卻純樸清秀、端莊婉約，絕對是一個能刻苦耐勞、勤儉持家的金門女性。王先生的心頭掠過一陣前所未有的喜悅，這趟金門之行雖然捐獻了伍萬元的勞軍款，但卻是值得的，因為他親眼見到孩子心目中、賢妻良母典型的未來媳婦。從她的眉宇和五官看來，絕對有幫夫相，倘若往後夫妻倆能相互扶持，一定能把王家的事業發揚光大。

「時間有限，」陳先生對王先生說：「我看我們就直接到李家拜訪李先生。」而後轉向秀秀，「妳就跟我們一起回家好了。」

秀秀點點頭，而陳先生竟然沒有理會美娟，除了剛才的介紹外，並沒有和她多說什麼。甚至在上車時，也沒有和她打聲招呼或說再見，讓美娟感到相當的失望。到底陳先生心想的是什麼，難道為了那點小事還在生氣？美娟感到迷惑與不解，卻也十分地難過。

來到李家，王先生緊緊地握住來福那雙粗糙的手，秀秀端來茶後就刻意地迴避，他們三人坐在大廳右邊那張小小的飯桌旁。

「阿伯，」陳先生對來福說：「王先生專程從台北來拜訪你，也同時來向秀秀提親。」

「來福兄，」王先生客氣地說：「照理說早就該來拜訪你了，但這裡是戰地，不是想來就能來的，今天藉著勞軍的機會，才能踏上這塊土地。坦白說，捐點錢勞軍只是其次，最主要的目的是來徵求你的同意，希望你能成全維揚和秀秀的婚事。」

「王先生，打開天窗說亮話，我雖然一生務農，大字識不了幾個，但做人的道理還略知一二，我會尊重孩子的選擇的。」來福誠摯地說：「不過我必須坦誠地告訴你，孩子自小生長在貧窮的農家，母親早逝，所受的教育有限，涉世又不深，待學習的地方很多，往後如有不盡人意的地方，還請王先生和王太太多指導、多包容。」

「來福兄，你客氣了，秀秀的乖巧、賢慧以及為人處世，維揚告訴我很多，從陳先生處也知道不少。今天有幸和你結成親家，那是我們王家前世修來的福份，不知你有沒有什麼條件需要小弟來履行的。」

「秀秀能得到你們的疼惜，不僅是她的福份，也是我們李家的光彩。能把孩子養大成人，復又讓她找到好的歸宿，更是為人父母者最感興奮的事。大家都是明白人，我無條件答應這樁婚事，只要孩子平安幸福，我就心滿意足了。」

「來福兄，你的一番話，簡直讓我太感動了。時下這個社會，像你這麼明白的家長並不多，除了謝謝你的美意和成全外，我在這裡謹代表內人和維揚，向你致最高的謝忱，將來希望你能撥冗到台北參加他們的婚禮。」

「並非我不懂禮貌或不重視孩子的婚事。金門目前的情況相信你清楚，島民依然遭受到種種的限制，想出一趟遠門談何容易啊！爾後如有什麼失禮的地方，就請王先生、王太太多多包涵吧！」

「這點我瞭解，總說一句都是戰爭惹的禍，但這種敏感的事有時候也不能講太多，希望有清平的一天。」王先生心有所感地說。

來福苦澀地笑笑。

「來福兄，那我們就這樣說定了，有關孩子後續的事，我會囑咐維揚直接和秀秀連絡，假如有解決不了的事，相信陳先生也會幫忙的。」王先生說後，看了一下腕錶，隨即站起，「等一下還要跟勞軍團到醫院慰問傷患，來福兄，我就不打擾了，如果有機會一定要到台北來。其他孩子如果不嫌棄的話，無論升學或就業，儘管到家裡住，我王家的人有飯吃，秀秀的兄弟姊妹絕不會挨餓，這點我王高鴻以人格保證，請你相信我！」

「謝謝、謝謝，」來福緊緊地握住王先生的手，「你的誠意，我心領了。」

那晚，台視公司演藝人員，特別在擎天廳演出勞軍晚會一場，向防區官兵賀節和致意，由司令官親自主持。

為了對老長官周顥將軍有所交代，以及對王高鴻先生聊表敬意，陳先生擅自向組長建議，邀請秀秀到擎天廳看晚會，並安排她坐在王先生的旁邊，好讓他倆多談談，組長非常贊同他的想法，並當面指示由他逕行安排。

晚飯後，陳先生坐著組裡臨時調用的「金防部秋節慰勞慰問專車」來到美娟店裡，當他說明來意時，秀秀簡直喜出望外。一方面她從未到過擎天廳，可以順機參觀參觀；另一方面可以和未來的公公多聊聊，彼此多一點溝通和瞭解，好縮短將來見面時的距離。

「表姊可以陪我一起去嗎？」秀秀問陳先生。

「可能沒有好位子坐，」陳先生不好意思推辭，「如果美娟老闆不介意的話，當然歡迎。」

「只要能進去就好，坐在地上我也不會計較。」美娟興奮而不在意地說，內心卻也有點悸動。她此時心中所想的，或許不是純然看晚會，而是試圖尋機接近陳先生，好親自向他解釋和致歉，冀望能得到他的諒解，以便繼續維持那段得來不易的情誼。更希望假以時日，能把友情化為愛情，共同攜手走向幸福的人生旅途。這似乎才是她真正的目的。

陳先生協助她們上門板，又等她們更衣和化粧，兩人出來後，秀秀依然不失其端莊和清純，美娟卻顯得有些妖艷，甚至還刻意地灑了一點香水，那種不自然的野香味，聞過後讓人感到難受。像她這種妝扮，較適宜於一般社交場合，到官比兵多又有外賓在場的擎天廳，是較為不妥的。陳先生的內心有一絲小小的反感，但並沒有說出口。

沿途上，陳先生目視著前方，並沒有刻意地和她們交談，美娟也不敢先開口，平白地錯失向他解釋的機會。陳先生只一心一意想把秀秀帶到王高鴻先生的身邊，讓他們彼此間多一點認識，除了對長官有所交代外，也可以讓王先生知道，他和維揚深厚的朋友關係。

抵達擎天廳時，距離開演時間還早，司令官和勞軍團團員均未蒞臨會場。當陳先生帶她們從後門進入、看到座位上全是清一色的軍人，以及這個鬼斧神工的地下堡壘時，兩人同時感到訝異和不可思議，除了東張西望外，甚至有裹足不前的窘境。

陳先生暫時安排她們坐在左側的工作人員席位上，並向組長簡略地報告。組長看看秀秀，頻頻地點頭對陳先生說：

「難怪王高鴻先生一捐就是伍萬元的勞軍款，原來他是想來看看這個漂亮的金門媳婦。」

「這個女孩不僅長得清純秀麗，待人也相當誠懇有禮。王維揚能娶到這麼一位好老婆，是他的福份。」陳先生回應組長說。

「是不是你幫他們介紹的？」組長笑著問。

「他們自己認識的，我只是幫他們敲敲邊鼓而已。」陳先生據實說。

不一會，司令官陪著勞軍團來了，當值星官喊口令向司令官敬過禮後，陳先生帶著秀秀來到高級長官席位。王高鴻先生見到秀秀時，簡直驚喜萬分，除了緊緊地握住她的手外，並向同來的團員一一地介紹著。一陣騷動後，也同時引來許許多多羨慕的眼光和無數的讚美聲，讓純樸無瑕的秀秀受寵若驚。

晚會正式開演時，秀秀被安排坐在王高鴻先生的旁邊，而美娟呢？只好坐在工作人員席位上。倘若和同來的秀秀相比，雖然有被冷落的感覺，但一個平民百姓，能不受衛兵憲兵的盤查，不必手持入場券，直接進入這個名震中外的擎天廳，觀賞明星歌星演出，何嘗不是她此生最大的榮幸！

坦白說，工作人員席位，是承辦單位控存的位子，並非每個官兵都能擅自就座。如果沒有工作人員的識別證，或承辦人員事先和憲兵打招呼，一旦擅自坐下，馬上會被維持秩序的憲兵同志請走。美娟能坐在這裡，可說是享了特權，比起她先前所說的：「只要能進去就好，坐在地上也不會計較。」簡直好上千百倍。實際上工作人員的座位，就在高級長官席的左邊，距離舞台最近，看得最清楚，相信她會滿意陳先生所做的安排的。

陳先生並沒有刻意地去陪伴她或特別的招呼她，他必須坐在另一個角落，以方便長官隨時的傳喚和差遣。老實說，陪她坐在一起並非不可，對陳先生來說也是輕而易舉的事。但從他冷漠的表情來看，對往日那段不愉快的事，似乎還耿耿於懷，豈能怪他不通人情。

當美娟看到陳先生手提公事包，時坐時站、時走時回，時而被長官傳喚交代新任務，時而聆聽長官的囑咐和指示，時而和長官交頭接耳談論公務，似乎對他的工作有了新的認識，也可以斷定他在這個單位所扮演的，絕對是一個重要的角色。於是她又一次地想著：如果陳先生能不記前嫌，繼續到她店裡來，任憑只是單純的聊聊天，她也會感到喜悅和歡心的。往後她一定會倍加地尊重他的人格和工作，也願意為爾時的無知和幼稚向他致最高的歉意，希望他能接受和寬容！然而，美娟能如願嗎？一切都是沒有答案的未知數，只是她個人的想法而已。

美娟想著想著，突然，她看到一位面貌清秀、氣質高雅、嬌小玲瓏、手裡拿著一疊資料的女生從舞台左側的帷幕旁走到陳先生的身邊，陳先生禮貌地站起身，隨後兩人一起坐下。女的攤開資料，微微地轉身面對陳先生，陳先生也轉身向著她，兩人的身軀在暗淡的舞台燈光映照下，幾乎快碰觸在一起。他們低聲細語極其認真地不知在討論些什麼？霎時，一陣無名的醋意從美娟心靈深處油然而生，讓她感到難過，也品嚐了一股濃濃的酸滋味。

儘管隔著好幾排座位，在微弱的燈光下，美娟依然能看出那位女生分明的輪廓，艷麗的面貌，以及一對讓男生無法抗拒的電眼，比起以前那位范小姐，簡直漂亮多了。美娟看著看著，除了感受到自己的土氣、庸俗外，也真正地看到一個麗質天生的小美人。而這個女生是誰呢？是陳先生的同事、朋友還是情人？美娟的心裡隱約地浮現出無數個新的問號，但她卻沒有勇氣去詢問、去求證，只能靜靜地，把它放在自己的深心中，讓它隨著歲月自然地發酵而後蒸發……。

坐在高級長官席位第一排的主任，囑咐侍從官把陳先生叫過去，和主任坐在一起的是軍友社總幹事周顥將軍。

「王高鴻先生的事辦得怎麼樣了？」主任關心地問。

「報告主任，一切都很順利。」陳先生必恭必敬地說：「我們特地把李小姐接來，讓她陪王先生一起看晚會。」

主任肯定地點點頭，周總幹事滿意地笑笑。

「後續的事，你要多協助人家，」主任又指示著說：「如果有解決不了的事，隨時向我報告。」

「是。」陳先生依然必恭必敬地。

回到座位，身旁那位女生移動了一下坐姿，親切地迎著他。

「怎麼啦，今晚那有那麼多事，」女生深情地笑笑，而後把頭微微地偏向他，低聲地說：「剛才組長叫、副主任叫，現在主任叫，我看等一下司令官不叫你，才怪！」

陳先生無奈地搖搖頭笑笑。

後座的美娟看在眼裡，內心那份無名的酸意，似乎更濃烈、更酸楚了。

而這個漂亮的女生是誰呢？從他倆的親密狀以及公務上的互動，或許就可以窺探出一切。兩人相識並非偶然，真正成為一對人人羨慕的情侶，則是不久的事。只要陳先生點頭，或許很快地就可水到渠成，美娟內心再多的酸意，似乎也改變不了目前這個鐵定的事實。

經過這段時間來的觀察，以及美娟上次以不當的言詞相向，除了讓陳先生感到失望外，無形中對男女間的感情關係也有新的體認和看法。他深切地發現到外地來的女生，只要兩情相悅、以誠相待，照樣能成為一個相夫教子、勤儉持家的好牽手，並非只有本地的女性才行。因此，經過短時間的交往，以及長官刻意地撮合，兩人就快速地燃起愛情的火焰，相信不久的時日，就能傳出喜訊。美娟已徹底地失去和陳先生重修舊好的機會。

晚會結束後，最興奮的莫過於王高鴻先生和秀秀了。

「陳先生，這趟金門之行，簡直出乎我的預料之外，你的安排實在讓我太滿意了，不知要如何感謝你才好。」王先生客氣地說。

「王先生，您太客氣了，這是長官的指示，也是我的職責；能為您服務，更是我的光榮。」陳先生不敢貪功，低調而客氣地說：「倘若有不周之處，還請王先生多包容。回去後請轉告王維揚，將來如果有機會，別忘了要舊地重遊，好讓他回憶一下在這塊島嶼服役時的情景，以及和秀秀走過的每一個角落。」

王先生興奮地點點頭，慈祥地笑笑。

勞軍團搭乘接待專車回招待所休息了，陳先生必須送秀秀和美娟回家。秀秀的心情可說高興到了極點，美娟則有些落寞，因為想逐步地和陳先生重修舊好的美夢已破碎，那位女生的容顏和氣質，也是她無法和她相媲美的。或許，今天會演變成這種局面，是自己低估了陳先生的為人，母親反對的聲浪也是主因，仔細地想想，這件事是不能怪陳先生的，美娟的心情彷彿陷入到一個深深的谷底裡。然而她是否會死心呢？還是要先博取陳先生的同情、繼而地再獲得他的愛情？但一切似乎已不可能，因此，她的內心感到前所未有的難過。

「陳先生，剛才和你坐在一起的那位女生是誰？」在車上，秀秀突然問。

「同事。」陳先生面無表情，簡短地答。

「是不是女朋友？」秀秀不知是否被興奮充昏了頭，竟然當著美娟的面如此地問，而後又直接了當地誇讚著說：「真漂亮！」

「憑我這副傻模樣，又經常跑軍樂園，有那位小姐敢和我做朋友的。」陳先生似乎有些故意，甚至還意有所指地說：「這輩子想找一個能相互瞭解的終身伴侶，談何容易啊！」

秀秀不敢和他談下去。

美娟聽了更不是滋味。

吉普車快速地疾馳在筆直的中央公路上，秋風輕輕地吹動著兩旁木麻黃的枝葉，發出一陣陣沙沙的微響，相信不久，秋雨也會降臨在這片乾旱的土地上，滋潤所有的萬物和生靈。

抵達金城，陳先生禮貌地攙扶著她們下車。

「要不要坐一會？」美娟淡淡地笑笑，而後柔聲地問。

「謝謝妳，改天吧！」陳先生禮貌地說，但表情依然有些冷漠。

「什麼時候再來接我們到擎天廳看晚會？」秀秀含笑地問。

「再說吧！」陳先生跨上車，微微地揮動著手，「兩位再見了！」

那晚，表姊妹沒有太多的交集，一個深鎖眉頭，一個喜在心頭，徒讓那無情的時光，自然地從睡夢中逝去。但願明日甦醒後，滿室都是燦爛的金光……。

第十五章

人世間確實有許許多多讓人意想不到的事，王維揚與秀秀的婚事能順利地談成，除了小倆口展現出真情實意外，雙方家長的明理和真誠，也是促成這段姻緣的主要因素。然而，這塊島嶼長久被歸類為戰地，被視為反攻大陸的跳板，憲法賦予島民的自由完全被剝奪，秀秀是列管的婦女隊員，她要用什麼方式才能取得警總的出境證，好遠赴台灣投入王維揚溫馨的懷抱，這個任務很自然地就落在陳先生的肩膀上。

時序霜降過後，王家有意先讓維揚和秀秀訂婚，立冬後再擇日結婚，訂婚儀式希望能在台北舉行，王家透過陳先生轉達這個訊息。

個性耿直的來福，早已想開了一切，對於秀秀的終身大事，只有關懷、沒有任何反對的聲浪，讓這件喜事更加地祥和和平順。因為他始終忘不了好幾年前那樁姑換嫂的傷心事，如果處理不得宜，勢必會造成一件不能挽回的憾事。現在秀秀已經長大了，無論個性或容貌，簡直與小時候判若兩人，為人處事也有其獨到的一面，今天面對的是她自己的終身大事，或許由她自己來做主更貼切。儘管來福有如此的想法，但秀秀還是百般地尊重父親的意見，不敢擅作主張。倒是陳先生，成了王家父子與李家父女溝通的橋樑，他的話說了算數，雙方家長或當事人，從未打折或不信任。

雖然來福對王家沒有提出任何的條件，譬如依金門的習俗女方會要求男方送聘金、手飾、布料、囍糖，以及明定結婚時宴客用的豬肉……等等。然在這塊土地長大的陳先生，對禮俗雖不是很專精，但粗淺瞭解一點，當他寫信告知王家時，即使只提到小小的一部分，王高鴻先生還是二話不說，隨即匯來一筆為數可觀的款項，要陳先生代轉。

「不、不，我不能收取他們那麼多的錢。」當陳先生轉交這筆錢時，來福拒絕著說。

「阿伯，這是王家的一番心意，」陳先生開導他說：「這筆錢是讓您買些囍糖分送給親朋好友，以及村裡的各家各戶，讓他們也沾點喜氣。如果您堅決地不收，反而對人家失禮。」

「可是囍糖也用不了那麼多錢啊！」

「剩下的錢等秀秀結婚時，再買點豬肉分送給至親好友。」

「買二十擔豬肉也用不完啊！」

「如果還有餘款，可以買點手飾送給秀秀做嫁妝。」

「送給秀秀的手飾，我老早就準備好了。再怎麼說，我們也不能拿別人的錢來充當自己的面子啊！」

「阿伯，您的為人實在太令我敬佩了，」陳先生感慨地說：「許多有女待嫁的鄉親，那一個不是想藉機索取多一點聘金、手飾和豬肉，只有您是金門的異數，把情義看得比金錢還重，讓晚輩不佩服也難啊！不過您也得聽我說一句話，對於秀秀的婚事，您從頭到尾都是站在關懷和鼓勵的立場，沒有提出任何一個條件、也沒有要求過什麼，讓王家感激再三。今天，王家接受我的建議匯來這筆款項，絕對是出於他們內心的一番誠意而不是施捨。您就別再推辭、把它收起來吧，好讓我對他們有一個交代。」

「既然這樣，我就把它交給秀秀，由她自己去保管，反正我是不會收取他們分文錢的。」來福神情嚴肅地說：「只要秀秀平安幸福就好，其他的事對我來說，都不具任何意義。日子再怎麼苦、生活再怎麼困頓，我都會以我的毅志力來克服它的，絕不會被擊垮。」

「維揚幫秀秀準備的聘書已經寄來了，馬上就可以以『赴台就業』為理由，向警總申辦出境手續，如果沒有什麼意外，秀秀下個月就可以成行了。」

「我自己不識字，秀秀又是白紙一張，麻煩你的事實在太多了，真是不好意思。」來福有感而發地說。

「阿伯，舉手之勞啦，您千萬別客氣，如有什麼需要我效勞的地方，您請儘管吩咐，我一定量力而為。」

「謝謝你，」來福說後，頓了一下，突然問：「你與美娟的事怎麼樣啦？」

「美娟是一個很能幹的女孩，有一段時間，大家談得蠻投機的，我也把她當成朋友看待。後來我發現她和阿姨，對我的工作不僅有點排斥，甚至還有一點歧視。自從維揚退伍回台灣後，我就沒有再到過她們店裡。」陳先生淡淡地，並沒有針對美娟說出任何一句重話。

「她們母女也真是的，既不偷又不搶，只要是正當的工作，又有什麼好嫌棄的！」來福有點不平。

「我承辦防區福利業務好幾年了，軍樂園也是我經管的業務之一，經常要到裡面開會、查帳、檢查業務，可能因為這樣，致使她們對我有些誤解和輕視。」陳先生實說。

「我跟她們說去！」來福激憤地說。

「不，阿伯，」陳先生搖搖手坦誠地說：「男女雙方的來往，必須建立在誠信和相互包容上，如果凡事自以為是，而不顧別人的自尊心，這樣在一起就沒什麼意思啦。像這種朋友，我也不願意和她繼續交往。」

「說來也是，人要有骨氣，」來福同意他的觀點，「憑你的形貌和學識，相信一定能找到一個自己喜歡的好女孩。」

「謝謝您的鼓勵，我會加油的！」陳先生禮貌地點點頭，而後有感而發地說：「坦白說，像秀秀那麼懂事的女孩，還真少見。」

「秀秀是一個苦命的孩子，」來福神情凝重地說：「十三歲那年母親就去世了，家事的重擔無形中就落在她的肩上，每天煮飯洗衣、挑水掃地，餵養雞鴨和豬羊，還要照顧弟妹，簡直成了一個小大人。唉，一言難盡啊！」他微嘆了一口氣後就停住，似乎沒有再說下去的意願。

「秀秀總算出頭天了，」陳先生笑笑，「王家在台灣雖然不是首富，但在台北商圈卻是數一數二、有口皆碑的。住的是陽明山仰德大道有庭院、有花園、有游泳池的高級別墅，但維揚在金門當兵時卻從未提起。他不像一些台灣兵那麼喜歡吹牛皮、說大話，這也是秀秀喜歡他的主要原因。」

「我雖然不識字，但卻懂得謙虛是一種美德的箇中道理。」來福滿意地說：「像維揚這種青年人，我是非常欣賞的。」

「對秀秀的終身幸福，您老人家可以放千萬個心啦！」陳先生笑著說：「像王維揚這種好青年，我們絕對不會叫他台灣豬！」

來福聽後哈哈大笑。

有了正當理由，秀秀的出境證很快地由警總出入境管理處寄達她的手中。陳先生透過關係，也順利地為她排上太武輪。

接到港警所通知的那天，寒流來襲，天氣濕冷，又是在晚間上船，因此造成許多人的困擾。秀秀冒著刺骨寒風匆匆地趕回家，一方面準備行李，另一方面向父親辭行。因恐父親的身體受到風寒，加上交通不便，堅持不讓他送她到碼頭，如果父親一定要送，就送她到公車招呼站。一旦到了金城，她將在表姊店裡等候，待陳先生洽完公務後，會順便送她到料羅碼頭，請父親儘管放心。

惡劣的天氣加上種種因素使然，來福接受秀秀的勸說，不再堅持送她到料羅碼頭，況且有陳先生的幫忙，他足可放心了。但臨行前，他還是感傷地對秀秀說：

「孩子，俗話說女大不中留，今天妳已經長大、成年了，為父的只有尊重妳的選擇，希望妳能適應台灣那個新環境。」

「阿爸，您放心，我一直相信王維揚是一個可以託付終身的好青年，爾後無論女兒為人妻、為人媳、為人母，我絕對有信心把它扮演好。」秀秀哽咽地說。

「秀秀，妳是知道的，我是一個沒讀過書的文盲，但是在妳即將離開家門時，有幾句話不得不告訴妳，一旦進入王家大門，千萬要記住：『勤儉持家、夫妻恩愛、孝順公婆、凡事忍耐』這些都是為人處世的基本原則，不管我說得得不得體，希望妳永遠記在心頭。」

「阿爸，我會記住的，絕對不會讓您失望的！」一滴傷心黯然的淚水，隨即滾落在秀秀俏麗的面龐。

「這樣就好、這樣就好。」來福輕輕地拍拍她的肩，「一旦到了台灣，要趕緊寫信回家，免得我掛念。」

秀秀點點頭，情不自禁地抱住父親，失聲地痛哭著。

來福的眼眶已紅，竟找不出一句可以安慰她的話。

「阿爸，您要保重！」秀秀抬起頭，含淚地對父親說。

「妳自己也要保重！」來福拍拍她的肩，哽咽地說。

當父女兩人提前來到公車招呼站候車時，來福突然問秀秀說：

「大肚粉仔死了，妳知道嗎？」

「什麼？」秀秀訝異地，「上次回家時還和她坐同一班公車，她生什麼病，怎麼會那麼快就死了？」

「前天傍晚，在山上被共軍的宣傳彈打死的。」來福淡淡地，「說來有點玄，竟然是死在潑灑妳母親水肥的那個地方，全村的人都感到驚訝和不可思議。」

「大肚粉仔的慘死，雖然讓人同情，但她的為人實在不足取。」秀秀搖搖頭，「阿爸，我們家被她害得有夠悽慘的，幸好沒被擊垮。」

「秀秀，雖然妳母親含恨離我們遠去，但畢竟這個家已從逆境中熬過來了，以前的傷心事，就別提了。隨著時光的消逝、年齡的增長，我們更應該學習寬恕和包容。大肚粉仔的頭顱，還是我從草叢裡幫她找出來的，生在這個亂世，又碰到這種悽慘的事情，說來實在可憐啊！」

「您去幫忙了？」秀秀看看父親，神情凝重地問。

「大肚粉仔實在有夠不幸的，簡直被打得血肉橫飛，再怎麼找、再怎麼拼湊，依舊拼不攏一具完整的屍體。」來福無奈地搖搖頭說：「可憐啊！可憐啊！」

秀秀沒說什麼，神情依然有些凝重，母親慘死時的情景，竟不約而來地在她腦裡盤旋。然而，時間已往前推進了好幾年，想必母親的靈身早已化成白骨一堆，她應該學習父親的寬恕和包容，而不是憎恨。於是她從皮包取出五十元，遞給父親說：

「阿爸，這五十元就請您買點紙錢燒給大肚粉仔吧！」

「秀秀，我很認同妳這種做法，金銀紙錢我已經送去了，妳有這番心意就夠了。」來福並沒有接過她手中的錢，只感嘆地說：「雖然大肚粉仔曾經做過傷天害理的事，但已受到上天的懲罰，我們應該寬恕而不是記恨。對於一位連屍體都拚湊不齊的往生者來說，真是情何以堪啊！但願戰爭能早日結束，以免有人再受到無辜的傷害。」

「是的，阿爸，過一個太平盛世的日子，是我們金門人衷心的期待，但願這個美夢不久就能成真！」秀秀誠摯地說。

「願上蒼賜福予這塊歷經苦難和滄桑的土地……。」來福虔誠地祈求著。

公車尚未到，來福把秀秀的提包放在站牌旁，父女倆又聊了起來。

「阿爸，」秀秀關心地問：「阿麗的丈夫殺狗林不知有沒有變好一點？」

「唉，」來福搖搖頭，嘆了一口氣，「殺狗林上個禮拜又被抓去明德訓練班管訓了。」

「這一次是為了什麼？」秀秀不解地問。

「好不容易賣了一頭豬，竟然把賣豬所得全部飽入私囊，沒有留給阿麗分文錢。有了一點錢後手就癢了，跑到街上跟人家賭牌九，輸光了錢不打緊，又被警察抓到了。聽說不久前，喝了一點酒又發起了酒瘋，跑到軍樂園去鬧事，硬闖人家小姐的房間，被管理人員制止後，馬上被移送憲警單位究辦。軍樂園為軍方所經營，金防部司令官就像皇帝一樣，每句話都視同命令，無論軍人百姓，誰膽敢不聽從，豈能容許像殺狗林這種敗類在裡面胡作非為。據說簽辦他的還是我們金門人，這個人嫉惡如仇，辦事一板一眼的，碰到這種承辦人，殺狗林休想得到便宜。同時，殺狗林在派出所早已留下多起不良紀錄，也累積多件傷風敗俗的案件，卻始終不知悔悟。這一次因賭博事件和私闖軍樂園案件被抓，憲警單位很快就把他移送明德班管訓了。」來福激憤地說：「阿麗實在被殺狗林害得有夠悽慘，有一段時間，甚至還有輕生的念頭，經過大家的安撫，情緒才慢慢地緩和下來，真是太可憐了！」

秀秀點點頭想了一下，突然斷定地說：

「阿爸，簽辦他的人一定是陳先生。」

「妳怎麼知道？」來福看看她，疑惑地問。

「金防部承辦軍樂園業務的金門人就是他，絕對錯不了！」秀秀斬釘截鐵地說。

「喔，對啦，」來福突然想起，「陳先生曾經告訴我說，因為他承辦軍樂園業務，經常要到裡面洽公，因此而讓美娟和妳姨媽對他有些誤解，甚至對他的工作也有一些歧視，兩人就沒有再繼續交往下去了。」

「坦白說，表姊錯估時勢、也低估人家了。」秀秀搖搖頭，似乎有無限的感慨，「她竟然要陳先生辭職和她一起做生意，人家陳先生幹得好好的，又得到長官相當的肯定，怎麼可能離開那個環境。那天歡送維揚退伍的餐會結束後，大夥兒到中正堂交誼廳喝咖啡，當時我和維揚不在場，表姊可能是喝了一點酒，竟然和陳先生發生了口角，譏諷陳先生是離不開康樂隊和軍樂園那些臭女人，還罵人家賤骨頭，讓陳先生相當的氣憤。過後表姊雖然有所悔悟，願意向陳先生道歉，更想和他繼續交往，但人家陳先生早已看透她了，怎麼還會有和她繼續交往的意願。上一次到擎天廳看晚會時，我親眼看到一位氣質好得不得了的漂亮小姐和陳先生親密地坐在一起，陳先生雖然說是他的同事，但我可以看出來，一定是他的女朋友。表姊看到那幕情景，似乎沒心情看明星歌星表演，回家後，整晚都是心酸酸的。」

「美娟和妳姨媽沒有兩樣，雖然熱心，但卻勢利又高傲，這種個性如果不改變的話，很難容於這個社會，說不定將來還會吃虧。」來福數落她們說。

「其實陳先生的人品和文品都不錯，是一個可以託付終身的好男人，我和維揚還經常幫他們敲邊鼓。原以為經過一段時間的瞭解，就會有更進一步的發展，想不到把事情搞成這樣。」秀秀惋惜地，「看來表姊的機會已經錯過了，這或許是她的命吧！」

「不錯，儘管每個人都是母親懷胎十月所生，但命運卻大不相同。」來福神情凝重地說：「就好比阿麗……。」

「阿麗實在有夠不幸的，碰到殺狗林這種人，確實也無可奈何。」秀秀嚴肅地說：「阿爸，聽說到明德班管訓非常苦，一旦到了裡面，如果還膽敢反抗不服從，抑或是調皮搗蛋的話，那些幹部會用各種方法和手段來整他們的。在他們眼裡，或許認為這些人既然精力過剩、不務正業，就以各種既能鍛鍊體能又能消耗體力的方式來治他們。光是一天多次的蛙跳、兔跳、蹬跳、抱頭蹲跳和仰臥起坐、伏地挺身，就夠他們受的。長達三個月的管訓期間，誠然不會被累死，卻也讓他們身心俱疲。有些人簡直被折磨得痛苦不堪，出來後，一聽到明德班三個字，幾乎沒有不膽顫心驚的。像殺狗林那種死皮賴臉、不知羞恥的人，在我們金門還真少見。」

「不錯，管訓比在監獄坐牢還要苦上好幾倍，甚至天天都有吃不完的苦頭。據說它採取的是一對一的管教方式，也是一種非人性化的管理。那些幹部個個都是精挑細選、身強力壯，受過特別訓練的年輕小伙子。受管訓的人只有乖乖地接受磨鍊再教育，沒有任何理由可講、可申訴的，期望他們能在最短的時間內改過自新，成為一個堂堂正正的好國民。以前移送明德班管訓的，都是一些不服從管教、欺壓同袍的軍中流氓，而現在金門民間一些不務正業的賭徒、地痞和小流氓也不能倖免，對社會治安和維護善良風氣，絕對是有幫助的。」來福分析著說。

「希望這次到明德班管訓，是殺狗林最後的一次。如果還不知悔悟，想繼續為非作歹的話，應該把他送到火燒島去，讓他接受更嚴厲的處分，打得他皮開肉綻也不為過。那是他自作自受、咎由自取，誰也不會去同情他！」秀秀咬牙切齒地說。

「唉，在短時間內，想讓一塊頑石點頭談何容易啊！尤其他塊頭大，經得起任何方式的折磨；不知廉恥，禁得住任何語言的羞辱。」來福搖搖頭，感嘆著說：「對付這種人，必須軟硬兼施、因勢利導，假以時日才能讓這顆頑石點頭！」

「如果當年阿麗嫁給哥哥的話，或許彼此間的命運都會改變。」秀秀惋惜地說：「說不定有了阿麗後，哥哥的身體就會好起來，阿麗也不會和殺狗林結為夫妻，淪落成今天這副模樣。」

「秀秀，什麼都是命啊！」來福微微地搖搖頭，內心似乎有無限的感慨，「我們都是遭受命運戲弄過的過來人，想起過去那幾年，簡直沒有比我們家更悽慘的了。然我始終相信，生命中的陰霾總會過去的，但要端看我們能運用什麼智慧來克服它。妳不向命運低頭的勇氣，至今我仍然感到相當的感佩，如果不是妳據理力爭、以死相諫，此生的幸福勢必就斷送在我這個不中用的父親手上。秀秀，每當想起這件事，我的內心實在感到無比的羞愧。」

「阿爸，過去的就讓它過去吧！」秀秀安慰父親說：「相信老天爺會保佑我們、也會賜福於我們的！」

來福點點頭，認同她的說法，而後，感慨地說：

「阿麗那個女孩，如果有妳一半的勇氣，今天絕對不會淪落成這樣。有時候想幫她一點忙，卻也不知要如何幫起，畢竟我和她死去的父親是多年的老朋友！」

「幫忙總是一時的、短暫的，唯一的希望是殺狗林能徹底地悔改，才能挽救這個瀕臨破碎的家庭。但願阿麗能安然地度過這個苦難的關卡，重新站起來，向悲傷的命運挑戰，而不是坐以待斃！」秀秀提出自己的看法。

「秀秀，妳的看法很正確，」來福微微地點點頭，「我會找時間開導她的，但願她能重新領悟生命的價值和生存的意義，不能有輕生或任何不智的念頭。我們也可以如此地說，每個人的命運，完全操控在自己的手中，當年妳所遭受的，或許可以做為她今日的借鑑。」

「阿爸，關心她就等於幫助她，到了台灣後，我會寫信鼓勵她的。記得小時候，蒙受她的照顧也不少，只是這幾年鮮少來往而已。」秀秀想了一下又說：「阿麗是一個既聰明又善良的女性，希望她能以愛來感化殺狗林。俗語說：浪子回頭金不換，況且，殺狗林並不是天生的賭徒或無賴，他的人性絕對尚未泯滅，只是誤交損友以及一時失檢而不自知。倘若能接受旁人的勸導及時悔悟、重新出發，這個家必然有救。阿麗想過一個幸福美滿的生活，也是指日可待，並非完全絕望。如果有機會，我也會敦請陳先生幫忙勸導殺狗林的。畢竟他在大單位服務，人際關係不錯，也看過很多書，知道不少為人處世的道理，相信他會樂意幫這個忙的。」

「妳的想法沒錯，大家集思廣益，共研對策，唯一的目的是希望他能改邪歸正，重新立足在這個社會上，成為有用之材。等他管訓出來後，我將設法敦請村裡的二叔公夥同她舅舅一起出面勸說。如果他還不知悔悟，一味地胡作非為，一定要把他趕出村，才能讓阿麗免受心靈與肉體的雙重苦難。」來福有些激動，「不管生活多麼困頓，至少可以過一個清靜的日子。」

秀秀點點頭，同意父親的看法。

不久，公車來了，秀秀辭別了父親逕自上車。當車輪緩緩地向前滑行時，她把頭伸出車窗外，不停地向父親揮動著手，目睹父親瘦弱的身影佇立在寒風細雨中，一串悲傷的熱淚情不自禁地奪眶而出。

駕駛踩下離合器，換了擋，加足油門，公車快速地疾駛在濕漉漉的泥土路上，家離她愈來愈遠了，何日能重回這個孕育她成長的小村落？何日能重溫家庭溫馨的美夢？何日能再投入父親慈祥的懷抱，聆聽他諄諄的教誨？秀秀已難掩心中悲傷的離愁，低頭掩面泣不成聲。

懷著極端沉重的離別心情，秀秀提著簡單的行李來到美娟店裡等候。不一會，陳先生的座車也到了，駕駛習慣性地把車停靠在店門口的轉彎處，陳先生一下車，就自然而然地遇上了美娟。

「美娟老闆，好久不見，妳好。」陳先生依然展現出男生應有的風度，禮貌地問候著說。

「陳先生……。」美娟見到他，竟興奮得說不出話來，久久才感傷地說：「秀秀這麼一走，店裡少了一個熟練的好幫手，就好像斷了我一隻手臂，怎麼好得起來。」

「說來也是，往後妳可能會更忙了。」陳先生看了她一眼，順口說：「多保重，別太累了！」

然而，陳先生說的這幾句話，似乎只是社交禮儀而已，話中的語氣，似乎缺少了一份誠摯和關懷的心意。在外闖蕩多年的美娟焉有聽不出來之理，於是她並沒有多說什麼，只神情凝重地站在一旁。

「都準備好了嗎？」陳先生問秀秀。

「隨時可以出發。」秀秀說。

「那我們現在就走。」陳先生有點急迫，似乎沒有在這裡多停留的意願。

「時間還早，天氣又那麼冷，吃碗蚵仔麵線暖暖身再走也不遲啊！」美娟看了一下腕錶，柔聲地對陳先生說，是否試圖想藉此來縮短雙方的距離？抑或是有千言萬語準備向他傾吐？或許，只有美娟心裡最清楚。

「謝謝妳，剛吃過晚飯，不必麻煩了。」陳先生雖然客氣地，卻直截了當地拒絕著說，絲毫沒有留下一個轉圜的空間。也由此可以看出，他們兩人之間的距離，正逐漸地疏遠、拉長。不久，或許就會成為相見不相識的陌路人。今天之於重臨她們店裡，純粹是受王維揚之託，為秀秀而來。

美娟自討沒趣地閃到一邊，是否會認為陳先生太絕情了呢？倘若有這種想法的話，自己首先必須做一番檢討，這個禍端純然是由她所引起，只是做夢也沒想到，一點小小的事情，為什麼會演變成一個不能挽回的局面？這似乎也是她始料未及的。但由此也可以斷定，陳先生絕對是一個有原則、有格調的年輕人，他的人格絕對不容許別人侵犯和侮辱的。

「秀秀，我們還是早一點出發好了，」陳先生似乎不想在這裡多停留，因而藉口說：「船票還在安管組，萬一去晚了拿不到，讓妳走不了，那麻煩就大啦！」

「表姊，那我們走了。」秀秀離情依依地對美娟說。

陳先生提著秀秀的行李，逕自上車。

「秀秀，該說的、該講的、該注意的，我都已經對妳說盡、講完了。」美娟握住她的手，眼眶有些微紅，「到了台灣後，不要忘了快一點寫信回家，免得大家惦念。」

「表姊，我會的，」秀秀有些哽咽，「這幾年來，蒙受妳的照顧很多，除了向妳道聲謝謝外，其他的，不知該說些什麼才好。」

「什麼都不必說，」美娟輕輕地拍拍她的肩膀，「只要記在彼此間的心頭就好。」

秀秀再也忍受不住即將溢出的淚水，表姊妹緊緊地擁抱在一起，數年來的姊妹深情，盡在不言中……。

是的，如果秀秀真有一個幸福的未來，她首先要感謝的絕對是美娟，倘若沒有她一手拉拔，她焉能得到這顆幸福的果實。當然，陳先生功也不可沒，對於他們兩位，必須時時刻刻懷著一顆感恩的心，永永遠遠銘記在心頭，這也是為人的基本道理，秀秀沒有不遵循的理由。倘若表姊能與陳先生配成雙，那是再好不過了，但願時間能化解他們之間的誤會，許他們一個幸福的未來。秀秀衷心地盼望著、期待著、祝福著！只是惟恐——天不從人願……。

在車旁等候的陳先生，目睹表姊妹依依不捨的離情，並沒有刻意地催促她們，就任由她倆痛痛快快地傾述一番吧！倘若此時不說個痛快，表姊妹再相逢，或許，不知要等到何年何月何日了。而屆時，又會有什麼重大的變化，置身在這個現實的社會，誰也不敢做無謂的臆測……。

抵達料羅碼頭，陳先生幫秀秀辦好了手續、拿了船票，而後陪她在侯船室裡等候上船。

「記住，到了高雄港下船後，出境證一蓋完章，妳就直接走到十三號碼頭大門口，王維揚會在那裡等妳。萬一火車誤點或軍艦沒有按時入港，抑或是陰錯陽差沒等到，妳就往左邊的馬路直走，經過五福橋，前面有一家旅館，它設備不錯、收費合理，我們到台灣處理廢金屬品時曾經住過，妳可以先住下來，王維揚一定會到那裡去接妳的。這些都是我日前透過西康總機和他連絡的結果。」陳先生囑咐後，又再三地叮嚀著說：「人生地不熟的，自己千萬要小心。」

「謝謝你，陳先生。」秀秀以一對感激的目光凝視著他，「如果我的命運真能因此而改變的話，我會感激你一輩子的。」

「朋友之間，談不上感激這兩個字。」陳先生感性地說：「相信上蒼會賜福予妳的！」

秀秀興奮地笑笑，突然說：

「陳先生，我向你打聽一件事，可以嗎？」

「什麼事？」陳先生不解地看看她。

「我們村裡有一位綽號叫殺狗林的中年人，聽說不久之前到軍樂園鬧事，被移送到明德班管訓啦？」

「這干妳什麼事，」陳先生嚴肅地反問她說：「妳打聽這個幹什麼？」

「他老婆阿麗是我的好鄰居，也是我小時候的玩伴。她父親生前和我爸爸是無話不說的好朋友。阿麗更是一個乖巧善良的好女孩，我害怕她承受不了這個打擊。」秀秀低調地說。

「一個善良乖巧的女孩，怎麼會嫁給這種好逸惡勞、不務正業的丈夫，真教人難以置信，也為她感到悲哀啊！」陳先生不屑地說。

「她父母早逝，是舅舅和舅媽幫她做的主，殺狗林是入贅到她們家的。」秀秀解釋著說。

「金門可說是一塊純潔無瑕的淨土，我一直想不透怎麼會出現這種敗類！他先前是靠親戚的關係走後門偷偷地到軍樂園嫖妓，現在是藉酒裝瘋三番二次到軍樂園鬧事。這一次又出手打傷管理員，要不是警察局洪課長同情他太太的遭遇，再三地替他求情，我也看在同是金門人的份上，只簽請移送明德班管訓。雖然管理員受的只是一點皮肉傷，但傷害部分如果要認真追究的話，他絕對難逃法網。搞不好管訓出來後還得去坐牢！」陳先生搖搖頭感嘆地說：「置身在這個戒嚴軍管時期、戰地政務體制下，豈能不識時務？竟然還異想天開、想在這塊土地上為非作歹、賭博耍流氓，那是得不償失的。如果想在這個島嶼生存，就必須安份守己、勤勞務實、把所有的精力奉獻給社會和家庭，與島民和睦相處，夫妻相互包容，共同打造一個幸福美滿的家園，才對得起自己的良心、才不會辜負父母的養育之恩！」

「如果我沒猜錯，殺狗林的良知早已被私慾矇蔽住，怎麼會有你這種想法呢？」秀秀搖搖頭，而後懇求著說：「阿麗實在太可憐了，你能不能找個時間親自到明德班看看殺狗林，然後順便勸勸他？如果從此以後能讓他改過自新，也是功德一件啊！」

陳先生看看她，微嘆了一口氣，面無表情地沉默著。

「我一直相信他的人性尚未泯滅，應該還有救。」秀秀再次地懇求著說：「浪子回頭金不換啊，你試試看好不好？」

陳先生久久的沉思，終於說：

「倘若真如妳所說的那樣，我願意姑且一試。這種人似乎也不是用斯巴達教育可以來讓他改正向上的。假如能以友情或親情來感化他，繼而地以傳統的倫理道德來啟發他，或許效果會好一點。如果真能因此而讓他有所悔悟和思過的話，至少可以挽救一個瀕臨破碎的家庭，這種事也是身為金門人的我們應該做的。」

「陳先生，謝謝你。」秀秀由衷地感謝著，「從認識到現在，無論大小事，經常麻煩你，實在感到有些不好意思。」

「別客氣，我只是善盡朋友之責、量力而為而已，不盡人意的地方仍多，希望妳能體諒！」陳先生看看她，而後神情嚴肅地說：「明德班現任主任是政三組監察官劉建昌中校調任的，我們同在武揚營區服務多年，業務上也常有往來，幾乎成了無所不談的好朋友。如果把阿麗不幸的遭遇向他詳細地說明，相信他一定會囑咐部屬，運用智慧共同來規勸殺狗林的。」陳先生頓了一下，微嘆了一口氣，復又懇切地說：「但願他的人性真的尚未泯滅，能接受別人的勸導，從此以後重新做人，才不會辜負妳秀秀關懷他的一番苦心啊……。」

「但願如此……。」秀秀雙掌合十，做了一個祈禱狀。

彼此沉默了一會，秀秀復以一對充滿著歉意的眼神對陳先生說：

「陳先生，在我即將離開金門的此刻，有一件隱藏在我心裡許久的事，必須向你解釋一下，同時也向你說聲抱歉。」

「又有什麼事？」陳先生睜大眼睛，迷惑不解地問。

「上一次大夥兒到我家吃拜拜時，是我無意中告訴姨媽說，你管軍樂園的業務，也因此而讓她對你有些誤解。」秀秀滿懷歉疚地說：「請你原諒我的多嘴。」

「這件事怎麼能怪你呢？」陳先生不在意地笑笑，而後收起了笑容激憤地說：「我承辦福利業務好幾年了，進出軍樂園也是稀鬆平常的事，金防部所有的官兵和男女雇員有誰不知道的。坦白說，我之於和美娟那麼熟識，純然是因妳和維揚的關係，彼此間也只是較談得來的朋友而已，並沒有任何感情上的糾葛，對她的母親我也是相當的敬重，甚至還經常被她們使喚，這些事沒有誰比妳秀秀更清楚的了。至於她們要怎麼想、用什麼眼光來看待我的工作，那是她們的事，與妳秀秀何干！但若要把我與軍樂園牽扯在一起，想藉此來貶低我的人格，繼而地再用一些不當的言詞來數落和教訓我的話，無論從任何一個基點來說，還輪不到她們母女！」

「老實說，表姊很喜歡你。」秀秀據實說。

「起初我也是蠻賞識她的，始終把她當成朋友來看待，這點妳秀秀最清楚！尤其妳和維揚經常地幫我們敲邊鼓，倘若以一般人的眼光來看，好像真有那麼一回事似的。坦白說，人是有感情的，有一段時間，我還真有點心動，但相處久了，卻發現到她不僅勢利也有一點高傲，始終以一對鄙夷的眼光看人，而且經常被當成下人呼來喚去、買東買西的，甚至還有無謂的要求。並非我在討人情，也不該提起這些細微的小事，那是與我的行事風格背道而馳的。最讓我氣憤是那天，美娟居然還口出狂言，以那麼低賤又粗俗的言詞來羞辱我，這是我最難以容忍的地方！」陳先生怒氣未消地說：「今天假如是妳秀秀的話，妳忍受得了這種羞辱嗎？」

「大家相識那麼久了，你的為人我清楚，幫她們多少忙相信表姊和姨媽也是心知肚明。說真的，有時候看她那種神氣活現、差遣人的樣子，我也是相當不認同的。畢竟彼此間非親非故，只不過是較熟悉的朋友而已。既然是請人代勞，口氣總是要緩和點、客氣點，怎能以命令的方式為之。我知道如果不是表姊說出那種讓你聽來感到刺耳又不能苟同的重話，以你的涵養來說，絕對不會生那麼大的氣。但自從那次爭執後，表姊既傷心又難過，也相當地懊悔，這點我是相當清楚的。」秀秀雙眼凝視著他，也同時以懇求的語氣說：「你就多一點包容吧！」

「說真的，人與人之間的相處，必須建立在相互尊重上，別以為自己從事的職業都是高尚的，別人的工作都是齷齪的、低賤的。」陳先生仍然有些氣憤，「我承辦福利業務那麼久了，有誰敢說我到軍樂園騙吃騙喝或到裡面買票嫖妓和那些販賣靈肉的侍應生糾纏不清的！」

「或許表姊是基於一番好意，才會鼓勵你出來做生意，多賺點錢，對往後總是有幫助的。」秀秀替美娟辯解著說。

「不，我看得出來，她和妳姨媽同樣地勢利，看不起我們金門人，更瞧不起我這份工作。竟然還說我是捨不得離開康樂隊和軍樂園那些臭女人，公然辱罵我賤骨頭！說一句不客氣的話，彼此間即不是夫妻，又沒有什麼不可告人的男女親密關係，但她不僅管太多了，甚至還逞口舌之快、出口傷人。難道她忘了康樂隊和軍樂園的女人也是人，雖然各人的命運和機遇不同，從事的職業不一樣，但人格卻是相等的，必須受到應有的尊重，怎麼能以臭女人三個那麼尖銳的字眼來藐視她們？莫非只有她是香的、高尚的，別的女人都是臭的、低賤的？像她這種行為和做法，我是非常不認同的，也應當受到社會大眾的譴責！」陳先生激憤地說。

「這些事表姐都隱約地告訴我一點，那天她可能是太興奮而多喝了一點酒，以致沒有考慮到後果，才會胡言亂語，說出那些不該說的話，事後自己也感到相當的懊悔。陳先生，大人不記小人過，如果有什麼誤會的話，解釋清楚就算了啦，畢竟認識那麼久了，朋友一場嘛，又不是什麼深仇大恨，你就多點包容吧！別忘了，表姊是喜歡你的。」秀秀試圖打圓場。

「我不是在妳面前恭維妳，像妳秀秀這麼純樸、勤奮又懂事的女孩在金門屬實不多。像美娟一般見識的女孩，不管她喜歡不喜歡我，說一句不客氣的話，我還真看不上眼呢，別以為自己高尚！」陳先生依然氣憤地，卻也說了重話。

「這是否就是你想疏遠她、不願意和她繼續交往的最大理由？」秀秀斜著頭，表情嚴肅地問。

「人總要有一點格調吧！」陳先生理直氣壯地說：「如果沒有格調，一味地任人歧視和奚落，那活在這個世界上還有什麼意義可言！老實說，朋友貴在以誠相待、相互尊重，如果缺少這兩點共識，再美麗的言詞也將淪為空談。妳是知道的，我是一個講求原則的人，一旦我的自尊和人格受到無謂的傷害時，我是不會輕率地去遷就人家、原諒人家的！」

「如果表姊鄭重地向你道歉的話，你願意和她繼續交往、維持朋友關係嗎？」秀秀試探著問。

「那是不可能的！」陳先生斬釘截鐵地說：「我寧可沒有美娟這個朋友，不能沒有自己的格調！從妳秀秀離開金門的今晚開始，我絕對不會再踏入她們店裡一步！並非我妄自尊大，而是我的人格不能受到任何的屈辱！」

「或許，這就是你們文人所謂的風骨吧！」秀秀無奈地笑笑。

「文人這兩個字對我來說太沉重了，我愧不敢當。說真的，文學只是我一點小小的興趣，雖然陸陸續續地發表不少作品，但都是一些不成熟的習作。不怕妳見笑，在廣大的文學園地裡，它距離完美尚遠，自己還不停地在學習和摸索，更不敢自稱為文人。」陳先生頓了一下，而後加重語氣，「不過我也要坦白告訴妳，願意和我做朋友的女孩不是沒有，無論美貌或品德，比美娟出色的大有人在。秀秀，並非我大言不慚，妳和王維揚儘管放心吧，在愛情這條寬闊的道路上，老哥哥不會孤單的，相信不久的將來，就會捎給你們佳音。」

「這點我相信。」秀秀點點頭笑笑，而後雙眼凝視著他，正經地問：「是不是上次在擎天廳看晚會、和你同坐在一起的那位漂亮小姐？」

陳先生不承認也不否認地笑笑。

「臉蛋甜、氣質好，再加上分明的曲線，是一個人見人愛的小美人兒！」秀秀誇讚著說。

「再多的讚美之詞，對我來說都不具任何意義。但我卻肯定她的純潔、善良、勤奮和懂事，就好比妳秀秀一樣，這或許也是我與王維揚擇偶的共同看法。我們要的不是供人觀賞的花朵，而是父母眼中的好媳婦，孩子心中的好母親；村人眼中的好鄰居，我們心中的好牽手。因此，對這段感情，我是認真的、也會珍惜的！」陳先生極端嚴肅地說。

「什麼地方人？」秀秀關心地問。

「在台灣眷村出生的湖南人，」陳先生難掩內心的喜悅，「家住台南永康影劇二村，是備役空軍上校的子女。」

「哇，湘女多情啊！」秀秀羨慕地，緊接著問：「她願意留在這個小島上嗎？」

「會的。」陳先生斷定地說：「當她在這個小島上尋找到愛時，勢必會義無反顧地留在這塊土地上，與她相愛的人廝守終身。就像妳秀秀一樣，為了愛必須離開這個島嶼，去面對一個全然陌生的環境，而後在那裡落地生根，與相愛的人共度一生。」

「陳先生，我相當認同你的看法，並非只有在這個島嶼土生土長的女性才能成為一個賢妻良母。只要找到生命中的真愛，認同這塊土地，假以時日總會和它衍生出一份難以割捨的情感，屆時想不留下也難啊！往後絕對是一個相夫教子、孝順公婆、勤儉持家、敦親睦鄰的好牽手！」

「秀秀，妳沒說錯，觀察也很細微，男女之間的相處，似乎與地域沒有太大的關聯，除了要相互尊重、相互包容外，更重要的是要以誠相待。如此的感情才能恆久，才能獲得雙方的認同，攜手邁向幸福人生也是指日可待。妳和維揚就是活生生的一例，足可做為時下一些年輕人的借鑑！」

「陳先生，你也不例外，我們都是值得慶幸的人。尤其當我即將離開故鄉這塊土地時，能夠親耳聆聽到這個好消息，的確讓我太興奮了。雖然你和表姊無緣配成雙，對我們來說是一個小小的遺憾，但你卻找到了理想中的伴侶，尋覓到生命中的真愛，我和王維揚衷心地祝福你，也同時在台北等待著你的佳音，期待著你倆邁向婚堂的喜訊！」秀秀誠摯而感性地說。

「不，值得祝福的還是妳秀秀！」陳先生滿懷感慨地說：「容我再重複一次：老天爺會賜福予妳的……。」

「但願蒼天能對我多一點眷顧，不要讓我失望才好……。」秀秀有點哽咽，卻也不忘提醒，「如果路過金城的話，我還是企盼你能去看看表姊，別忘了同是生長在這塊歷經砲火蹂躪過的土地上，人親土也親啊！無緣締結鴛盟，做個朋友也不錯，男生更應該多一點包容，這是我最後的請求。」她說後，以一對水汪汪的大眼睛凝視著陳先生，竟然調皮地笑著說：「可不能帶你那位小美人一起去，否則的話，表姊會心酸酸的！」

陳先生默不作聲，只微微地笑笑。

上船的時間到了，秀秀提起小皮箱，向陳先生道別後緩緩地步出候船室，快步地走在前進的隊伍中。她時而轉頭看看故鄉這塊濕漉漉的土地，時而仰望陰暗漆黑的夜空，而料羅灣的海水即將滿潮，浪拍岩石的濤聲，聲聲激動著她的心扉。霎時，父親古銅色的皮膚、滿佈皺紋的面龐，不停地在她的腦海裡盤旋著。母親服農藥自盡的不幸事件，舊疾復發與世長辭的大哥，姑換嫂的荒謬，無一不是她胸口的悲痛。送人當養女的妹妹，仍在求學中的弟弟，更是她心中永遠的牽掛。秀秀想著、想著，情不自禁地紅了眼眶，一滴滴悲傷黯然的淚水，就像斷線的珍珠，不停地滾落下來……。

太武輪鳴起了悅耳的汽笛，隨後緩緩地駛出深曲的料羅灣，故鄉離她越來越遠了，接踵而來的是一望無際的大海，以及無垠的蒼穹。經過二十餘個小時的海上顛簸後，她將帶著一顆誠摯、熾熱、清純的少女心走上岸，獨自來到一個全然陌生的城市，在王維揚的攙扶下，一起步上紅燭高照的紅絨地毯，邁向幸福人生的新旅程……。

尾聲

秀秀和王維揚結婚的那天，台北國賓飯店可說是喜氣洋洋、冠蓋雲集。即使她出身貧寒，又沒有受過完整的教育，但她氣質高雅、嬌美動人，經過妝扮後更是豔若夭桃，讓所有參加婚禮的嘉賓驚為天人。

送走了所有的賓客，王維揚親自駕著一輛擦拭得雪亮的賓士轎車，和秀秀一起回到陽明山的寓所。踏上軟綿綿的地毯，面對簇新的被褥和傢俱，以及傭人刻意為他們點燃的大紅燭，秀秀的心情卻格外地沉重。她想起早逝的母親，想起獨自在金門、不能來台灣參加他們婚禮的父親，一顆晶瑩的淚珠快速地在她眼眶裡蠕動……。

「怎麼啦？」王維揚見狀，趕緊走到她身邊，低聲而柔情地問：「是不是太累啦？」

秀秀搖搖頭，一顆豆大的淚珠終於滾落在腮旁，而後情緒激動地緊緊抱住王維揚，哽咽地說：

「維揚，我想念金門、想念家、想念爸爸……。」

「秀秀，我能體會出妳現在的心情，」王維揚輕輕地拍拍她的肩膀，柔聲地安慰她說：「別忘了這個家也是屬於妳的，相信我的家人會以待我之心來善待妳的，絕對不會讓妳受到任何的委屈。」王維揚取出手帕，輕輕地擦去她眼角上的淚痕，復又深情地說：「今晚可說是我們人生歲月中最愜意、最快樂的美好時光。在這個值得歌頌、令人陶醉的新婚之夜裡，我們應該感到高興而不是難過，應該笑而不該流淚。秀秀，妳能明瞭我的心意嗎？」王維揚說後，緊緊地把她摟住，隨後輕輕地托起她的下顎，深情地吻著她的唇、她的額、她的頸，還有她的耳輪。一遍遍，輕輕地吻著、吻著，如蜻蜓點水般地，輕輕地吻著、吻著……。

卸完妝，秀秀換上一件粉紅色的絲質睡袍，在柔和的燭光映照下，更顯得嬌艷動人。王維揚目不轉睛地看著她，一股難忍的青春慾火不停地在他體內燃燒著。於是他牽起她的手，緩緩地走到床邊，輕輕地褪去她的睡袍和褻衣，柔情地撫摸她的肩，深情地吻著她光滑柔軟的胴體，而後雙雙陶醉在盈滿著溫馨喜氣的雙人床上……。

當秀秀雪白的肌膚、分明的曲線、高聳誘人的酥胸，在紅色燭光映照下，赤裸裸地呈現在他的眼前時，王維揚再也忍受不住自己新婚妻子的誘惑。在轉瞬的剎那間，很快就尋找到隱藏在她胯下那片毛茸茸的草原。這片光澤柔美的青青草地，是他成年後衷心的企盼，只因為他是一個健康而正常的男人，有人性中的七情六慾，對神秘的異性身軀，更充滿著一份深不可測、遙不可及的夢想，讓他時時刻刻做著一探究竟的美夢。而此時，這片草地的主人又是自己的新婚妻室，除了愛她、呵護她、疼惜她外，更想日日夜夜擁抱這片屬於自己的草原，然後把它耕耘成一片肥沃的良田。

儘管王維揚頰上有點熾熱、也有小白兔初入叢林時的緊張，但很快地就被人性原始的本能融化掉，一場扣人心弦的戰事即將降臨在這間豪華的新房裡。於是他熟練而快速地脫光自己的內衣褲，適時展現出男性健康的體魄和男子的雄風。然而，他並沒有以男人的優勢和粗魯的動作來迫使嬌妻就範，而是輕輕地、深情地、柔柔地，先撫撫她烏黑柔軟的秀髮，吻吻她火熱的香唇、舔舔她的耳輪和粉頸。繼而地左手環過她的背，右手則輕輕地撫摸她雪白、光澤又柔美的身軀。當他的手游移到她的胸前、觸摸到那對高挺的雙峰時，王維揚竟不停地在她那對飽滿紅暈的峰頂上，一次又一次、輕輕地摸著、撫著、捏著、揉著，讓從未被男性如此挑逗和愛撫過的秀秀既驚、又喜；既感甜蜜、又感到難受，整顆心彷彿要跳出來似的，讓她承受著空前未曾有過的心靈災難。但是，這個充滿著喜悅和歡心的劫數，不僅是她平生第一次遭遇，也是她心靈深處最甜蜜的負荷。因此，她願意接受，也願意承受，絲毫找不到拒絕的理由……。

誠然，這是新婚夫妻邁向愛情最高昇華的前奏曲，也是男女交合前自然衍生的調情戲，但秀秀的內心則承受不了如此的折磨和煎熬，彷彿有數以千計的小螞蟻在她處女的軀體上爬行蠕動，而後一隻隻潛入她那神秘而盈滿著春水的小小洞穴裡，讓她感到前所未有的難受，讓她那顆原本純潔無瑕的處女心湧起無數的性慾望，也同時讓她嚐到女人春情發作時的痛苦滋味！

於是她深鎖眉頭、緊閉雙眼，不得不搖頭晃腦、扭動身軀，來減輕被春情折磨時的痛苦。但是，無論身心上有多麼地難受，無論必須承受多少折磨，她卻不想撥開王維揚那雙不停地在她雙峰上輕揉細捏的煽情小手，她願意承受這份交織著喜悅和矛盾的痛苦。然而，當春情不斷地在她內心激盪的剎那間，她的理智再也控制不住情感，竟顧不了女性的矜持，緊緊地抱住王維揚赤裸裸的身軀不放。她心想的是什麼？想要的又是什麼？難道是承受不了從自己新婚夫婿體內散發出來的那股男人香的迷惑？抑或是難以忍受從自己心中激發出來的那份熾熱的青春慾火？或許，只有秀秀的心裡最清楚。

而此時，王維揚心中所想的與秀秀此刻所冀望的並無兩樣，他已忍受不住秀秀成熟、豐腴又性感的胴體對她的誘惑。當慾火再次地在他心靈與肉體上雙重燃燒時，王維揚的心跳加快、熱血沸騰，下身的海棉體快速地膨脹，儲存在精囊裡的液體，隨時都有洩出體外的可能。因此，他已無暇顧及週遭的一切，心想的是身旁嫵媚的嬌妻，以及從她身上散發出來的那份酥人心胸的女人香對他的引誘。於是他興奮而快速地一翻身，整個身軀已跨上秀秀的身上而後趴下，兩顆青春熾熱的心隨即緊密地貼在一起，絲毫沒有留下一點點空隙。

秀秀明眸的雙眼微閉，承受的是男與女、身與心相疊之重。從王維揚急迫的動作和渴望的眼神中，她知道自己新婚夫婿此刻希冀的是什麼？想要的是什麼？況且，從今天起，無論在法律上或傳統的倫理道德上，他們已是一對正式的夫妻，而夫妻間的交合，亦是人性生理自然的律動，並沒有什麼羞恥與罪惡感可言。於是她很快地意識到，自己此刻該做的是什麼？想給自己夫婿的又是什麼？除了本能地微張雙腿外，小腿也微微地屈曲。霎時，王維揚暴露在胯下的那話兒，並不需要燈光的照明，也毋須人為的引導，已快速而精準地沉入秀秀那口蕩漾著春水的井底裡。然而，他並沒有趴在她的身上不動，亦未像公雞追逐母雞草草了事。兩人充份地發揮人性中不可或缺的性本能，在這張簇新的雙人床上不停地激戰和廝殺。久久的纏綿激戰後，這場美麗歡娛的戰爭並沒有輸家，也因此而讓他們真正體會到人生的樂趣，感受到兩性交合時的歡悅，更享受到夫妻間性的滿足和快感，以及難以用語言表達的幸福和希望……。

夜的情愫雖已靜止，壁鐘則滴答滴答地響不停，床戲並沒有隨著秒針的轉動而結束。即使秀秀感受到下身有一股興奮過後的熾熱和疼痛，然而，兩人不僅愈抱愈緊，交合的動作似乎也愈來愈激烈，內心盈滿著激情時的喜悅，亦有興奮過後的快感，此時倘若施以棍棒，他們勢必也沒有分離和起身的意願。因此，他們在床上盡情地繾綣纏綿、纏綿繾綣，只感受到簇新的彈簧床不斷地上下起伏和躍動，只聽到王維揚興奮時的喘氣聲和秀秀高潮時的呻吟聲，而卻聽不見屋外的蟲鳴和鳥叫。畢竟，今晚是他們的新婚之夜，也是他們生命中最愜意、最怡悅的快樂時光。人世間還有什麼比這春宵一刻更浪漫、更美好、更歡娛、更值得他們珍惜的事……。

戰事終於在彼此間歡樂與快感相融下結束，當秀秀處女的落紅沾染著紅色的床罩時，簡直讓王維揚既驚又喜。即使此時夫妻的交合，都是他們人生歲月的第一次性經驗，但他的內心卻充滿著前所未有的喜悅和興奮，卻也有諸多的感慨。

面對台灣這個性泛濫與性開放的社會，偷嚐禁果的青少年比比皆是，未婚懷孕的女子也屢見不鮮，男女同居又分離的情事亦從未間斷，像秀秀這種潔身自好仍保有處女之身的女子並不多見。或許，這種守身如玉傳統典型的女子，只有在金門這個純樸的島嶼才找得到。他必須感謝愛神對他的眷顧，也要感謝秀秀賜予他一個完美無瑕的處女身軀，更要感謝金門這塊純淨的土地，為他孕育出一位美麗賢慧、勤儉樸實，人人稱讚的賢妻良母……。

久久的纏綿繾綣、繾綣纏綿後，秀秀深情地撫摸著王維揚的臉頰，順手擦擦他額頭上微濕的熱汗，而後喃喃地說：

「維揚，這該不是一場夢吧？」

「不，它是我們用愛換取而來的甜蜜果實。」王維揚柔聲地說。

「即使現在我們已結為夫妻，但我的心裡仍然感到有些惶恐，不知是否能扮演好王家媳婦這個角色。」秀秀憂慮地說。

「秀秀，對於自己的選擇，我始終抱持著無比的信心，甚至也深獲父母親的認同。王家媳婦這個角色，妳秀秀不僅是我心中首位人選，亦是我們王家不二的選擇，這個角色也只有妳來扮演才適合。相信妳一定能勝任的！」王維揚信心滿滿地說。

「以後如果有不盡人意的地方，你一定要教我、指導我，可別讓我出糗，知道嗎？」秀秀謙虛地說。

「秀秀，夫妻本是同林鳥，無論遭受什麼困難，我們都必須相互扶持、相互激勵，善盡我們的職責，墨守我們的本份，共同來營造一個幸福美滿的家庭。同時也應當運用上天賦予我們的智慧，夫妻同心協力，把父母親辛苦立下的基業發揚光大，而不是荒廢在我們夫妻的手中！」

「維揚，我認同你的說法。對這個家，我一定會盡力而為、全力以赴的。但願不會讓你失望才好！」秀秀誠摯地說。

「從今天起，在人生的旅途上，我們已從當初朋友與情人的位階，提昇到夫妻間的親密關係。既然是夫妻，就必須有難同當、有福共享，相互包容、相互依靠，相親相愛、甜甜蜜蜜地過一生！秀秀，妳說對嗎？」王維揚深情地說。

秀秀滿意地笑了，悅耳的笑聲在這幢高級的別墅裡迴盪，是為這春宵一刻值千金而興奮？還是為往後美好的時光而歡欣？從他們此時怡悅的心情來看，有些事似乎不是今晚這個浪漫的新婚之夜可以取代的，而是他們兩情繾綣和永恆不渝的深情，以及將來的幸福和希望！

在興奮過後，秀秀則依然想著：嫁入豪門，置身在這幢高級的別墅裡，未來的人生歲月，不知是幸或者不幸？不知是甘或者是苦？人世間有許許多多的事，總是讓人料想不到的。此時此刻，她的內心依然有太多的感觸，情不自禁地又想起了故鄉的親人和景物。於是她想起了孤單的父親、想起年少的弟妹；想起表姊、想起賣剉冰、賣蚵仔煎和蚵仔麵線那段快樂的時光；想起關懷和協助她邁向幸福人生的陳先生，而卻沒有勇氣想起未來，更沒有勇氣想起往後的光陰和歲月……。

然而，秀秀實在是多慮了，王維揚雖然貴為二家大公司的少東，但愛她、尊重她、呵護她的那份心意始終沒有改變，夫妻間的親密度也未曾減溫。公婆看見這個標緻又善解人意的金門媳婦，更是誇讚不已、疼愛有加。因此婚後，秀秀並沒有隨同夫婿進入商圈或到社交場合交際應酬，一心一意只想做一個稱職的家庭主婦。但是，家中早已雇有傭人和長工，凡事不必她親自動手和操作，即使如此，並沒有把她慣養成一個茶來伸手、飯來開口的少奶奶。她仍一本勤儉持家的初衷，帶領僕役，打造一個幸福美滿又安康的家園，讓夫婿專心事業沒有後顧之憂，讓辛勤半輩子的公婆寬心地在家頤養天年。

翌年冬天，秀秀為王家添了一個小壯丁，讓這個富有的家庭，增添一股前所未有的歡樂氣息。兩老喜悅的形色溢於言表，滿足的笑靨常掛面龐，對這個來自金門、人人稱讚的好媳婦，滿意的程度不言可喻。有人說秀秀是麻雀變鳳凰，但未免太武斷，倘若說是老天爺施予她的恩德，以此來彌補她童時的苦難，或許較為貼切。因此，得到肯定和祝福的掌聲，遠勝負面的批評，它似乎也是秀秀最感欣慰的地方！

王維揚囑咐公司財務人員，每月撥給秀秀一筆為數可觀的家用款，由她自行支配運用。然她並沒有任意揮霍，也從未忘記遠在金門的父親和弟妹，按月寄回生活費，逢年過節則加倍，數年來未曾中斷過。並請人估價後匯回一筆巨款，把破落的古厝整修得煥然一新，以改善家人的居住環境。她的孝心，早已傳遍島上的每一個角落。唯一遺憾的是離鄉赴台後，夫婿事業繁忙，兒女須照顧，公婆要侍奉，加上自己俗務纏身，始終抽不出時間返鄉省親，父親只有包容、沒有責怪。

秀秀雖然嫁入豪門，來福卻從不向人炫耀，亦未曾離鄉一步，依然過著日出而作、日落而息的農家生活。然而，歲月不饒人，當年硬朗的身體已大不如前，自己似乎也有一個預兆，不久即將回歸塵土已是不能避免的事實。而此生最感興奮的，莫過於秀秀找到一個如意郎君，過著幸福美滿的生活；但春桃的自盡，文祥的早逝，送人當養女的三女，尚未成家的次子，卻是他內心永遠的傷悲和牽掛……。

（全文完）

原載二〇〇六年十二月一日至二〇〇七年四月五日《浯江副刊》

附錄　寫實主義的鄉野作家——陳長慶

翁慧玫

一、作家述論

陳長慶，民國三十五年八月二日生於金門碧山，讀完金門中學初中一年級因家貧輟學，小小年紀即挑起生活的擔子，後進入金防部福利單位，擔任會計雇員，並在政五組兼辦防區福利業務，因此，接觸到一個特殊的社會層面，暇時則於明德圖書館苦學自修。五十五年三月於《正氣副刊》發表第一篇散文作品〈另外一個頭〉，六十一年晉升經理，出版了《寄給異鄉的女孩》，六十二年出版長篇小說《螢》，並創辦《金門文藝》季刊，擔任發行人兼社長，撰寫發刊詞。由於時處戒嚴時代，管制嚴格，文化事業在當時的時空下，是一個極度敏感的領域，申請刊物執照是一項高難度的挑戰，只要有不同意見，隨時會被戴上紅帽子，成為異議份子，所以，想要在金門創辦一本雜誌，並不是一件普通的事，在那種思想尚未開放的年代，只要和文字沾上點兒蛛絲馬跡，都要列入輔導管制，美其名為文化輔導，其實是政治查核，即使是定位為「純文藝」的刊物，當政者依然有著「多一事不如少一事」的想法。所以，申請刊物執照登記，一波三折，嚐盡酸甜苦辣。結果，安全單位仍以「有安全顧慮」，駁回其申請，而陳長慶由於斯時任職於金防部，地利之便，請出了時任金防部政戰部主任兼政委會秘書長的廖祖述將軍幫忙。這一段過程，後來陳長慶曾將其融入小說《失去的春天》說明：

主任發現了我，或許他還記得前些日子，為了《金門文藝》申請登記證的事，到辦公室晉見他。

「金門文藝的事，我已交代過，只要你們具備完整的手續，不會有問題的。」

「他們體會不到，你們想為家鄉辦份刊物的心情。雜誌還沒出刊，安全就先有問題，胡搞！」他慈祥的臉龐，浮起一絲不悅。[一]

事實與作品相結合，由於廖主任的協助，使得陳長慶申請到了戒嚴狀態下的第一張民間雜誌的刊物登記證，成為金門文壇的首份民間刊物，[二]為金門文藝的發展跨出了歷史的一步。

[一] 陳長慶：《失去的春天》，頁一一二。

[二] 艾翎編：《陳長慶作品評論集》，（臺北市：大展出版社，一九九八年），頁一二二～一二九。

愛書的陳長慶，於民國六十三年自金防部福利單位離職，經營「長春書店」，每天沈浸在知識浩瀚的書海裡，停筆二十一年，沒有作品問世。民國八十五年復出，積極寫作，復出以來，算是個多產的作家，八年中完成了十一本書，此外，散文、小說皆有創作，其中又以小說最為出色。在他的小說作品中，絕大多數是以「第一人稱」著筆的，將其自身的經驗融入作品中，他以為第一人稱的寫法，易於掌握劇情的發展，可以收放自如。[三]而其在太武山谷工作的經歷，成了其筆下豐富的創作材料，作家謝輝煌就說：陳長慶是從金門的血淚中一路走來，亦即「蘸著金門的血淚書寫金門」，[四]軍管時期的金門，歷經大大小小的戰役，在長達二十餘年的單打雙不打歲月，人民在戰火下無奈的生活著。「文學本來就是反應時代、土地、人民。」[五]陳長慶以獨特的文字為金門的歷史作紀錄，為所有走過烽火歲月的金門人刻劃心路歷程，他用文學之筆，記錄家鄉的一切，記錄他走過的軍管時期、戰地政務體制下，那個悲傷的年代，為生長於這方島嶼，走過峰火歲月的島民作見證。綜觀其作品，皆以金門的人和事，血和淚貫穿而成，筆風具有寫實風格，誠為金門最佳的寫實鄉野作家。

三　艾翎編：《陳長慶作品評論集》，頁七九。

四　謝輝煌：〈蘸著金門的血淚書寫金門〉，《金門文藝》創刊號，二〇〇四年七月，頁八七～九〇。

五　陳長慶：〈以茶代酒敬詩人〉，《金門文藝》創刊號，二〇〇四年七月，頁九五。

陳長慶不斷地創作，除了想讓文藝的幼苗在金門島上成長茁壯外，也可看出他想用一部部作品來證明，一個沒有學歷的人，也能成為作家的事實，並藉此事實來鼓勵別人。[六]作品豐富，著有：《再見海南島．海南島再見》、《失去的春天》、《同賞窗外風和雨》、《何日再見西湖水》、《午夜吹笛人》、《木棉花落花又開》、《日落馬山》、《烽火兒女情》、《走過烽火歲月的金門特約茶室》以及以春夏秋冬為首的書名《春花》、《夏明珠》、《秋蓮》、《冬嬌姨》等書，白翎並編有《陳長慶作品評論集》乙冊，作品編入《中華民國作家作品目錄》（一九九九版）及《台灣文學作家年表與作品總目錄》（一九四五～二〇〇〇）。

二、作品評析

陳長慶的作品旨在記錄歷史，留下見證，所以題材多取自其生活週遭的事物。寫實是其作品的特色，透過作品將其經歷過的事物具體呈現出來，而軍管時期，封閉、悲傷、戰爭的體驗豐富了他的作品。他深入觀察並如實描寫，由週遭事物的平淡生活入手，以寫實的手法創作小說，將生活中的真實經驗和人物面相為創作素材，為軍管時期的生活經驗揭開神祕的面紗。

[六] 謝輝煌：〈蘸著金門的血淚書寫金門〉，《金門文藝》創刊號，二〇〇四年七月，頁九〇。

（一）寫實抒情的筆觸

鄉土作家以寫實的筆法反映鄉土風俗，陳長慶作為一個寫實主義的鄉野作家，經常在作品中融入自身的經歷，誠如白翎所述「他筆下的人物情節，多是他眼中所視、耳中所聞、心中所思、夢中所幻的『錄影重現』，所以他的悲劇是寫實的，而且是十足忠於事實的；這也是他的作品容易感動讀者、引起讀者共鳴的主要原因所在。」[七]例如《螢》中的主人翁陳亞白，「金門碧山人，在一個公營的福利機構服務……是一個只上過一年中學的窮家孩子……一個愛幻想、愛做夢的男孩，沒有太多學歷，卻有奮勇的精神……暇時不忘讀書，過度的熱愛文學」[八]，正是以其自身作為反射。而且，大部分的作品，都是以第一人稱「陳大哥」的寫法，主角皆是其本家。《失去的春天》、《日落馬山》、《再見海南島‧海南島再見》等小說作品，不乏其自身經驗之投射。以《失去的春天》為例，屢屢可以看到其將生活中的體驗轉化為小說中的對白，

> 「我們以熱烈的掌聲，歡迎政五組福利業務承辦人陳先生。」

七 艾翎編：《陳長慶作品評論集》，頁四〇。

八 陳長慶：《螢》，（臺北市：大展出版社，一九九七年再版），頁一一～三十。

對於她突如其來的介紹，我不知該怎麼辦才好？主任回過頭，以慈祥微笑看著我。台下的掌聲，讓我不得不禮貌地站起，讓我不得不上台。然而，我沉重的心情和腳步她能理解嗎？

「主任再三指示，要把苦學有成的陳先生，介紹給戍守最前線的弟兄們。也要透過他的筆，歌頌大膽島的莊嚴、禮讚大膽島的雄偉！」[九]

陳長慶於《失去的春天》中，結合浪漫抒情的筆調，融入男女之情的描寫，將其欲表達之主題，鋪陳於小說中，一方面描寫戒嚴時期，軍事管制下軍方不為人知的生活型態，一方面又以濃烈之筆，描寫陳大哥、顏琪、黃華娟三個人的愛戀關係，熱烈的情愛與情話，雖然增加了小說的張力，但情感的轉折，並未予以適切的描寫，顯得極不協調。《螢》亦有同樣的錯誤，一方面極力抨擊「三八制」[十]的婚姻制度，意圖糾正買賣式的婚姻陋俗，「因為我是一個有血性、有良知的時代女性，我必須協助政府來改良這種不良的婚姻陋習，因為它直接的關係到每一個金門人的聲譽和幸福。」[十一]然而在鋪陳女主角認識男主角的經過，

九　陳長慶：《失去的春天》，頁十五。

十　三八制指的是八兩黃金、八百斤豬肉、八千塊錢，於金門早期曾流行過的一種聘金制度。

十一　陳長慶：《螢》，頁一四二。

乃得自婚姻失意的表姐麗蓮的介紹安排，顯得太過突兀，而且其學歷與生活環境的差距，並未對女主角產生任何的折衝調適，讓人感覺人物的生命不夠立體。以此觀之，陳長慶對《冬嬌姨》的描寫反而是一大突破，藉由軍管時期，種種不合理下的軍民生活，探討冬嬌姨與營長，如何在戰地軍人不能結婚的限制下，寡婦門前是非多的蜚語中，掙脫自我，割捨傳統，開創出另一段人生的幸福，是其寫作過程中的一個改變。

陳長慶的小說作品中，總是以男女之情愛為經緯，意圖於文中陳述主人翁的情真意切與遵守禮教，諸如《失去的春天》中的陳大哥與顏琪交往，互相欣賞，卻又難擋黃華娟的才情吸引。《日落馬山》中的陳大哥與黃鶯相知相許，卻又與藝工隊的王蘭芬發生超越友情的關係，復又理所當然的接受辦公室李小姐貼心關懷與照顧。作者極欲鋪陳作品中主人翁之真情真意，然而環繞主角的眾多紅粉，卻讓讀者對作品人物的真心真意，感到懷疑，對人性的脆弱與掙扎、痛苦與折磨，並未具體的顯現出來，是為不足。或許作者是借由文學作品，表達其真實的體驗，藉以展現其欲留存於世人的想法，讓認識作者的讀者，在其作品與真實性之間，產生質疑，與一窺究竟的好奇性。誠如陳映真評述《失去的春天》寫道：「愛情是文學中恆古常新的題材。其所以歷古常新，無非詠歎情愛之真。《失去的春天》，也是旨在傳頌三個青年男女真摯難抑的感情。但寫到黃華娟執意介入，陳大哥情難自禁；顏琪病重，其他兩人背地歡愛，都令讀者對人物在情感上的「真」感到懷疑。心猿而意馬，意亂而情迷，本是人之常情，小說自然不是只寫三貞九烈，但須寫人性在脆弱、軟弱中靈與肉——心之所守與肉之難禁之間深刻的矛盾、煎熬與苦痛，甚至寫因人的軟弱而來的苦難與折磨、甚至毀滅，及其所帶來的生命的大轉折。」[十二]真可謂對陳長慶小說中的人物書寫，下了最佳的註腳。

（二）鄉野色彩的呈現

對於一個未曾遠離家園，獨赴異地生活的作者而言，家鄉是唯一清晰可觀的景致，陳長慶一直生活在家鄉金門，作為一個農家子弟，對於農家生活的景況描寫得鉅細靡遺且深刻動人，堪稱佳作。這一點其他作家甚少提及，亦難望項背，陳長慶以平實的手法描繪故鄉的景致，呈現其熱愛鄉土的感情。例如《螢》與《失去的春天》分別寫到：

春天，是播種的季節。

幾番春雨過後，滿山更是一片青蒼，農人也跟著而忙碌。施肥的、播種的，滿山遍野，都是一片人影，有犁田的、除草的，好一幅美麗的春景圖啊！[十三]

[十二] 陳長慶：《何日再見西湖水》，（臺北市：大展出版社，一九九九年初版），頁一六二。

[十三] 陳長慶：《螢》，頁一一～三十。

走過戰壕溝，遠遠已望見戴斗笠的父親正在「撖蕃薯股」。走在前端的老牛拖著犁，一步步、緩緩地來回耕耘著。戴著箬笠圍著方巾的母親，正耙著父親撖過的蕃薯股。「撖蕃薯股」也就是在蕃薯苗長到某一種程度時，把原來的「股」，犁下約四分之一的田土叫著「現股」；然後，在犁下的股溝施以肥料；復又犁上田土，把肥料蓋住，這就叫著「撖蕃薯股」。再用耙子把田土往藤頭耙，一面在藤頭處護土，同時也耙鬆泥土；而後，還必須把長出來的蕃薯藤轉移到另一個方向，拔除藤頭附近的雜草，叫做「拾藤」；過些日子，再犁下另一邊，重複相同的過程，撖股、施肥，拾藤。[十四]

陳長慶身為農村子弟的背景將農村生活的場景，寫得栩栩如生，生動感人。春天是播種的季節，秋天則是收穫的季節，天氣乾旱的金門，高粱是最為普遍的農作物，秋收的高粱晒滿了主要道路，是金門早期特殊的地方景致，《失去的春天》就將此寫實的情景融入作品中：

十四 陳長慶：《失去的春天》，頁八一。

白茫茫的蘆葦花正盛開著，在那一片由淺綠轉為焦黃、形將枯萎的蕃薯藤畔，秋收後的高粱穗也身首離異地平躺在水泥路中，車輪輾過處，迸出一粒一粒的果實，雜碎塵土隨地飄揚起，又安分地落下，再回歸到地上。[十五]

農人靠天吃飯，機械設備的欠缺利用外在環境來克服，處處顯出古老的智慧，而在這眾多描寫農村生活的景色中，最特殊的莫過於《冬嬌姨》中敘述的公牛與母牛交配的一段：

虎母快仔不慌不忙地把牛港牽出來，一見到起肖的母牛在一旁，老牛港把頭一轉，拉動繩索，快速地走到母牛背後，用牠那敏銳的鼻子聞聞母牛起肖時的騷味，而後前腳騰空，後腳一蹬，急躁地爬上母牛背部，一挺一挺地尋找母牛紅腫的部位。[十六]

如此生動的描寫，若不是親身體驗，恐怕很難融入作品之中，產生畫龍點睛之妙。農村的景致，隨著時代的進步而有不同的風貌，作者亦不時於其作品中，顯示著時代的轉換在家鄉所留下的不同樣貌：

十五 陳長慶：《失去的春天》，頁九六〜九七。

十六 陳長慶：《冬嬌姨》，（臺北市：大展出版社，一九九七年初版），頁五七。

在烈日艷陽的陪伴下，我們滿懷歡欣地來到一個古老的小農村，在鄉村整建的方案中，當然，它也不例外，昔日的羊腸小徑已鋪上厚厚的水泥，牛舍豬舍在村子裡已見不到，那幽雅而整潔的四週，提昇了居民原有的生活品質，但人口的外流卻也讓它顯得冷清。在臨海的小路上，兩旁的野草野菜已逐漸地向中間延伸。沒人居住的古屋，破碎的瓦片倒塌的石塊堆疊在那株獨自生存的苦楝樹下。往日的四合院，只留下祖先的牌位獨守破屋，同時兼負著保佑旅外子孫的重責，祂們期盼有一天旅外的子孫能回來重修，以免再受到無情風雨的摧殘。[十七]

金門由於位屬戰地，戰爭的威脅加上土壤貧瘠，謀生不易，人口外流嚴重，砲戰下毀損之屋脊多任其荒廢，處處可見殘垣斷壁，陳長慶以其一貫的白話筆法，將家鄉景致平鋪直敘展現出來，成了其作品的一大特色。

[十七] 陳長慶：《同賞窗外風和雨》，（臺北市：大展出版社，一九九八年初版），頁一八。

（三）緬懷舊日的情思

國軍進駐後的金門，民生凋敝，百業待興，為了求生存，全體胼手胝足，處處受限的軍事戒嚴時期，沒有人權，沒有自由的日子，也培養了人們刻苦耐勞、服從的順民性格。陳長慶作為走過戰亂時代的見證，作品中處處可見緬懷過往的感性語詞：

若時光能迴轉，寧願回到五十年代的歲月裡，生活雖清苦卻踏實；沒有華麗的衣衫卻樸素，資訊與文化的貧乏，卻沒有不良的歪風陋習、氾濫的春光色情；父賢子孝、詩禮傳家；我們擁有的是古中國的傳統美德。然而，此刻所思，卻是不實際的虛幻，再也喚不回走遠的時光，失去的歲月……。十八

「煙墩腳」的蜿蜒山路已被「牛港刺」所阻繞，我們輕而小心地撥開它，深恐刺傷了肌膚，流下滴滴鮮血。而曾幾何時，那股墾荒破棘的精神已不復見，隨著歲月的流失，是否已變得貪生怕死，還是捨不得遠離安逸太平的日子，龜石、田前、這尾仔頂，所有的良田已休耕，往日青蒼翠綠的高粱苗，金黃的大小麥，一股一股的蕃薯藤，斗大的芋仔葉，田邊湧出清泉的古井；想起那時，緬懷過去，額上的熱汗已逐漸地成為冷泉，誠然，時代

十八 陳長慶：《何時再見西湖水》，頁一三八。

的巨輪已輾過苦難的歲月，然而，未來的日子卻沒有它的單純美好，五十年代那份血濃於水的親情友情，全家樂融融地吃著蕃薯和菜脯，那種鏡頭在現今的社會已難再現。十九

文章中充滿對過往日子的感念，緬懷過往苦難的歲月，亦不時於文中摻雜自己的道德價值觀，道德的期許與說教的意味濃厚。

（四）軍中秘辛的描寫

軍管生活的描寫，是陳長慶作品中的一大特色，在軍管時期封閉的時代裡，軍方所有的一切都被賦予最高機密，增添了無限神秘的色彩，陳長慶因為工作職務之便，進入位於太武山谷的金門防衛司令部（以下簡稱金防部）工作，金防部位屬戰地最高軍事統治機關，自然而然接觸許多不為人知的軍事機密，而這些被認定為機密的經歷成了他筆下豐富的創作素材。

由於職務緣故，陳長慶任職金防部工作期間，經管福利部門，涵括軍中最為神秘的軍中樂園，自然知曉其不為人知的一部分，因此在其作品中，軍中樂園的描寫成為作品的一大特色。

十九 陳長慶：《同賞窗外風和雨》，頁一三三。

軍中樂園又稱「特約茶室」，簡稱「軍樂園」，別有「八三一」之稱。軍管時期，一切以戰事為第一優先，在以軍領政的戰地戒嚴地區，惟有軍方始能經營這種「特種行業」，就連年節固定的大二膽等外島的「離島慰問」，為了犒賞官兵的辛勞，亦將茶室的侍應生，帶上小島做巡迴服務，以調劑官兵的身心。[二十]它不僅沒有與民爭利的爭議，更是一個合法的福利單位，每年為金防部賺取數百萬元福利金。[二一]誠然是軍管時期最為特殊與爭議的產物。

然而軍中樂園，畢竟是個「財色」場所（侍應生為財，官兵為色），意外事件很難避免。陳長慶於其作品《日落馬山》，描寫了從良的侍應生，在丈夫死後重操舊業，暗開私娼，逼親生女下海；侍應生和金門商人串通搞鬼，鬧出家庭糾紛，老士官長懷疑侍應生騙財騙情，槍殺侍應生後自裁的悲劇事件。《海南島再見・再見海南島》，敘述負責督管特約茶室的作者本人與金城茶室侍應生之間的愛情故事，〈將軍與蓬萊米〉，則描寫庵前茶室侍應生與將軍的一段風花雪月，進而闡述軍中樂園內部不為人知的黑暗與軍方的內幕：「在戒嚴軍管時期，軍方除了披著一層神秘的面紗外，又築有一道平民百姓難以跨越的圍籬，善良的島民始終認為：高官除了官大學問大，更有高人一等的品德和才華，但仔細觀察，卻也不盡然。

[二十]陳長慶：《失去的春天》，頁一一。
[二一]陳長慶：〈歷史不容扭曲，史實不容誤導——走過烽火歲月的金門特約茶室〉，《金門日報・浯江副刊》六版，九十四年二月一日。

表裡不一的高官比比皆是，一些曾經身歷其境者，只是恥於揭開他們虛偽的面目，並非全然不知情。」[二十二]作者將其所見所思所感，藉由文字留下見證，並鑑於坊間對軍中樂園的傳述報導與事實有所差異，基於浯島庶民職責，乃將其承辦金門特約茶室之始末細節，整理寫成〈歷史不容扭曲，史實不誤導——走過烽火歲月的金門特約茶室〉，連載於《金門日報・浯江副刊》，並結集成書出版，除了針對不實傳說，逐一說明，以釐清事實真相外，為歷史留下見證才是其主要目的。

綜觀陳長慶的作品，皆是取材自身旁週遭的事物，寫實是其一貫的特性，誠如自傳體小說一樣，親身經歷、題材熟悉，寫來流暢通順；然事跡所限，人物、情節為平生真實性限制，難有創造性的發展與變化。[二十三]作者在寫實作品的背後總以浪漫的男女之情作為主線，然而其作品人物的陳述，顯得平面而不夠具體，只是作品中所呈現的金門五、六十年代艱辛苦楚的生活歲月，軍管時期的生活風貌，戰地政務的不安與恐懼，確是為歷史留下記錄，活生生的戰地寫實創作。誠如其所述「我試著以文學之筆來記錄那個悲傷的年代，

二二 陳長慶：〈將軍與蓬萊米〉，《金門日報・浯江副刊》六版，二〇〇五年五月八日。

二三 陳長慶：《何日再見西湖水》，頁一六〇。

想為讀者留下的，不僅僅是一個故事或一篇小說；而是為生長在這方島嶼，與走過烽火歲月的島民作見證。」[二十四]可見其對金門責無旁貸的使命感。

（本文作者翁慧玫小姐，福建金門人，銘傳大學應用中國文學碩士。現任職於金門縣政府財政局。）

二四 陳長慶：《失去的春天》，自序。

後記

寫完《小美人》，我隨即進入《李家秀秀》的構思裡。二十餘年的創作空白期，是我心中永遠的疼痛。當《李家秀秀》這個故事在我心中隱約成形時，我不得不拋開日常生活中的俗務和瑣事，趁著黃昏時刻落日尚未西沉時，盡速地把它記錄在生命的扉頁裡。因為蒼天對待每一個子民都一樣，只有死亡的宣判，沒有所謂的豁免。人生中的許多意外，往往又比明天來得早，讓我不得不重新思考生命的價值和生存的意義。即使倉卒書寫出來的作品枯燥乏味不成熟，但只要是心血的結晶，我便沒有不喜歡它的理由。

二〇〇六年春天，當我完成長篇小說《小美人》時，從媒體上得知，我曾經服務過的金防部已縮編改為金指部。政戰部除了政三（監察）、政四（保防）外，其他已合併成「政綜組」，官兵總人數只剩下區區的幾十人。主任辦公室亦已搬離武揚，直上擎天峰與指揮官比鄰而居，與當年同在武揚營區的：政一、二、三、四、五組，政本部、金城辦公室、軍樂隊、政戰隊、特遣隊以及國防部心戰大隊等單位人員相比，的確有天壤之別。整個環境的變遷，用物換星移、人事已非來形容或許並無不妥之處。若依目前兩岸的局勢以及國軍施行精實案而言，或許不久的將來，還會有更大的改變，屆時，勢必讓島民留下更多的緬懷。

爾時存在於這塊土地上，具有另一種文化特質的特約茶室早已走入歷史，它留下的或衍生出來的許多軼事，都將成為島民永恆的記憶。然而，當年承辦是項業務與在裡面謀生的鄉親，往往都會遭受到部分島民的誤解和歧視。一般人總以為與它有直接關聯的員工，都可以在裡面胡作非為，而實際上並非如此，倘若敢於玩法，隨時都會面臨被解職或移送軍法究辦的可能。

放眼當今文壇，以這個名震中外的擎天山峰為背景，以及以戒嚴軍管時期、軍中的人事物為書寫對象的文本並不多見。當這個島嶼隨著兩岸軍事的和緩快速地轉變時，我不得不憑著尚未退化的記憶，把爾時歷經過的種種事蹟，盡快地記錄下來，好為我們的子子孫孫，留下一些值得紀念的篇章。它似乎也是我多次試著以六〇年代的太武山谷為背景，從事小說創作的主因。基於文中情節的需要，《李家秀秀》後半部的部分背景，很自然地又進入到孕育我成長的地方。即使讀者們先前曾經讀過我的作品，對這個深山幽谷裡的人事物似曾相識，但我的每一篇小說，都有其獨立的故事架構，這是我必須向讀者們說明的地方，但願讀者們不會認為我的說法太牽強。

彼時的「姑換嫂」，雖然撮合了許多姻緣，卻也出現不少社會問題。當年在金門這個男多女少的小島上，三十幾歲未婚的男性比比皆是，尤其是生活清苦的農家子弟，更是不勝枚舉。因此，才有「三八婚制」與「姑換嫂」兩種社會風氣的形成。

三八婚制的聘金禍首，我們在此姑且不論，因為早在三十餘年前，我在長篇小說《螢》與短篇小說〈雨天　我想起：南方來的那姑娘〉兩篇作品裡曾經嚴厲地批判過。倘若以姑換嫂而言，原本是一樁親上加親的好事，它的原意似乎比索取高額聘金更能讓島民接受。但是有些家長，刻意地隱瞞子女的缺陷，全憑媒婆三寸不爛之舌，便輕率地促成一門姑換嫂的婚事，最後則衍生出許多家庭問題。追究其因，不外乎是雙方年齡和智商的差異，以及身心上的殘缺，受害或遭受矇騙者幾乎男女雙方都有。而可悲的是，多數人均屈服於命運不敢聲張，像秀秀那種不向悲傷命運低頭、勇於和現實環境對抗的女性，畢竟是少之又少。

在《李家秀秀》這篇小說裡，除了透過陳先生這個角色，協助從小命運多舛的秀秀，邁向幸福的人生大道外，對那位凡事剛愎自用，以有色眼光看人的美娟，則必須給予譴責。因為她對職業懷著很深的偏見，藐視鄉親的工作權，更瞧不起同在這塊島嶼成長的青年人。之後雖然有所悔悟，但為時卻已晚，必須自食其果，無緣和她賞識的人締結鴛盟。而王維揚則是少數能獲得金門人認同的台灣兵之一，他雖然生長在一個富有的家庭，卻從不自我誇耀，始終以謙恭和誠摯的態度，來面對和秀秀在這個小島上所孕育出來的感情，幾乎和拙作《夏明珠》書裡的王國輝成了強烈的對比。王維揚的父親不惜捐了伍萬元勞軍款，其目的並非真正上前線慰勞三軍將士，而是以金錢換取機會，展現出他對李家的真誠實意，親自到戰地金門替兒子提親。

但是在《夏明珠》那篇作品裡，王國輝在金門騙取夏明珠的感情又奪取她少女的貞操、退伍回台灣後，卻不願對這段感情負責而出國。當夏明珠懷著身孕赴台尋找王國輝不著、復受到他的家人百般地羞辱和遭受流產的雙重苦難後，在自卑感與羞恥心使然下，無顏再接受同鄉林森樑的愛。最後重回這個島嶼，繼承父母親農耕的衣缽，在現實環境的使然下，嫁給一個大她二十餘歲的退伍老兵，兩人相互包容、相互扶持，共度餘生。

同樣是一個清純樸實的金門少女，卻遭受到兩種不同的命運，是遇人不淑？還是造化弄人？抑或是時代的悲劇？我並非社會學家，亦非它長期的觀察者，不能針對當年的社會潮流深入探討和詳加分析，僅憑友人一段口述，以及本身的記憶，用笨拙的筆來詮釋這段故事。因此，待商榷的地方仍多，冀望方家指正，讀者們包容！

二〇〇七年五月於金門新市里

創作年表

一九四六年　八月生於金門碧山。

一九六一年　六月讀完金門中學初中一年級因家貧輟學。

一九六三年　一月任金防部福利單位雇員，暇時在「明德圖書館」苦學自修。

一九六六年　三月首篇散文作品〈另外一個頭〉載於正氣副刊。

一九六八年　二月參加救國團舉辦「金門冬令文藝研習營」。

一九七二年　五月由金防部福利單位會計晉升經理，並在政五組兼辦防區福利業務。六月由臺北林白出版社出版文集《寄給異鄉的女孩》，八月再版。

一九七三年　二月長篇小說《螢》載於正氣副刊。五月由台北林白出版社出版發行。七月與友人創辦《金門文藝》季刊，擔任發行人兼社長，撰寫發刊詞，主編創刊號。九月行政院新聞局以局版臺誌字第〇〇四九號核發金門地區第一張雜誌登記證，時局長為錢復先生。

一九七四年　六月自金防部福利單位離職，輟筆，經營「長春書店」。

一九七九年　一月《金門文藝》革新一期由旅台大專青年黃克全等接辦，仍擔任發行人。

一九九五年　創作空白期（一九七四至一九九五），長達二十餘年。

一九九六年　七月復出。新詩〈走過天安門廣場〉載於浯江副刊。八月散文〈江水悠悠江水長〉載於青年日報副刊。九月短篇小說〈再見海南島．海南島再見〉載於浯江副刊。

一九九七年　一月由台北大展出版社出版發行三書：《寄給異鄉的女孩》增訂三版。《螢》再版。《再見海南島　海南島再見》初版。三月長篇小說《失去的春天》載於浯江副刊，七月由台北大展出版社出版發行。

一九九八年　一月中篇小說《秋蓮》上卷〈再會吧，安平〉，五月下卷〈迢遙浯鄉路〉均載於浯江副刊。八月由台北大展出版社出版發行三書：《秋蓮》中篇小說，《同賞窗外風和雨》散文集，《陳長慶作品評論集》艾翎編。

一九九九年　十月散文集《何日再見西湖水》由台北大展出版社出版發行。

二〇〇〇年　五月『金門縣寫作協會』「讀書會」假縣立文化中心舉辦《失去的春天》研讀討論會，作者以〈燦爛五月天〉親自導讀。十月長篇小說《午夜吹笛人》載於浯江副刊，十二月由臺北大展出版社出版發行。

二〇〇一年　四月〈今年的春天哪會這呢寒〉——咱的故鄉咱的詩，載於浯江副刊。十二月中篇小說《春花》載於浯江副刊。

二〇〇二年　三月中篇小說《春花》由台北大展出版社出版發行。五月中篇小說《冬嬌姨》載於浯江副刊，八月由台北大展出版社出版發行。十二月由國立高雄應用科技大學金門分部觀光系主辦，行政院文建會及金門縣政府協辦之【碧山的呼喚】系列活動，作者親自朗誦閩南語詩作：〈阮的家鄉是碧山〉為活動揭開序幕。散文集《木棉花落花又開》由台北大展出版社出版發行。

二〇〇三年　五月中篇小說《夏明珠》載於浯江副刊，十月由台北大展出版社出版發行。同月長篇小說《烽火兒女情》脫稿，二十六日起載於浯江副刊。十一月長篇小說《失去的春天》由金門縣政府列入《金門文學叢刊》第一輯，並由台北聯經出版公司出版發行。十二月〈咱的故鄉　咱的詩〉七帖，由金門縣文化中心編入《金門新詩選集》出版發行。其詩誠如國立台灣藝術大學副教授詩人張國治所言：「他植根於對時局的感受，對家鄉政治環境的變遷，世風流俗的易變，人心不古，戰火悲傷命運的淡化等子題觀注，…選擇這種分行，類對句…、俗諺，類老者口述，叮嚀，類台語老歌，類台語詩的文類…鋪陳一股濃濃的鄉土情懷。」

二〇〇四年　三月長篇小說《烽火兒女情》由台北大展出版社出版發行。八月長篇小說《日落馬山》脫稿，九月五日起載於浯江副刊。

二〇〇五年　元月〈歷史不容扭曲，史實不容誤導〉──走過烽火歲月的「金門特約茶室」脫稿，廿三日起載於浯江副刊。二月長篇小說《日落馬山》由台北大展出版社出版發行。三月散文集《時光已走遠》由金門縣文化局贊助，台北大展出版社出版發行。四月短篇小說〈將軍與蓬萊米〉脫稿，廿七日起載於浯江副刊。七月中篇小說〈老毛〉脫稿，十日起載於浯江副刊。八月《走過烽火歲月的金門特約茶室》獲行政院文建會，福建省政府，金酒實業（股）公司贊助，十一月由台北大展出版社出版發行。金門縣鄉土文化建設促進會並於同月二十六日為作者舉辦新書發表會。二十九日聯合報以半版之篇幅詳加報導，撰文者為資深記者李木隆先生。

二〇〇六年　一月〈關於軍中樂園〉載於中國時報人間副刊。三月長篇小說《小美人》脫稿，二十日起載於浯江副刊。六月《陳長慶作品集》（一九九六──二〇〇五）全套十冊（散文卷二冊，小說卷七冊，別卷一冊）由台北秀威資訊科技公司出版發行。八月長篇小說《小美人》亦由台北秀威資訊科技公司出版發行。十一月長篇小說《李家秀秀》脫稿，十二月一日起載於浯江副刊。同月《金門特約茶室》由金門縣文化局出版發行。

二〇〇七年　《金門特約茶室》出版後，除多家電子媒體，針對「金門軍中特約茶室」之議題，專訪作者並詳予報導外，亦有部分平面媒體深入報導。計有：一月十八日，「金門日報」記者陳麗妤專訪報導（刊於地方新聞版）。同月二十日，廈門「海峽早報」記者林連金報導（刊於金門新聞版）。二月十一日，台北「蘋果日報」記者洪哲政報導（刊於A2要聞版）。三月十二日，台北「第一手報導雜誌社」記者蕭銘國專題報導（刊於527期社會新聞56—58頁）。

國家圖書館出版品預行編目

李家秀秀 / 陳長慶著. -- 一版. -- 臺北市：
秀威資訊科技, 2007 [民 96]
面； 公分. - -（語言文學類 ；PG0144）

ISBN 978-986-6909-78-8 (平裝)

857.7 96010618

語言文學類 PG0144

李家秀秀

作　　者 / 陳長慶
發 行 人 / 宋政坤
執行編輯 / 黃姣潔
圖文排版 / 郭雅雯
封面設計 / 林世峰
數位轉譯 / 徐真玉　沈裕閔
圖書銷售 / 林怡君
法律顧問 / 毛國樑　律師
出版印製 / 秀威資訊科技股份有限公司
台北市內湖區瑞光路 583 巷 25 號 1 樓
電話：02-2657-9211　　傳真：02-2657-9106
E-mail：service@showwe.com.tw
經 銷 商 / 紅螞蟻圖書有限公司
台北市內湖區舊宗路二段 121 巷 28、32 號 4 樓
電話：02-2795-3656　　傳真：02-2795-4100
http://www.e-redant.com

2007 年 6 月 BOD 一版
定價：320 元

讀　者　回　函　卡

感謝您購買本書，為提升服務品質，煩請填寫以下問卷，收到您的寶貴意見後，我們會仔細收藏記錄並回贈紀念品，謝謝！

1.您購買的書名：________________________________

2.您從何得知本書的消息？

☐網路書店　☐部落格　☐資料庫搜尋　☐書訊　☐電子報　☐書店

☐平面媒體　☐　朋友推薦　☐網站推薦　☐其他___________

3.您對本書的評價：(請填代號　1.非常滿意 2.滿意 3.尚可 4.再改進)

封面設計____　版面編排____　內容____　文/譯筆____　價格____

4.讀完書後您覺得：

☐很有收穫　☐有收穫　☐收穫不多　☐沒收穫

5.您會推薦本書給朋友嗎？

☐會　☐不會，為什麼？____

6.其他寶貴的意見：____

____

____

____

讀者基本資料

姓名：______________________　年齡：______　性別：☐女　☐男

聯絡電話：__________________　E-mail：______________________

地址：____

學歷：☐高中(含)以下　☐高中　☐專科學校　☐大學

☐研究所(含)以上　☐其他________________

職業：☐製造業　☐金融業　☐資訊業　☐軍警　☐傳播業　☐自由業

☐服務業　☐公務員　☐教職　☐學生　☐其他___________

請貼
郵票

To：114

台北市內湖區瑞光路 583 巷 25 號 1 樓

秀威資訊科技股份有限公司　　　收

寄件人姓名：

寄件人地址：□□□

(請沿線對摺寄回,謝謝!)

秀威與 BOD

BOD（Books On Demand）是數位出版的大趨勢，秀威資訊率先運用 POD 數位印刷設備來生產書籍，並提供作者全程數位出版服務，致使書籍產銷零庫存，知識傳承不絕版，目前已開闢以下書系：

一、BOD 學術著作—專業論述的閱讀延伸
二、BOD 個人著作—分享生命的心路歷程
三、BOD 旅遊著作—個人深度旅遊文學創作
四、BOD 大陸學者—大陸專業學者學術出版
五、POD 獨家經銷—數位產製的代發行書籍

BOD 秀威網路書店：www.showwe.com.tw
政府出版品網路書店：www.*gov*books.com.tw

永不絕版的故事・自己寫・永不休止的音符・自己唱